U0001997

GOBOOKS & SITAK GROUP©

致青春 081

可愛多少錢一斤

（下）

棲見　著

高寶書版集團

目錄
CONTENTS

第九章　見不得光

初梔家的書房不大，而且平時很少有人進來，初父和鄧女士都是工作不帶回家裡的人，初梔自己房間裡有書桌，書房基本上算是半個擺設，不過因為有大陽臺，光線很好，鄧女士有時候會抱著平板電腦或者手機在書房沙發裡窩一下午。

初梔沒有鎖門的習慣，上次鎖門還是因為陸嘉珩那天發燒來她家裡住。

媽媽，我不是故意鎖門的。

我只是因為藏了個男人。

初梔的小臉又白了。

上一秒才因為他當蜘蛛人要雜技提起來的心剛放下沒多久，又提了起來。

今天初父和鄧女士都在家，他就這麼翻下來了，兩個人也都忘了等一下要怎麼出去。

她環視了一圈，木質書架上面堆滿了書，沙發柔軟，旁邊一張長書桌，上面擺著地球儀和一些小擺飾。

找不到能藏人的地方，連桌子下面都是空心的。

書房不行，再看看他，身上穿著睡衣睡褲，好像剛洗過澡，頭髮髮梢甚至還有一點潮濕，身上帶著清冽的沐浴乳味道。

初梔頓時有一種羞恥的心虛，也不知道從何而來。

她跑到門口，扒著門框，結結巴巴地說：「媽媽我馬上就來。」

鄧女士也沒催她開門，拍了兩下門板，說了聲「快點啊」就走了。

初梔鬆了口氣，隨即又驚慌了起來，她重新跑回陸嘉珩面前，小臉蒼白，唇瓣緊緊抿著，聲音壓得低低的，試探性問他：「你還能翻上去嗎？」

陸嘉珩：「……」

他的眉梢一挑，也配合著她壓低了嗓子，聲線顯得有點沉：「能，我一個後空翻就上去了。」

初梔大喜，隨即吞了吞口水，看上去還是很緊張：「真的嗎？」

「妳覺得呢？」

「我覺得你在騙人。」初梔垂眼撇撇嘴。

他輕輕笑了一聲：「我家寶寶越來越聰明了。」

初梔還沒來得及說話，他又立刻道：「沒有小紅，也沒有小麗，我的小梔子獨一無二。」

初梔小臉不受控制地微微泛紅，此時卻沒那麼多心思考慮這個。

她前一天晚上剛和他們說過自己沒有男朋友，一覺睡醒房間裡就多出了個男人，還是沒見進來只見出去的那種，還穿著睡衣。

這要怎麼解釋？

爸爸、媽媽，實不相瞞，我最近玩了一個養男人的戀愛手遊，我也不知道是怎麼回事，他突然就從手機裡穿越出來了。

初梔抬臂，雙手抵著他的腹部推著往前走，陸嘉珩順從地隨著她的動作一步一步倒退，直到輕輕的一聲悶響，他被推著背撞到門後牆上。

他任由她小手抵著腹部把自己推到牆上，微垂著眼，似笑非笑：「準備按在牆上揍了？」

初梔仰頭：「等等你先藏在門後，等我出去，然後跑。」

陸嘉珩調整了一下表情，點點頭，認真道：「往哪跑？」

「往我房間跑。」

陸嘉珩：「……」

陸嘉珩：？

初梔抬手，動作無比自然地將他的睡衣一邊的衣角從睡褲裡拉出來，還用手撲了撲，弄得平平整整，一邊道：「我到時候去吃飯，你就趁機跑過去，等他們吃完飯進了房間，你再偷偷出去。」

陸嘉珩一動也不動，看著她落在他睡衣衣角上的指尖。

好半天，輕輕「嗯」了一聲：「都聽妳的。」

初梔做了五分鐘的心裡準備，一切準備就緒，她深吸口氣，打開了門鎖，壓著門把手開門。

先是腦袋偷偷探出去瞧了一圈勘察一下敵情，此時初父正坐在餐桌前看報紙，背對著他們，鄧女士卻剛好視線和她對上：「看什麼吶，出來吃飯了。」

初梔脆生生地欸了一聲，打開房門，手有點抖，動作有點猛，力道不受控制門板啪地打開，又彷彿想要證明什麼似的四敞大開拍回去，差不多一百五十度的時候受到了阻力停住，悶悶一聲響起，像是碰撞到肉體或者骨骼什麼的聲音。

初梔手一抖，匆匆收回手來，下意識就想撲回去看看門後的陸嘉珩怎麼樣了。

然而鄧女士正看著她，初梔只能裝作若無其事地蹦出了書房，一把抱住鄧女士的手臂，拉著她背過身去，把她拽進廚房：「我好餓我好餓，今天吃什麼呀！」

陸嘉珩趁機閃身出門，輕手輕腳打開最裡面初梔房間門進去，再輕飄飄地關上。

他一進來，就聞到一種很淡的香味。

和她身上的味道差不多，清淡微甜，有點像香草味的奶昔。

陸嘉珩轉過身來，第一次看見初梔的房間。

整體看起來很柔軟，白色家具，藕粉色窗紗，窗臺上立著小架子，上面擺著一排排多肉植物。床很大，看起來柔軟舒適，上面站著一隻貓，鼻子上糊著一坨海豹色的毛，此時正呲牙咧嘴地看著他。

「……」

冤家路窄，狹路相逢。

怎麼就忘了這個小色貓了。

特殊情況特殊對待，陸嘉珩決定採取懷柔政策，試圖跟他和平相處。

他的食指舉到唇邊，氣音低低對著牠：「噓——」

你猜：「嗷喵喵喵喵！」

陸嘉珩：「……」

等到初梔風捲殘雲一般飛速吃完了早飯衝回房間，陸嘉珩和你猜已經大戰了三百回合。

男人雙手提著牠舉得遠遠的，你猜在他手裡拚命撲騰，一邊喵喵叫，陸嘉珩的手背上已經有了幾道通紅的抓痕。

初梔匆匆進來，低低叫了他一聲。

陸嘉珩轉頭，手一鬆，你猜輕巧地落地，嗖地竄進初梔懷裡，小爪子扒著她胸口，腦袋在上面蹭啊蹭，叫聲綿軟奶聲奶氣，彷彿受了天大的委屈似的，剛剛那副凶巴巴的貓樣完全不見蹤影。

陸嘉珩盯著那兩隻貓爪子直磨牙：「呵呵。」

初梔抱著貓好聲好氣地揉了一陣，一邊低聲跟牠說話，好半天，你猜才不情不願地跳出她懷裡，慢吞吞回到自己的小窩裡，蜷起來躺進去。

初梔站起身來，走到床邊坐下，她遲疑了一下，拍了拍自己身邊的位置，你猜眼疾腳快，嗖地又竄了過來，肥屁股往初梔旁邊一坐，整隻貓一趴，蜷成一團，不動了。

陸嘉珩冷笑了一聲，走過來把牠拎起來丟到一邊去，人坐下，側頭：「叔叔、阿姨還在客廳？」

初梔搖搖頭：「在餐廳吵架。」

他單手撐著床面，身子微側，斜斜靠在她床尾床柱上：「那如果叔叔、阿姨一直不進去怎麼辦？」

初梔張了張嘴巴，皺著眉揉了揉下巴，半天也說不出怎麼辦來。

陸嘉珩興致盎然地看著她，耐心地等。

被丟走的你猜在床上不滿地上躥下跳，勾在床柱上的床幔被牠抓下來，淡藕粉色薄紗帶著簾子滑落，將兩個人罩在裡面。

此時是早上九點多，初梔從睡醒起了床到現在都沒閒著，衣服什麼的更是沒找到機會換。

窗外的光線被阻隔了大半，兩個人坐在床尾，光線昏暗，她面對著他坐在床邊，距離很近，該看見的不該看見的都能看見了，女孩子裡面甚至沒穿內衣，胸前兩塊圓潤的微隆。

初梔根本沒察覺，眨眨眼，一邊揉了揉你猜的腦袋，站起來重新把簾子勾上，在床柱上掛好。

一瞬間的昏暗被打破，光線重新湧入視網膜。

鼓起的布料上有小小的凸起，透過白色的棉質睡裙，染著淡淡的一點顏色，若隱若現。

陸嘉珩閉上了眼睛。

初父和鄧女士兩個人在客廳裡情感碰撞了半個小時，最終以鄧女士小姊妹的健身房邀請電話而告終。

出門前，初父還笑呵呵地泡了一杯花果茶給老婆，用玻璃保溫杯裝著，細心提醒運動之後別喝涼的，就算是熱的不想喝也不行，小盒子裡面裝著冰糖，照著口味放兩塊。

等初父進了房間以後，陸嘉珩和初梔終於做賊似的溜出來了。

初梔輕手輕腳地幫他開了門，兩個人站在樓梯間，初梔身上套著剛剛被他強硬套上的長衫外套，鈕子也扣得嚴嚴實實，一直到脖子。

她推著他匆匆出去，又趕緊縮回防盜門裡，扒著門框看他：「你快點走吧。」

陸嘉珩沒動，站在門口：「下午都在家？」

初梔眨眨眼：「晚上和話劇社的前輩出去聚個餐。」

陸嘉珩眼皮唰地抬起來了：「學長？」

「學長、學姐都有呀。」

他不動聲色：「吃什麼？」

「火鍋，」初梔頓了頓，想起了他一腦袋油光鋥亮的香菜，不好意思地撓了撓下巴，隱晦道，「就是學校旁邊的那家……」

陸嘉珩勾起唇角，緩慢悠長地「哦」了一聲，微微傾身：「就是我們第一次有接觸的那家？」

初梔沒有察覺到哪裡不對，點點頭。

他笑出聲，剛要說話，裡面初父喊人的聲音傳了出來：「女兒——來吃水果——」

初梔嚇得顧不得聽他說什麼，連再見也來不及說，急急地關上了門。

「砰」地一聲響，防盜門重重地在陸嘉珩面前摔上了。

初父聽見聲音，人拿著一把水果刀走過來：「誰呀，妳媽回來了？」

初梔小手一背，面不改色：「沒有，賣保險的。」

初梔提前說過了晚上不在家裡吃，鄧女士也不回來，初父一個人在家很無聊，問了初梔要不要他送以後得到否定答案，沒轍。

臨走前，陸嘉珩傳了訊息給初梔，問她晚上幾點結束。

初梔也不知道要到幾點，她算了一下吃火鍋需要的時間，五點鐘開始，延個大概三個多小時，八、九點應該也結束了。

保守估計，她報了九點左右。

她出門準時，到的時候人沒來幾個，因為人多，八爪章魚訂了包廂，木質屏風掩映，並不完全封閉，中間還有鏤空，天花板上吊著火紅的裝飾燈籠。

初梔路過自選蘸料的地方的時候不由自主地往那邊看了看，有點恍惚。

她九月初認識了陸嘉珩，到現在已經過去半年。

半個學期也已經結束了，時間真的過得很快。

她抿了抿唇，跟著服務生往裡面走。

八爪章魚已經到了，初梔一進去，八爪章魚朝她招了招手：「我們梔妹妹啊，來來來，坐在哥哥旁邊！」

他的另一邊坐了人，手邊只有一個空位，八爪章魚的性格一直大咧咧又爽朗，初梔沒覺得有什麼，應了一聲，站在門口脫了外套掛在衣架上，再看著服務生在上面套上套子。

圍巾是初父幫她圍的，繞了好幾圈，甚至還從後面打了個死結，初梔兩隻手背過去解了半天也沒解開，正準備把圍巾轉到前面來解，身後進來了一個人。

原辭兩步邁進來，手裡的兩個蘸料碟子放到桌上，又重新出去，站在她身後，順手幫她把圍巾解了。

初梔原本站在門口，他此時人已經站出去了，站在她身後，拽著她的圍巾擺弄了一下，把她拽了好半天的結解開，拉著圍巾邊緣幫她扯到前面去。

初梔覺得有點彆扭，微微側了一下身子拉開了一點點距離，道謝。

以前她好像從來沒有在意過這種事情。

也可能是認識陸嘉珩以後防他次數太多，也開始意識到異性靠得太近即使是朋友也不太好。

原辭沒注意到似的，笑瞇瞇地垂手：「妳剛剛那樣拉那邊會越拉越緊的。」

初梔想問問他用什麼牙膏刷牙的，真是白。

她把圍巾摘下來掛在外套旁邊，一抬頭，愣了愣。

鏤空雕花的屏風外，好像有個人影一晃而過，有點熟悉。

初梔以為自己看錯了，八爪章魚又叫了她一遍，她掛好圍巾，走過去坐好。

原辭也走過來，手裡其中一個推給她，裡面是乾淨的花生醬，沒有加別的東西。

原辭在她旁邊坐下：「不知道姐姐吃什麼，感覺好像只有這個不會出錯，女孩子是不是都不愛吃蒜什麼的？」

初梔想大聲說當然不是了！火鍋不吃油碟不放蒜和香菜、辣椒油那活著還有什麼意思！

人家特地幫她弄了蘸料，總不能說你這個不和我的口味，我不愛吃。

她看著少年晶亮的眼睛，認認真真接過來，還有點感動：「我不怎麼挑食的。」

沒過多久，話劇社其他的人也都來了。

大家都是戲精，再加上寒假，熱情空前高漲。

八爪章魚要了酒，初梔從小到大，從來沒喝過酒，她有點好奇，想試試看，又不太敢。

原辭看著她躍躍欲試的看著他面前的啤酒瓶，抬手啪的一下拍在瓶口：「姐姐，停住，未成年就別想了。」

初梔實在不太服氣：「你也未成年，生日還比我小呢。」

八爪章魚湊過來笑：「梔妹妹，社長混跡江湖多年，心理年齡已經快三十了，妳還小，等以後有機會再說。」

初梔其實想說，她的生日就在明天。

她沒說話，默默地端著自己的果汁喝了兩口，吃蝦滑。

沒過多久，她的手機震動響起。手機放在初梔左手邊，她當時正在聽八爪章魚跟她說話，沒注意到，原辭低頭，不經意瞥見上面的備註，拍了拍她：「妳哥哥的電話。」

初梔一愣，都不知道自己什麼時候多了個哥哥，一垂頭，看見上面「陸哥哥」三個字。

她嘴巴裡的果汁差點噴出來，抽過手機，站起來出門接。

火鍋店裡氣氛很熱鬧，初梔站在門口，「喂」了一聲。

陸嘉珩那邊聲音隱隱約約，聽起來有點吵，又有點空曠，不知道在哪裡。

他沉默了幾秒，淡淡開口：『在哪？』

「在吃飯呀。」

『吃飽了？』

初梔看了一下時間，才五點半。

她用手堵著一邊的耳朵，想著既然出來了就乾脆再弄一份蘸料回去，一邊往那邊走一邊道：

「我剛吃呢。」

她走到蘸料自助區，蹲下剛拿了個碟子，陸嘉珩突然道：『往前。』

初梔不明所以：「唔？」

『站起來，往前走。』

她有點莫名其妙，還是一手拿著手機，一手拿著碟子站起身來，側頭往前瞧了瞧，走了兩步。

『再前。』

初梔突然想起剛剛看到的一閃而過的人影，咦了一聲：「你現在在家嗎？」

她雖然這麼問著，已經開始邊走邊瞧了，又往前兩步，初梔左右環顧了一圈，看見他了。

他靠站在女廁所門口，拿著手機，看著她的方向。

兩個人距離有點遠，看不太清楚他的表情。

初梔驚喜地掛了電話蹦過去，在他面前站定，笑瞇瞇地，有點得意：「真的是你啊！我剛剛就覺得看到你了。」

陸嘉珩沒說話，沉默地抿著唇，眼眸沉沉地，眸光虛著垂眼看著她。

初梔沒察覺，手裡端著準備裝蘸料的空碟子，仰著腦袋看著他。

她看起來開心得很，烏黑的眼亮晶晶地，唇邊的笑容沒下去過，一直喋喋不休地跟他說話。

讓她幫忙挑家具的時候也是這樣，期末考考完的時候也是。

陸嘉珩發現，她好像高興的時候話就會特別多，上躥下跳的，有點像老爺子養的那隻小鸚鵡。

只是今天的高興，是因為別的人，別的原因。

他想起剛剛，她站在包廂門口，男人垂首，站在她身後幫她解開圍巾的畫面。以及注視著她的眼神，那樣溫柔明亮的神情，她不懂，他卻清楚的知道那意味著什麼。

陸嘉珩當時第一個念頭是衝上去。

但是這是她社團的聚會，她今天是要跟她的朋友一起的，學期末，她該跟朋友出去玩，她有自己的社交圈和私人空間，他不能打擾她。

可是他高估了自己的耐心，或者說低估了自己內心陰暗自私的占有欲。

想到她剛剛可能坐在其他的男人身邊，而那男人對她也有著和他相同的情緒，這個傻丫頭卻完全不自知，笑得眼彎彎學長學長的叫，陸嘉珩陷入一種近乎狂暴的煩躁當中。

陸嘉珩虛著眼，看著面前小女孩嫣紅的小嘴一張一闔地，低低「嘖」了一聲，拉著她就往女廁裡走。

初梔驚呼了一聲，被他猛地一拽一個趔趄，跌跌撞撞被他扯著往裡走。

他的動作一點都不溫柔，扣著她手腕的力道很重，抓得她手腕生疼，拉著她走到最裡面一排的最後一間。

砰的一聲巨響，隔間的門被人粗暴地踢開又踢上，緊接著是有人抓著她把她整個人托起來。

灼熱的手掌托著她的腿根往上一抬，初梔雙腳離地，低叫了聲，下意識抬手勾住他的脖頸，手裡的碟子脫手，瓷白的碟子掉在光可鑒人的大理石地面上，清脆的聲音響起，一地的碎片。

面前的男人卻恍若未聞，將隔間門落鎖，一手托著她的屁股，另一隻手扣著她的腿，引導著讓她盤在自己的腰上。

初梔嘴唇發白，臉和耳朵卻緋紅發燙，她的背被重重地壓在門板上，硌得骨骼生疼。

她小聲呻吟，聲音細細軟軟，手臂不由自主地下意識勾緊了他的脖子，直往他懷裡送，想要離那硬邦邦的門板遠一些：「疼……」

小女孩柔軟的身子壓過上去，主動迎合上來似的。

下一秒，有人捏著她的下巴半強迫地抬起她的頭，冰涼的唇瓣貼上來。

初梔睜大了眼睛。

他的唇瓣冰涼柔軟，唇片看起來薄薄的，卻柔韌得像果凍。

唇齒貼合，他的聲音沙啞含糊：「這就喊疼……」

初梔跟陸嘉珩在一起以後，有時候也會像每個女孩子一樣，不受控制地想到關於親吻的事。

她每次想到一半都會面紅耳赤的把腦袋深深埋進枕頭裡，羞恥到想要尖叫。

她想像過很多場面，比如在摩天輪升到最高點，比如夜晚寂靜亮著螢火的公園深處，他會輕輕地親親她，然後抱抱她，溫柔地揉揉她的頭。

卻從沒想到會是現在這種場景。

這種地方怎麼能夠親吻？這種地方怎麼能夠做這種事情？

初梔羞得幾乎要哭出來了，長睫猛顫，手臂一鬆，脊背砰地一聲輕響重新撞到門板上，然而沒有感覺到痛意，他的手不知道什麼時候已經墊在後面了。

唇瓣相貼，她完全傻掉了，像是為了證實自己剛剛的話，他突然咬住了她的下唇，刺刺的痛，她啟唇，呼痛的聲音卻被人堵住，緊接著是舌尖。

他的唇瓣冰涼，舌尖卻是灼熱的，輕緩地舔舐著剛剛被他咬過的唇瓣，然後又再次重重地重新咬上去。

又溫柔又不溫柔，樂此不疲的重複著極度反差的動作折磨著她。

初梔唇瓣疼到發麻，甚至不知道唇瓣上是不是被咬出了血還是別的液體，她低低嗚咽著，想要掙扎，腿夾著他的腰毫無章法地蹭。

她的舉動彷彿點燃了什麼，他的動作更凶了，托著她腿根的手往上抬了抬，壓著她探入口腔，低低的喘息通過唇齒傳遞，餵進她嘴裡：「就是因為一直捨不得妳疼……」

才連接個吻都拚命忍到了現在。

他沒說完，初梔也聽不到，她頭皮發麻，整個人軟綿綿的，渾身顫抖，身子很快癱軟下去。

意識有些渾濁，無意識的緊緊攀附著他，微揚著腦袋任由他不太溫柔的索取。

唇舌纏繞，細小的聲音混合著嗚咽迴盪在安靜的隔間裡。

初梔整片視野裡都是模糊的，天旋地轉間，清晰的只有他閉上眼覆蓋下來的睫毛，和倏地睜開時暗色翻湧的眸。

可能有一個世紀那麼長，又好像只過了幾秒鐘，陸嘉珩放開她。

初梔整個人都軟綿綿地，眼睛睜著，眼眶含著水汽，眼角全都紅了。

他抬手將人扣進懷裡，唇湊到她耳畔，呼吸灼熱：「初初，呼吸。」

小女孩神情還有一點懵懂，濕漉漉的眼看著他，白皙細膩的臉頰上緋紅一片。

聞言，她聽話地長長一口氣吐出來，然後開始調整呼吸，靠在他懷裡緩了一下，才推著他的肩膀直起身來。

下唇好疼，火辣辣地，不知道是不是破了。

初梔瞪他，表情看起來又生氣又羞恥。

有點想罵他，又罵不出來。

「放我下去……」好半天，她才憋出一句來，聲音沙沙的，有點啞，卻依舊帶著綿糯的柔軟。

陸嘉珩沒動，只是抬手，拇指指尖蹭掉了她眼角溢出來的一點淚：「放妳下去妳是不是就跑了。」

初梔眼睛越來越紅，水汽緩慢地在眼眶裡彌漫開來。

她吸了吸鼻子，突然捧住他的臉，垂頭，一口重重地咬在他削瘦的下巴上。

她這一下用了好大的力氣，一點點血腥味在口腔中蔓延。

陸嘉珩低低嘶了一聲，沒躲，任由她咬著。

「為什麼咬我……」她抽抽搭搭地含著他的下巴咬他，含糊道。

「忍不住。」他低聲說。

「……」王八蛋。

初梔不解恨，鬆了口，又按著他腦袋側了側，在旁邊補了一口。

他一聲不吭，任由她發洩報復，也不放開她。

初梔一邊抹眼睛一邊啪地拍他的腦門往前推：「你放我下去！」

到腳，妳別哭了。」

陸嘉珩不為所動，穩穩地抱著她，親了親她濕潤的眼角，聲音低柔：「碟子碎了，下去會刺

他一說話，初梔的眼淚抹都抹不掉了。

她氣得直蹬腿，淚水流得凶，被他細緻地一點一點親掉。

纏綿的，溫柔的，和剛剛簡直判若兩人。

初梔撇過頭去躲他，又被他揉著腦袋扣進頸窩：「我剛剛看見妳那個騎士幫妳解圍巾。」

初梔一愣，不抽鼻子了。

他低低繼續道：「他知道妳有男朋友嗎？」

初梔搖了搖頭，鼻尖蹭著他脖頸處的皮膚，眼淚也順著滑進衣領，呼吸間全是他的味道。

「叔叔、阿姨呢？」

初梔打了個嗝。

陸嘉珩抬手，安撫小朋友似的一下一下輕輕拍著她的背，聲音甚至帶上一點委屈，「妳看，我都見不得光。」

初梔把腦袋埋進他頸窩裡，不說話了。

他這麼一說，她頓時覺得還挺對不起他的。

初梔停了停，抬起頭來：「那你朋友呢？」

陸嘉珩笑了：「我們在一起那天，妳好像在跟我朋友吃飯。」

好像是這樣的哦。

初梔頓了頓，抬起頭來看著他，依樣畫葫蘆問：「那叔叔、阿姨呢？」

她沒多想，脫口就出來了，問完才想起上次看到的那一幕，有點後悔。

果然，陸嘉珩沉默了幾秒，抱著她的手臂緊了緊。

他微微低頭，額頭觸著她的額頭，聲音沉緩：「初初，我和我爸關係不好，也沒有媽媽了。」

初梔愣住了。

她其實有想過他父母可能是分開的，但是沒有想過他媽媽已經去世了。

初梔微垂著的眼睫抬起，皺著眉，眼神又愧疚又無措，不知道說什麼好。

感覺自己揭了人家的傷疤，此時說什麼都是多餘的。

她垂下眼：「對不起……」

陸嘉珩的表情沒什麼太大的變化，甚至還笑了，揉了揉她軟軟的頭髮：「已經過去很久了。」

初梔沒說話，依然垂著眼，看起來好難過。

半晌，她才小聲說：「沒有見不得光……」

她的聲音太小了，每一個音都像是含在嘴裡，陸嘉珩卻聽到了。

他凝視著她，等著她下面的話。

初梔不說了，抿了抿唇，深吸了口氣，抬起頭來，他抱得穩，她的兩條腿晃啊晃，「你先讓我下去。」

有男朋友這個事，她不敢跟初父說，雖然初父平時看起來脾氣好，從來不生氣，但是發起火來特別可怕，初梔覺得自己可能會挨打。

陸嘉珩用腳將地上的瓷器碎片往旁邊掃了掃，清出一塊乾淨的地面出來，將她放下。

初梔終於站好，仰起頭來看著他。

他看起來有點狼狽，下巴上被咬出兩個印子，都出了血，額頭也有一點點紅，好像是被她剛剛拍的。

隔間外面有女人高跟鞋踩著大理石地面的聲音傳來，還有交談說話聲。

有人進來了，緊接著是水龍頭打開。

初梔踮起腳尖，人往上竄，陸嘉珩見狀，配合地彎下腰來，湊過去。

借著水聲作為掩護，她湊到他耳邊，悄聲說：「我先出去，你十分鐘以後再走。」

陸嘉珩：「……」說好的沒有見不得光呢？

初梔還很體貼地認真提醒他：「記得悄悄的，等外面的人走了再出來，不然你會被當成變態抓走的。」

「……」不知道為什麼，陸嘉珩總覺得他家小女孩好像學壞了。

往常的寒假，初梔都會陷入晚睡晚起的糟糕作息時間輪迴。

說是晚睡，其實也只是從平時的十點變成了十二點前，早上起床的時間無限拖延，經常一天睡一個對時，然後妄想在床上賴個一整天，再被鄧女士掀被子拖起來。

這次，第二天她卻起得挺早的。

只要一閉上眼，眼前就全是他抱著她親她的場景。

脣齒相交，緊密而纏綿，鋪天蓋地的他的氣息。

脣瓣被舔舐啃咬吮吸，麻麻的痛感還帶著很奇異的別的什麼感覺。

她下意識地舔了舔嘴脣，又猛然反應過來，臉通紅，兩隻手啪地捂住嘴巴。蒙上被子，兩條小短腿在被子裡胡亂的蹬，啊啊啊啊地喊出聲來。

神經病一樣的叫了一陣子，她又平靜下來，看著天花板安安靜靜地發呆。

本來覺得會生氣，也可能會羞得一百年都不想再看見他。

可是其實好像也不是這樣的，才剛過了一晚上，她就有一點點想見他了。

而且他的味道……也好喜歡。

除了有點凶，咬得她好疼。

這個念頭一冒出來，初桅又開始羞恥地瘋狂蹬腿。

她在被窩裡蹬了一陣子動感單車，唰地把被子掀開了，轉過身來趴在床上，腦袋深深埋進枕頭裡。抓過旁邊的手機，拿在手裡看了看，紅著臉又發了十分鐘的呆。

正發呆的功夫，手機消息提示響起，初梔滑開手機，彈出一則訊息。

陸嘉珩的通訊錄備註是他自己填的那個「陸哥哥」，初梔沒改過，聊天軟體備註卻改過了，還是校慶的那個，她被氣狠了，把他改成了「王八蛋」。

後來一直忘了，而且初梔習慣用大頭照認人，備註這個事也就忽略了，就這麼跟王八蛋談了半個多月的戀愛也沒想起來改。

現在，初梔只覺得這個備註好適合他，永遠都不打算換了。

王八蛋今天正式開始上班實習，昨天晚上送她回家的時候已經跟她說過了，此時他傳了一張照片過來，應該是在公司洗手間鏡子前拍的，穿著白襯衫，領口鬆鬆沒打領帶，西裝外套搭在手臂上，懶洋洋地歪著腦袋。

美中不足的是，下巴上貼了兩個OK繃。

王八蛋：『給妳一張聊天背景。』

初梔被這個人的騷驚住了。

她飛速點開相簿，從一大堆亂七八糟的吃的和各種螢幕背景圖片裡艱難地找出了兩張照片，都是室友幫她拍的，她挑了比較喜歡的一張傳過去給她：『給你一張螢幕背景！』

陸嘉珩靠在洗手間洗手檯前，低低笑了一聲。

他把那張圖片點開，裡面的女孩子站在圖書館前，穿著白色的上衣，黑短裙，手裡拿著一個冰淇淋甜筒，轉過頭來朝著鏡頭咧嘴笑。

長長的髮綁成馬尾，鹿眼烏黑明亮，笑得微微彎起，像兩彎小月亮。

陸嘉珩靜靜看著照片裡的人，眉眼低垂，神情溫柔。

滿滿的，其他什麼都看不見，彷彿他此時眼裡正看著的，就是他的全部世界了。

他微微偏了偏頭，先將那張照片儲存了，退出聊天畫面。

他現在的螢幕背景是一張很明顯的偷拍，只有一個角度很偏的側臉。背景是教室裡，照片裡的女孩坐在前面一排座位，微微側著頭，筆尖戳在臉頰上，正在聽旁邊的人說話。

陸嘉珩將剛剛那張照片設成了桌面，身後突然傳來沉沉一聲：「女朋友？」

陸嘉珩回過頭去。

陸泓聲站在他身後，若無其事地走到旁邊，擰開水龍頭洗手：「都設桌面了，很喜歡？」

陸嘉珩不動聲色地把手機螢幕鎖上，單手插進口袋，沒說話。

陸泓聲沒得到回應，也不在意，慢條斯理地洗完手，抽了張紙巾：「正經交個女朋友也行，女孩子都需要陪，尤其現在放假了，剛好今天下午都要開會，我也沒時間管你，放你半天假，去玩吧。」

陸嘉珩抬起眼來：「我是來學習的。」

陸泓聲不耐煩：「就算你去，你能聽懂什麼？再說，高層會議是你一個實習的隨便說聽就聽、說學習就學習的？你是以為你姓陸就有特權？給我老老實實從底層做起！」

陸嘉珩唇角翹起輕笑了聲，眼裡卻沒什麼笑意。

他比陸泓聲高，此時微微斂著眼睫看著他，漫不經心道：「我肯定有特權啊，畢竟是你未來的老闆。」

陸家老爺子是個很傳奇的人物。

生於戰火紛飛的二十世紀，小的時候家裡從商，也有一點小錢，後來家道中落，從北方到南方的奔波，家裡就只剩下他一個人活下來了。

後來輾轉從上海灘到北平。那時經濟蕭條，遷都後北平商業衰落，天天都有商鋪關門，他卻偏偏能夠逆流而上，白手起家一手拉起了景恒。

陸嘉珩小的時候在老宅住過很多年，也算是跟著陸老爺子長大，被他手把手帶起來的，多年下來看著陸老爺子的行事作風，不止一、兩次懷疑陸泓聲是他從哪裡撿來的。

為什麼人與人之間差距可以這麼大？

比如此時，陸老爺子不在的時候，陸泓聲一向坐主位，陸嘉珩在最角落的位置拉了把椅子，聽著他把一個臨市開發區商業用地建案一頓誇誇其談，時不時和某幾位董事交換一下意味深長的視線。

怪不得陸老爺子這段時間養花玩鳥沒坐鎮，景恒連股票都跌了。

陸嘉珩吊兒郎當地攤坐在長桌角落裡的椅子裡晃啊晃，垂著腦袋有一搭沒一搭的想。

他面前連企劃書都沒有，擺明根本沒把他當回事，陸嘉珩屈指，輕輕敲一下旁邊祕書的桌邊。

祕書轉過頭來，很職業化的冷漠樣子。

陸嘉珩桃花眼微吊，單手撐著下頦，壓低了聲音指了指她面前的企劃案：「那個，能給我看看嗎？」

祕書頓了頓，看了遠遠坐在另一端的陸泓聲一眼，遞給他。

陸嘉珩道了謝，接過來。

申請項目書寫的條理清晰，方方面面寫得都清晰，開發區用地價格低，而且緊鄰大學城，三、四所大學和一所大專都在那附近，看起來完全是穩賺不賠。

陸嘉珩隨手翻了兩頁，端起咖啡杯喝咖啡，才發現他連喝咖啡的資格都沒有，別人都是咖啡，他杯子裡面是水，一口進嘴裡還他媽有點生。

連開水都不是。

晚上差不多八點，陸嘉珩才準備走。

他混了二十多年，賺的錢都是以前炒股玩的，對於做生意的事情一問三不知，突然接觸也有些茫然。

偏偏陸泓聲有意不想讓他瞭解，好多東西他根本接觸不到，還真的是從基層開始做起。

他以為自己大概是最後一個準備走的，放下手裡的東西去了個洗手間，結果一回來，桌上多了一杯咖啡，醇濃的香味撲進鼻腔，下面還墊了個杯墊。

他抬眼，剛好看見個女人從祕書室出來，職業套裝外面裹著件紅色的大衣，露出一截小腿。

陸嘉珩側了側頭，端著那杯咖啡送回茶水間，才回去穿上外套走了。

初梔今天十八歲生日。

生日分陰曆和陽曆，初梔家裡大人從來都是過陰曆，也就是農曆生日的，初梔分不太出這些陰曆、陽曆、農曆、西曆的，她一率過按照星座算的那個生日。

但是在初父、初母看來，她的十八歲生日是已經過完了，初梔耍賴，於是初父又訂了個大生日蛋糕給她，做了一桌子的菜，又幫她過了一次。

初父和鄧女士都不怎麼吃蛋糕這些東西，主要是初梔愛吃，往常嘴巴饞了不管是不是生日都會買個大蛋糕回來吃，這時買回來給她，她卻一口都沒動。

晚飯吃完，她只挑掉了上面有桃子的蛋糕，其他的小心地裝好，又幫著將一桌子的菜一樣一樣裝進保鮮盒放進冰箱裡，然後一頭鑽進房間裡。

她的門沒關嚴，虛掩著開了個縫，注意著外面的聲音，一邊擼著懷裡的你猜一邊跟陸嘉珩傳訊息。

他上班的時候她不敢跟他說話，怕打擾到他，而且一般都是他主動來找她的，初梔就像養成了習慣一樣，一直等。

結果等到八點多，也沒等到訊息。

她抿著唇，想了又想，還是決定主動傳給他：『你在幹嘛呀？』

傳完，初梔就覺得自己顯得好蠢。

「在幹嘛」這種開場白，簡直一點新意都沒有。

她把腦袋埋進枕頭裡嗚了一聲，正想著現在收回會不會顯得太刻意了，電話就響了。

初梔趕緊一秒按了靜音，又跳下床去把門關上，才接起來：「喂……」

陸嘉珩那邊很安靜，偶爾有汽車鳴笛聲，他聲音依然輕輕沉沉的：『想我了？』

初梔的臉又紅了，她靠著門板蹲下，聲音小小的：「哎呀，你好好說話啊。」

他笑了一聲，十分聽話地：『那我想妳了。』

初梔像個小猴子一樣抓了抓耳朵，盯著地面，吞吞吐吐地：「你不在家嗎？」

『嗯，剛下班，快到家了。』

初梔愣住了，現在已經快九點了，「這麼晚呀。」

『事情有點多，好多東西要學。』他的聲音聽起來依然懶洋洋的，只是不知道是不是心理作用，初梔突然覺得他聲音裡好像帶著一點疲憊。

這才第一天呢。

她抿了抿唇，想說你別去工作了，反正以後你就算每天在家裡玩泥巴我也養得起。

頓了頓，她低低道：「那你回家以後早點睡啊，明天還要早起。」

電話那頭，陸嘉珩頓了頓，突然問：『怎麼了？』

初梔坐在床邊晃悠腿：「沒怎麼啊，我要去洗澡了。」

陸嘉珩又安靜了兩秒：『去吧，洗完打給我。』

「洗完不打了……」

『嗯？』

初梔揪著床單：「我掛了！」

她飛速地掛了電話，安靜了一下，長長嘆了口氣出來。

今天她過生日，她十八歲了。

初梔本來想要等到晚上偷偷提著蛋糕，上樓和他一起吃。

他一個人住，又不會做飯，肯定很久沒吃家裡煮的菜了，也將好吃的都用保鮮盒裝起來了。

但是他聽起來好累，明天還要早起。

初梔不開心地抓了抓頭髮，丟下手機跑到浴室裡洗澡。

初梔本來就是個慢性子，平時洗澡慢，這次心不在焉更慢，頭髮吹了半乾擦身體乳液，一寸一寸擦，出來正好看見手機螢幕在亮。

她走過去拿起來，陸嘉珩連傳了好多訊息。

王八蛋：『我到家了。』

王八蛋：『妳還沒洗好澡嗎？』

王八蛋：『電話呢？』

以及一通未接來電。

初梔看了時間一眼，她磨磨蹭蹭在裡面待了差不多小一個小時，現在還差十五分鐘十點。

她沒回，悄悄開了門。

外面果然已經安靜了，初父和鄧女士回了房間，客廳的燈關著，只留廚房前小吧檯上一個吧檯燈發出幽暗的光。

初梔決定，她只待一下子，只是吃個蛋糕，二十分鐘她就回來……

十分鐘，十分鐘就回來。

她又看了一眼手錶，抓緊時間，隨便披了件毛衣外套，抓了鑰匙和手機揣進睡裙口袋，偷偷溜進廚房。

蛋糕都已經裝好了，初梔又開冰箱，隨便摸出了兩個保鮮盒，提著蛋糕盒子，提心吊膽，輕手輕腳，偷偷摸摸地開門，關上。

樓梯間裡黑漆漆的，寂靜無聲，初梔怕得不行，輕輕跺了跺腳，感應燈亮起。

她快步小跑著上樓，一下接一下狂按門鈴。

陸嘉珩很快開了門，垂頭，有點詫異地看著她。

小女孩手裡提著個大蛋糕，懷裡還捧著幾個保鮮盒。

陸嘉珩俯身，接過他手裡的蛋糕盒子和保鮮盒，然後側了側身，示意她進去。

外面有點冷，初梔縮了縮脖子，進屋。

他在後面關門，初梔往前走了兩步，回過身來，仰頭看著他：「我不打擾你休息了，我只待一下子，送個蛋糕給你就走。」

「是呀。」

陸嘉珩將手裡的蛋糕和保鮮盒放到鞋櫃上：「生日蛋糕？」

他垂眼：「妳生日？」

「十八歲生日！」他們家暖和，初梔脫掉毛衣外套掛在掛鉤上，提了蛋糕就往屋裡跑。

她沒穿拖鞋，赤著腳，腳面白皙，腳趾瑩白，啪嘰啪嘰踩在地板上。

陸嘉珩抓著她的手腕把人扯回來，在她腳邊蹲下，從鞋櫃裡抽出雙拖鞋來，一手抓著纖細的腳踝，幫她套上。

初梔的腳踝被他抓著，縮了縮，腳趾亂動，有點難為情，小聲抗議：「你放手，我自己穿。」

他把兩隻都套上，起身，接過她手裡的蛋糕進屋，放在茶几上。

初梔跟著他進去，跪在茶几前長絨地毯上抽開蛋糕盒子上的帶子，一邊搖頭晃腦地：「我本來想自己做的，可是我不會做，就買了一個。」

「我爸媽都不吃蛋糕，我也沒吃，想拿來跟你一起吃。」

「你去把保鮮盒拿來，裡面有我媽媽晚上煮的菜，你有沒有吃晚飯啊？」

「我挑了個乳酪蛋糕，你吃蔓越莓嗎？其實本來還有桃子的，但是被我挑掉偷偷吃了。」

看來小鸚鵡今天也很開心，一張小嘴喋喋不休。

陸嘉珩在她後面席地而坐，人往前一蹭，兩條長腿前伸，長臂撈著她攬進懷裡，從後面抱著，下巴輕輕擱在她的肩頭：「十八歲了？」

她剛洗好澡，身上香香的，一抱過來就能聞到，混合著某種類似於牛奶還是椰子的甜香味道。

初梔抽掉絲帶，把蛋糕從裡面抽出來：「是呀。」

女朋友十八歲生日，他都不知道。

他嘆了口氣，聽起來有點懊惱：「那好重要。」

「其實也還好，我爸媽都過比較早的那個生日，算是過掉了，」初梔側過頭來，笑眼彎彎地，「所以這個十八歲我只跟你過。」

「對了，你生日是什麼時候啊？你過生日之前我肯定就學會做蛋糕了，你喜歡水果蛋糕嗎？」

她軟綿綿的小身子在他懷裡晃啊晃，陸嘉珩睫毛微斂，安安靜靜地聽著，心臟像是被人浸泡在溫水裡。

他抱著她安靜了一陣子，才悶悶道：「對不起，我不知道。」

「是我沒告訴你啊，沒事的，」初梔不以為意，又想起什麼，「你以後都這麼晚下班嗎？我不吵你，我待十分鐘就走。」

陸嘉珩抿了抿唇，長腿微微屈了屈，從後面將她整個人從上到下都圈在他的懷抱裡，環著她的手臂也收緊，「不吵。」

「別走了。」半晌，他低聲道。

初梔愣了一下，晃著身子轉過來。

他的胸膛緊緊貼著她的背，披散著的長髮被夾在中間，被蹭得有點亂。

陸嘉珩抬手，食指微彎，勾著她的長髮順到一邊去，露出一截白嫩嫩的後頸。

初梔側身，認真道：「不行的，我是偷偷溜出來的，不回去我會被我爸打死。」

「……」到底是她被打死還是他被打死，陸嘉珩保留意見。

陸嘉珩把她的身子掰過去，重新抱進懷裡：「那抱一下。」

初梔安安靜靜任由他抱著，抽出的蛋糕擺在面前，用手肘戳了戳他：「你去把菜拿過來啊，拿刀叉。」

陸嘉珩沒動。

「快去呀。」初梔催他。

他才慢吞吞地鬆了手，不情不願放開她站起來，去廚房拿了盤子和刀叉，又拿了保鮮盒，坐在她旁邊。

他把保鮮盒一個一個打開，初梔接過刀子切蛋糕，切了一塊，裝在盤子裡，先推給他。

細白的指尖刮到了蛋糕邊緣，蹭上了一點點奶油。

陸嘉珩看著那隻推過盤子的手，突然傾身靠近，抬手捏住了她的手，小心地抽掉沾滿奶油的刀，然後舉到唇邊，舌尖探出，緩慢地舔掉了她指尖的奶油。

溫軟滑滑的觸感，濕漉漉的，緩慢綿長順著她指尖向下，舌尖捲起上面的奶油，一點白色沾在他鮮紅舌尖，然後被靈巧地帶進口腔。

陸嘉珩放開她，舔了舔唇，微虛著眼，像個剛吃完人的妖精，似乎還在回味：「甜。」

「……」

初梔面紅耳赤，有一種被勾引了的感覺，她唰地抽回手，背到身後去，指尖被舔過的地方酥酥麻麻地，她偷偷用拇指蹭了蹭，上面甚至還帶著一點濡濕：「你怎麼——」

陸嘉珩垂眼，視線落在那個水果乳酪蛋糕上。

蛋糕不大，做得卻精緻，蔓越莓果醬撒滿了一層，墜著淺粉色的透明果凍丁，最中間是一個巧克力做成的小巧艾菲爾鐵塔，雕刻精細好看。

陸嘉珩抬手，捏著鐵塔塔尖把塔摘下來，鐵塔四腳沾滿了蔓越莓果醬，他舉到初梔面前：「張嘴。」

他這麼一打岔，初梔連剛剛要說什麼都忘了，有點難受，不想讓其餘三個角上面的果醬沾到唇角，又無法把巧克力塔的四個腳同時吃到嘴巴裡。

她費盡力氣地斜歪著腦袋，先是小心地舔掉了上面的蔓越莓果醬。

陸嘉珩垂著眼，眸色有點重。

嘎嘣一聲輕響，初梔就著他的手咬掉了艾菲爾鐵塔的一個腳，純潔的睜著眼睛嘎嘣嘎嘣嚼著嘴裡的巧克力。

兩廂對比，陸嘉珩感覺自己特別變態，特別無恥，特別王八蛋。

陸嘉珩閉了下眼，將手裡的艾菲爾鐵塔重新插回蛋糕上，湊近，近距離的看著她。

初梔甚至能夠看見他的瞳仁裡自己的小小影子。

三秒鐘的沉默。

初梔先動了手。

她一手抬起，手死死地捂住了自己的嘴巴，另一隻手前伸，啪地一下拍著他腦門往後推。

她看著他，眼神有點哀怨，悶悶道：「你別咬我了……」

陸嘉珩低笑了聲，抓了她抵著他腦袋的手腕拉下來扣住，人再次傾身靠過去：「我不咬妳了。」

話音落下的那一刻，薄薄的唇瓣印在她手背上，落下輕飄飄的一個吻。

四目相接，他舔了舔唇，低聲道：「初初，生日快樂。」

一連一個禮拜，陸嘉珩天天晚上桌上都會莫名其妙多出一杯咖啡。

一週後，陸嘉珩第二次旁聽會議，這次陸老爺子終於在了。

快結束時，陸嘉珩才注意到身邊那個祕書就是上次那個，垂眼，面前馬克杯裡咖啡醇香。

他側頭，剛好和女人的視線對上。

陸嘉珩挑了挑眉，長腿一伸，身子往後靠了靠，不動聲色地把咖啡杯輕輕往前推了推。

陸嘉珩連續一個禮拜在公司裡待的時間超過十二個小時，雖然在陸泓聲身邊受限頗多，也已經逐漸熟悉了一些基本流程，他依然從角落拖了把椅子，聽每個部分的負責人彙報工作進度。

上次他什麼都聽不懂，一聲不吭扮演隱形人，此時有陸老爺子坐鎮，陸嘉珩覺得會議室的空氣品質都變得好了不少。

陸泓聲今天也很活躍，整個人像一團燃燒著的火焰，用手裡的企劃案奏響了革命的號角，擁有無限鬥志和力量。

陸嘉珩也開心，上頭有人的感覺多麼愉悅，連帶著他的發言也多了起來。

具體內容就是——

陸泓聲：「開發區那塊地多少雙眼睛盯著，早拿早好。」

陸嘉珩：「嗤。」

陸泓聲：「那邊地價不高，而且沒同行競爭威脅。」

陸嘉珩：「呵呵。」

陸泓聲：「周邊大學城，以學生群體為主，招商上可以儘量選擇一些年輕時尚的小眾品牌。」

陸嘉珩單手捂著嘴，吊兒郎當窩在椅子裡，眼神飄到窗外，自言自語似的，聲音卻大得會議室裡每個人都聽得見：「今天雲真白啊。」

陸泓聲：「……」

下午會議結束，陸嘉珩單獨被陸老爺子留下了。

老人家悠哉悠哉地坐在大椅子裡，從容又淡定的樣子彷彿最近股票一路綠的不是景恒一樣，

陸嘉珩老老實實：「爺爺。」

老爺子老神在在：「聽說你最近工作挺努力的，在學校也用功。」

陸嘉珩沒說話，拇指指尖輕輕撓了撓眉骨，等著老人家之後的話。

「天天忙著聽大一的課，體育考試曠了去聽大一的課，被當需要補考。」

「……」您可真是眼觀六路耳聽八方啊。

陸老爺子淡淡道：「這一個禮拜你父親什麼樣你也看到了，我給不了你幾年時間，如果你也不行，景恒就算以後不姓陸我也認了。你是個聰明孩子，玩可以，但是應該明白什麼時候什麼事情最重要。」

初梔覺得這個假期好無聊。

差不多小半個月，她每天過著吃飯睡覺打手遊的頹廢日子，大門不出二門不邁，手機裡幾個小帥哥的好感度都快滿了。

她又不敢傳訊息給陸嘉珩，兩個人每天只有晚上九點以後才能聯繫到，偶爾他會打視訊電話。

才半個月，他看起來瘦了一圈，下巴削瘦，眼窩很深，視訊看得不太清楚，不過依然能夠看得出他眼底有淡淡的陰影。

初梔皺眉，催他去洗澡睡覺。

第二天初梔難得沒在床上翻滾，她起了個大早，手裡相簿裡面一堆食譜的截圖，把鄧女士拉起來上教學課程，說是要學煮飯。

其實說是她學，全程也都是在旁邊看著，食材下鍋，她拿著勺子鏟子翻翻炒炒。

即使是這樣，初梔的手上還是被燙傷了兩小塊。

忙了一上午，中午，初梔翻出保溫飯盒，將飯菜一樣一樣裝盒。

她知道陸嘉珩的公司在哪裡，叫了車到大廳，結果被攔在前臺不讓她進去了。

初梔原本想給他一個驚喜的，結果還是沒轍，翻出手機打電話給陸嘉珩。

此時應該已經到了午休時間，辦公大樓明亮大廳裡陸陸續續開始有人出來，女人穿著工整漂亮的職業裝，好些大冬天只穿了大衣，妝容精緻得挑不出一絲差錯來，頭髮精心打理，每一個人都散發著成熟女人的獨特魅力。

初梔默默低頭，看著自己熊一樣厚重的羽絨服，上面還縫著小熊的圖案，甚至羽絨服帽子上面還有兩個小熊耳朵。

沒有對比就沒有差距，傷害來得好突然。

一想到陸嘉珩每天同事都長這樣，在這種環境中要待一整個寒假，初梔頓時有一種十分強烈的危機感。

還沒等她細想這種危機感從何而來，陸嘉珩已經從電梯裡出來了。

小女孩實在是太顯眼了，她穿了一件白色的羽絨服，淺咖色的圍巾裹得嚴嚴實實，整個人看起來暖洋洋的，像一隻小企鵝。

小企鵝低垂著頭站在門口，遠遠看起來有點垂頭喪氣的，不知道又在想些什麼。

陸嘉珩勾起唇角，朝她走過去。

小企鵝抬起頭來，看見他，他看起來和在學校的時候也不太一樣，雖然工整的襯衫西裝穿在身上也帶著一股慵懶散漫的味道，但是好像一下子，就跟她不是同一個世界的人了。

初梔垂下頭去，又忍不住抬起頭來偷偷看他。

有點小帥。

陸嘉珩站定，俯下身去牽她的手，她沒戴手套，好在直接從計程車上下來，也沒多冷，只有指尖有點冰。

他將她的手圈住，垂眸：「怎麼來了？」

初梔眨眨眼：「你平時在哪裡吃飯啊？」

陸嘉珩其實很多天沒吃過午飯了。

他牽著她往裡走，「不一定，」他頓了頓，垂頭挑眉，「妳來陪我吃午飯？」

初梔笑瞇瞇地提起手裡的袋子：「我做了飯給你！」

陸嘉珩一愣。

小女孩喜滋滋地，她怕冷，整個人裹得小麵包一樣被他牽著進電梯，高興地說：「我做了糖醋排骨，雖然也不算是我自己做的，但是是我翻的！」

「你吃不吃甜酸這種呀，你嚐嚐看，我媽的糖醋排骨弄的最好吃！」

「不是，不是我媽，我是說我、我！」

「我早上七點就起來了，我只睡了七個小時，好睏啊。」

「陸嘉珩，你們公司在幾樓？怎麼這麼久還沒到。」

她像捧著寶貝似的捧著她的小飯盒，嘟嘟囔囔地，也不知道是在跟他說話還是在自言自語。

電梯裡還有幾個人，看到這一幕不由得彎起唇角，只覺得小女孩軟軟的，可愛極了。

初梔注意力沒怎麼放在別人身上，就著被他抓著的手，用他的手背幫自己揉了揉眼睛：「陸嘉珩，你有沒有獨立的辦公室啊，我想睡覺了。」

他一路勾唇聽著她的話，聽到這裡，終於頓了頓。

陸嘉珩舔了舔唇，意味深長地垂下眸去看她：「寶寶。」

初梔仰頭：「唔？」

他空出的一隻手食指豎起，虛虛立在唇邊，氣音絲絲縷縷地「噓」了一聲：「這個就不用在這裡說了，等等妳單獨說給我聽。」

初梔低估了陸嘉珩。

他豈止有獨立辦公室，這辦公室還挺大，盡頭那間，大落地窗，光線明亮，靠門口的地方有張雙人小沙發，一張茶几。

這個公司的實習生為什麼工作環境這麼好啊。

初梔覺得這人八成是走了什麼後門了，說不定他爸爸是個主管、部門總監什麼的。

這群萬惡的走後門的有錢人，實在是太讓人羨慕了。

其實初梔確實誤會陸嘉珩了，就在兩天前，陸嘉珩還坐在外面大辦公室的小隔板裡，這間辦公室也是剛搬進來的，剛好被她趕上了。

初梔在沙發上正襟危坐，懷裡還捧著她的小飯盒。

等陸嘉珩過來，她才慢吞吞地把飯盒放在茶几上，從保溫的袋子裡拿出來，打開，一個一個小盒子擺在桌面上，三個菜，下面盛著熬得白白的湯，米飯單獨放在一個小盒裡，晶瑩綿軟。

陸嘉珩有一種被投餵了的感覺：「這都是妳弄的？」

初梔捧著臉，老實地說：「我媽弄的，我不會做飯，我只是翻了翻。」

她手往臉上那麼一撐，手背上的ＯＫ繃從袖口漏了個邊出來。

陸嘉珩的視線落在上面，停了停，夾了塊排骨放在米飯上：「妳不用會了，以後我弄。」

初梔顯然不太相信的，認真的看著他：「陸嘉珩，你是想餓死我嗎？」

「……」

陸嘉珩下午要開會，初梔本來想著等他吃完就走的，結果不知道他從哪裡抽了塊小毯子出來遞給她，又把辦公室的百葉窗全放下來了：「睏了就睡一下，我今天早點下班，送妳回去。」

天光被遮了乾淨，辦公室裡光線昏暗下來，中央空調暖氣很足，沙發和毯子都很柔軟，空氣裡彷彿充滿了昏昏欲睡。

初梔靠在沙發裡，拽了小毯子蓋上，軟趴趴地趴下了：「你幾點開會啊？」

「下午三點。」

初梔聞言又爬起來了，強打起精神，瞪大了眼睛：「那我再陪你玩一下。」

陸嘉珩舔著唇角笑，走過去坐在她旁邊，撈著人把她抱過來，毯子蓋蓋好，哄小朋友似的拍了拍：「睡吧。」

初栀也非常上道地，迅速在他懷裡找了個舒服的姿勢，鼻尖蹭著他襯衫衣料小腦袋往裡拱。

有那麼一瞬間，陸嘉珩有點恍惚。

好像一下子回到了幾個月前，他們在從蒼岩山回來的車裡，小女孩舒舒服服地靠在他身上睡覺，身上香香的，小動物似的蹭著他。

那個時候他的心思朦朧又模糊，小心而謹慎，會因為她突然的靠近不自覺想笑，自己卻也沒完全明白是怎麼回事。

現在這個女孩已經是他的了，腦袋埋在他懷裡，整個人像個大娃娃一樣被他裹著抱在懷裡，從頭到腳都是他一個人的。

陸嘉珩無聲地勾起唇角，下一秒，又想起之前陸老爺子對他說過的話。

陸嘉珩的笑意緩緩斂了，垂下眼，看著懷裡的少女長長覆蓋下來的濃密睫毛，抬指，指尖輕輕碰了碰，低聲道：「初初，妳平時晚上要睡幾個小時？」

初栀覺得有點癢，用手背揉了幾下眼睛：「要睡十二個。」

陸嘉珩笑出聲來，安靜了。

過了兩分鐘，他又抬手碰了碰她的眼皮，初栀不高興地皺起了眉，睜開眼睛含糊地看了他一眼，小腦袋一歪，臉埋進他懷裡，往更裡面拱了拱，朦朦朧朧地發出了一聲抗議似的嘟囔。

陸嘉珩舌尖舔了下唇珠，微微俯身垂頭，親了親她的耳垂：「午安，小懶豬。」

等到初栀睡醒睜開眼，陸嘉珩已經走了。

辦公室裡靜悄悄的，百葉窗拉得嚴實，光線昏暗略黑，一時間讓人有點混沌，分不清是白天還是晚上。

初梔打了兩個哈欠，打得滿眼水汽，直直躺在沙發上緩了一下，才爬起來，抓過茶几上的手機看了一眼時間。

將近五點鐘。

陸嘉珩開會開了差不多兩個小時，初梔不知道公司裡開會一般要多長時間，她跪坐在沙發上，才反應過來鞋子也被人脫了。

她下地，踩上鞋子，走到窗邊把拉得嚴嚴實實的百葉窗拉開，天空霞光映照，漫天的血紅，往下看是高高低低參差不齊的鋼鐵森林。

初梔在辦公室裡晃了幾圈，瞧瞧這裡看看那裡，她沒動他桌上的資料什麼的，只看了看桌上的小擺飾。

初梔坐在椅子裡捧著桌上的地球儀玩了一陣子，澳洲非洲大洋洲一塊一塊看完，終於覺得有點無聊，她把地球儀重新放回到原位，視線一偏，看到桌邊一疊書。

初梔楞了一下，有點猶豫，還是滑了椅子過去，悄悄看了看。

一大堆 GMAT 的資料和教材，還有幾張國外頂尖商科大學的表格。

所有的東西全部都是嶄新的，沒有被人動過的痕跡。

初梔高三時，鄧女士也想把她送出國去讀大學，她還特地去學了雅思，考了七分，最後還是初父臨時變了掛，死活不答應反悔，加上初梔也不想離家那麼遠，最後還是作罷。

那段時間初梔瞭解過了不少留學相關的考試，其中也包括 GMAT 和 GRE，都是出國讀研究所用的。

初梔的手指有點僵硬，咬著嘴唇，小心地闔上了書，整理好。

她剛要站起來，辦公室門把轉動的聲音突然響起，初梔一僵，以為陸嘉珩回來了，頓時有一種當了小偷的心虛感。

眼看著門要被推開了，初梔唰地蹲下了，手腳並用鑽進巨大的辦公桌桌底。

她剛爬進去，又覺得自己這個行為好像沒有什麼實質性的意義。

她剛想從裡面爬出來，眼前突然出現一雙腿。

一雙筆直修長，裹著透明絲襪的小腿，腳踝纖細，腳上踩著一雙黑色的高跟鞋。

初梔一愣，手撐著地毯，原本想要爬出去的動作改了方向，她又往裡面縮了縮。

她頭頂上的桌面一聲輕響，像是什麼東西放在上面的聲音，初梔瞬間警惕了起來，偷偷地低頭，試圖看一眼她的臉。

她在家的時候陪著鄧女士看電視劇，這種劇情一般都是那種什麼趁著開會的時候偷偷進來偷資料或者工作報告，商業機密那種。

初梔腦海中頓時浮現出陸嘉珩在商戰裡被對手掌握了全部企劃，打了個措手不及，一臉錯愕灰敗的表情。

然而往上卻是淺色套裝的裙邊，不盈一握的細腰，剩下的都被桌沿擋住了。

初梔腦袋都快貼在地毯上了，什麼都沒看見。

女人轉身走了，高跟鞋的聲音淹沒在地毯裡，初梔等了一陣，才悄悄鑽出來，垂頭看。

桌上什麼也沒少，而是多出一杯咖啡。

下面壓著精緻的花邊杯墊，杯托裡面一張紙巾，包著兩塊方糖。

初梔愣住了。

她站在他辦公桌前，沒注意到陸嘉珩進來，直到他走過來，輕輕敲了敲桌面。

初梔抬頭，表情還有點呆：「你開完會了嗎？」

他辦公室沒鏡子，她睡起來也沒整理過，頭髮睡得稍微有點亂，髮梢被壓得微微翹著。

陸嘉珩抬手抓了抓她頭髮，又順勢揉了揉腦袋：「嗯，走吧，回家了。」

初梔沒有反應，呆呆地站在那裡。

好一會兒，她垂下眼去，慢吞吞「哦」了一聲：「那走吧。」

走之前，她回頭看了他桌上的那一疊資料和教材一眼。

她揉了揉眼睛，喊他：「剛剛有人進來送了咖啡給你。」

陸嘉珩正把她的外套拿過來，抖開：「嗯？」

初梔對於他現在的伺候已經很習慣了，乖乖地張開手臂，伸胳膊套上，仰著腦袋看他：「你不喝嗎？」

陸嘉珩蹲下幫她纏圍巾：「不喝。」

「哎呀，你怎麼這樣，人家煮了咖啡給你，你要喝的呀。」初梔小眉毛皺起來，訓他。

陸嘉珩拽著她圍巾邊緣往前拽了拽：「妳煮給我嗎？」

初梔眨眨眼。

「又不是妳煮的，我為什麼要喝？」

初梔想不到還能說他什麼，只能乾巴巴地說：「你這樣有點浪費。」

陸嘉珩眸光微虛，突然湊近：「妳看見誰來送的了？」

「看見了。」她的大長腿。

初梔垂頭瞅了瞅自己的腿，感覺還沒人家三分之二長。

陸嘉珩眉梢微挑：「有人煮咖啡給妳男朋友，妳竟然還勸我喝？」

初梔的表情挺迷茫的：「這個不是大家都有的嗎？」

「……」陸嘉珩咬牙：「不是，只有我有的。」

初梔聞言，表情瞬間變得嚴肅了起來：「陸嘉珩，你如果不喜歡人家，就應該認真地拒絕她，然後道歉。」

陸嘉珩覺得自己可能有點心理疾病，受虐狂傾向什麼的，她善解人意地沒罵他，也不耍小性子，還一本正經訓他的樣子，反而讓他渾身不舒服，「我除了開會見過她幾次，沒單獨見過她。」

沒想到初梔竟然不負所望，忽然大驚失色，繼而憤怒地開始拽圍巾往他臉上甩：「你還想單獨見她？」

「……」

幫她重新把拽下來的圍巾纏上以後兩人下樓，正是晚高峰的時間，車子堵得水泄不通，初梔睡了一下午，清醒到不行，安安靜靜坐在副駕駛座頭靠著車窗發呆。

小女孩中午時還喋喋不休的，此時卻悄無聲息，陸嘉珩側頭看她：「冷不冷？」

初梔搖頭。

「餓了？」

初梔還是搖頭。

剛搖完，她的肚子輕輕地叫了一聲。

「……」初梔鼓著腮幫子，噗的一下吐出一口氣來，眨巴著眼轉過身，有點小心地樣子：「學長，你畢業以後有什麼打算？」

這稱呼實在是久違了，他已經習慣了她陸嘉珩、陸嘉珩連名帶姓的叫，聽著有點意外，回過頭去：「打算等妳長大，幫我生個小小梔子。」

「……」

轟的一下，初梔的臉彷彿要燒起來了。

她兩隻手抬起來猛地捂住了通紅的耳廓，結結巴巴地：「你在說什麼呀！你羞不羞！我不要生小小梔子！」

陸嘉珩笑著舔了舔嘴唇，懶洋洋道：「好吧，那我生。」

「……」這就開始放月光玲瓏閃電屁了。

二月中上旬，春節將至。

臘八的那幾天天氣極冷，初梔原本冬天就懶得出門，這樣就更懶了。

一連好多天，初梔都顯得有些心事重重。

就連晚上都睡不太安穩，她夢見陸嘉珩埋首趴在桌上，垂著頭，不知道在幹什麼，她好奇地走過去，看見他桌子上的 GMAT 考試資料。

那些資料都活過來了，長了手和腳，正在桌子上蹦蹦跳跳地，得意洋洋看著她發出稀奇古怪的笑聲，一邊笑著一邊說：「分手吧，妳不是我們的對手的！」

這個時候，陸嘉珩終於抬起頭來，也朝她笑：「我愛讀書，我生命中最美好的兩個字是讀書，不是初梔。」

夢裡的初梔心道：這不是挺好的嗎？多積極正向啊。

醒來以後的初梔嚇得魂不附體，覺得自己好像著魔了。

她糾結了好長一段時間，又想問他，又不想問。

出國讀研至少也要三年才能回來，初梔覺得這算是件很重要的事情，他明年開學大四，眼看著也是近在咫尺的事情，他卻都沒跟她說。

好像也沒有想跟她說一聲，商量一下的意思。

他是不想告訴她？還是覺得沒有必要？

初梔告訴自己他大概是因為還沒來得及說，反正才大三下學期，可能還沒找到機會跟她講這件事。

既然他沒有說，那麼應該就是有自己的考慮和想法，初梔想。

那麼她就再等等好了，再等等，如果開學以後，他還是沒有說這件事，她就去問。

晚上九點半，初梔坐在床上，垂著眼，發了一下呆。

想了想還是覺得有點氣。

她氣鼓鼓地漲著臉頰，噗噗地往外吐氣，像個小河豚一樣坐了一陣子，越想越不開心，自顧自地生氣。

初梔抬手，把床頭櫃子上的手機拿過來，傳訊息給陸嘉珩：『希望你明天便秘！』

第十章　陸嘉珩的味道

轉眼到了春節，初梔跟著父母去了南方過年。

也沒去海南，初梔爺爺奶奶在南方一個城市養老，在郊區買了塊地，前院圈出一塊菜園，後院出去走一段有片小湖，不知道是天然的還是人工的。

初梔好久沒來南方了，這邊天氣陰冷，外面零度屋裡面零下一度，初梔又有點嬌氣，開了空調覺得有點乾燥，不開又靠顫抖發熱，適應了好幾天才漸漸習慣了。

北方那邊一到冬天什麼江河湖全都結厚厚的冰，更別說葉子了，光禿禿什麼都沒有上面還壓著雪，初梔來的時候還不怎麼情願，來了以後很快就新鮮了起來，高興地把陸嘉珩暫時忘到腦後去了。

大年三十那天晚上，一家人吃餃子看春晚，初梔才偷偷摸摸地揣著手機跑到屋外，兩個人久違地視訊通話。

初梔談起戀愛來其實有一點黏人，平時也是因為他工作感覺時間好慢，她覺得自己應該懂事一點。

可是懂事久了，心裡偶爾還是會有一點小鬱悶，不怎麼嚴重，輕輕淡淡的，但是也確實會有。

大年三十晚上九點半，初梔穿著大衣站在外面，舉著手機一蹦一跳地，陸嘉珩一接起來，就聽見她高興地嘰嘰喳喳：「陸嘉珩！新年了！」

他那邊很安靜，沒什麼雜音，背景是巨大落地窗後的夜幕中璀璨的城市街道。

他穿著白襯衫，安靜地看著她，唇邊帶著笑，燈光下皮膚很白，襯得一雙桃花眼又清又黑，連帶著眼下細細臥蠶下面的陰影也格外的明顯。

『嗯，新年快樂。』他的聲音依舊低磁，只些微有點啞。

初梔歡樂的表情不見了，整個人也安靜下來。

她愣然：「你現在還在公司？」

陸嘉珩長睫微垂，斂下了一點疲憊，抬手，中指指尖輕揉了下眉骨：『馬上就要回去了。』

「陸嘉珩——」

現在是大年三十，已經晚上九點多了，你為什麼還在公司？

別人家都在一家人高高興興吃餃子看春晚放煙火呢。

鏡頭動了動，他似乎把手機放在了桌面上，不知道立在了哪裡，桌面上一個拆開了的杯面杯子出現在鏡頭裡。

初梔鼻子一酸，開始後悔自己過年沒留下來過。

她吸了吸鼻子，原本要說些什麼全都不記得了，話到嘴邊就變了樣子：「我好想你啊。」

她聲音低低的，輕輕重複了一遍，「我好想你啊，我想回家。」

陸嘉珩一愣，抬起眼來。

視訊裡的少女穿了件大衣，沒扣釦子，身後的燈籠火紅通亮，映得她臉頰紅撲撲的，看起來十分可愛，只是那雙琉璃似的剔透的眼此時卻濕漉漉地，輕輕咬住了下唇，微微憋著嘴，像是委屈的撒嬌。

那一剎那，陸嘉珩差點就要訂了機票。

他真的想把她拖進懷裡，親親她，抱抱她，聽她縮在自己懷裡，黏黏糊糊地跟他說話。想把她藏起來，綁在房間裡，每時每刻每分每秒都讓她在自己的視線之中。

他斂睫，遮下了一點暗色的狼狽，輕輕笑了一聲：『想要我便秘？』

「……」他不提起來，初梔都快忘了。

他還挺記仇。

「陸嘉珩，你作為男人，不要那麼小肚雞腸，」初梔很認真地教育他，頓了頓又補充道，「尤其是對女朋友，她無論說什麼都是對的，你要大度一點。」

陸嘉珩眉微挑，往椅子裡面一靠，似乎想笑：『妳說的對，是我錯了。』

見他態度如此端正，初梔滿意了。

她只是隨口的一句，已經道出了她內心深處最熱切的詛咒，但是已經過去了一段時間了，他還記得這件事，還跟她提起來了，看起來是非常在意了。

莫不是怨念太深，詛咒成真了？

這個念頭在腦海中成型，初梔猶疑地看著他，想了想又實在忍不住，有些小心翼翼地開口問道：「你後來真的便秘了嗎？」

陸嘉珩：「……」

掛了視訊電話，陸嘉珩整理了東西，回了老宅。

陸泓聲往年過年都是帶著妻兒出國的，今年也許是感受到了壓力和威脅，留在了帝都。

或許是因為他終於意識到，即使陸老爺子現在只剩下他這麼一個兒子，繼承人也不一定就是他，急需一點討好和孝心。

不過跟初梔待在一起時間久了，陸嘉珩更願意把人和事都往好的方面想，比如說他說不定是良心發現了呢。

他幾個月沒回過家，陸嘉懿看起來比上次又高了一點，小朋友蹬蹬蹬地跑過來，腦袋仰得高高的，小手舉著想要他抱，又馬上縮回去了。

陸嘉懿圓滾滾的眼睛瞪得大大的，微微皺起了秀氣的小眉：「哥哥瘦了。」

陸嘉珩猶豫了一下，試探性地垂手，輕輕摸了摸他的小腦袋。

陸嘉懿愣著，有點受寵若驚的樣子，好高興的看著他，烏黑的眼睛亮晶晶，微微墊著腳，腦袋小心翼翼地蹭了蹭他的手心。

陸嘉珩不自然地別開眼，收手，淡淡道：「進去吧。」

小男孩開心的搖頭晃腦，像個小尾巴似的跟在他後面奶聲奶氣，口齒不清道：「哥哥今天回來了。」

「哥哥想懿懿了嗎？」

陸嘉珩沒說話，聽著他自顧自地肯定的點點頭，興高采烈地重複：「哥哥想懿懿了。」

「懿懿也想哥哥。」

「……」

那一瞬間，男孩子的身影和某個少女重複交疊在了一起，陸嘉珩覺得他身邊的小朋友們，是不是一個個的都是小鸚鵡，一開心起來全都喜歡說話。

陸嘉珩停下腳步，垂眼：「你想我？」

陸嘉懿點了點頭。

他側頭，語氣沒什麼情緒波動：「陸嘉懿，我對你好嗎？」

陸嘉懿小腦袋點的像小雞啄米：「好的，」他抓了抓自己腦瓜頂上的頭髮，有些不好意思的樣子，高興地說，「哥哥摸了懿懿的頭！」

「……」陸嘉珩啞然。

他身邊的小朋友，都這麼容易滿足，好像很小的一件事情，就可以讓他們開心起來，像是人生從來沒有過陰霾一樣，即使遇到不高興的事情，也很快就會過去。

讓人不忍心在他們無瑕的靈魂上留下一絲一毫的痕跡。

讓人想虔誠地把這個世界上所有璀璨美好的東西，全部都捧到他們面前。

陸嘉懿在他面前乖乖地站著不說話，陸嘉珩垂著眼在一樓站了一下子，再一抬眼，剛好看見陸泓聲從樓上下來。

他看著他的表情有些複雜，像是第一次認真的審視他一樣：「剛回來？」

陸嘉珩抬了抬眼皮，無所謂地勾唇：「公司裡的電腦性能好，打遊戲不卡。」

陸泓聲沒說話了，陸嘉珩上樓，擦身而過的瞬間，他叫了他一聲：「阿珩，無論你有多恨我，你我始終是父子。」

陸嘉珩腳步一頓。

男人的聲音有點沉，乾巴巴地，情緒裡帶著某種語重心長又意味深長的東西：「我擁有的，以後也全都會是你的。」

陸嘉珩垂下眼去，輕輕笑了一聲。

還有什麼好期待的，有些人果然還是讓人沒辦法往好的方向想。

他背對著他站在比他高兩階的樓梯上，漆黑的眼微微挑起，眸光銳利寡冷，薄唇扭出一個似笑非笑的刻薄弧度：「你沒辦法擁有的，以後也會是我的。」

陸嘉珩在老宅待了兩天。

大年初二一大早，陸老爺子終於抓到他了。

彼時爺孫二人坐在老爺子的茶室裡，一人坐著一邊椅子，老爺子正在逗鳥，鸚鵡抓著雕花木椅把手，尖利的喙溫柔地啄了啄老人的手指，用腦袋蹭蹭他的手心。

老人隨手捏了片胡蘿蔔餵牠：「之前跟你說的，考慮過了沒有？」

陸嘉珩垂著眼，沒說話。

陸老爺子多瞭解他：「不想去？怎麼了，跟我無聲的抗議上了？你這兩天躲著誰呢？我上哪你溜得比二狗還快。」

陸嘉珩眉心微擰，有點無奈：「爺爺——」

陸老爺子單手舉起，打斷了他的話：「我知道你是為什麼，你那個小女朋友是吧，寧可體育考試不考了補考也要陪人家上課的那個？」

陸嘉珩還是不說話。

陸老爺子也擰著眉看著他，這個表情爺孫倆一起做起來，十分神似，老人微微瞇起眼來打量他一陣子，表情看起來又嚴厲又好像還帶著一點奇異的高興：「讓你出去讀個書，又不是讓你跟人家小女孩分手從此以後老死不相往來了，一、兩年就回來了，這個節骨眼上，你還分不清輕重緩急？你是打算當一回周幽商紂？」

陸嘉珩垂著眼坐在旁邊，良久沒說話，半晌，才緩聲平靜道：「不行。」

陸老爺子：？

陸嘉珩軟趴趴地癱坐在椅子裡，長腿大咧咧地前伸出去，手肘撐在椅子扶手上，單手托著下頦：「一、兩年也不行，一、兩年太久了，她很黏人，三天沒見到我就想我想到不行，會想到哭，我心疼，我捨不得。」

陸嘉珩側頭涼涼瞥了旁邊老人一眼：「到時候她哭起來我不在，您幫我哄嗎？畢竟是您未來孫媳婦，您也是要負責任的。」

陸老爺子：「……」

陸家的家庭關係其實說簡單也簡單，說複雜也複雜。

簡單的地方無非就是狗血爛套，常說電影、電視劇都源於生活而高於生活，有些時候狗血劇還真的不一定能高於生活。

陸嘉珩考國中那年，陸泓聲資助了一個大學生。

女孩愛讀書，成績又好，名校大學生，文靜漂亮。可惜家裡條件不好，陸泓聲資助她，也就寄宿在他們家，順便當陸嘉珩的家教。

陸嘉珩從小就不是個好相處的小朋友，而且那個時候正處於中二期。

剛開始，他對自己這個兼職家教是沒抱有什麼好感的，結果相處下來，發現她安安靜靜的，倒也不討厭。

就這麼平安無事的相處了很長一段時間，兩個人只差了四、五歲，亦師亦友，又經常抬頭不見低頭見，後來熟悉了，關係甚至可以說是還挺好的。

後來，陸嘉珩母親去世，這資助生兼職小家教也到了，哭得梨花帶雨，哭得我見猶憐，哭得跟面前躺著的是她媽一樣。

再然後，陸嘉珩休學，他母親百天忌日沒過，兼職小家教懷孕了，孩子八週大。

八週。

他母親屍骨未寒，就已經有了一個同父異母八週大的弟弟。

他在她的葬禮上跪著哭得真情實意的時候，上一位女主人百天忌日還沒過，陸家新的女主人已經光明正大的睡在了她的床上。

陸嘉珩想不明白陸泓聲到底有什麼可圖，值得一個甚至和他年齡相仿，未來有無限可能的女孩子絞盡腦汁爬上他的床。

除了一副人模狗樣的皮囊，還有錢。

還不如來勾引他呢，不就是想要錢？他也有啊。

十六歲的少年第一次真實地意識到，人在欲望和金錢面前，原來真的可以喪盡一切的良知與人性的。

從那以後，陸嘉珩的日子過得有點荒唐。

陸老爺子年輕的時候雷厲風行太多年，到了晚年反而變得十分佛系，兒子眼界極窄，能力平庸，老爺子甚至已經做好了以後景恒不姓陸或者十年破產的準備了。

沒想到陸嘉珩突然像被人附身了一樣，主動提出要來公司。

陸老爺子還是很好奇，這個突然之間出現讓他孫子從一個天天醉生夢死就只知道炒股和玩的紈絝小混蛋變成現在這副樣子的小女孩，到底是個什麼樣的神奇人物。

遠在南部的初梔打了三個噴嚏。

大年初二一過，初梔迫不及待開始旁敲側擊問父母什麼時候回家。

她一年見不到爺爺、奶奶幾次，不敢當著她們的面表現的太急切，生怕傷到了老人家的心，可是她坐立不安的樣子，每個人都看得出來。

初爺爺笑瞇瞇地問：「我們小公主是想家了？」

初奶奶笑瞇瞇地說：「想什麼家啊，小梔也是大女孩啦，說不定想的是哪個小男生呢。」

初父也笑瞇瞇地，十分傻白甜地深信不疑道：「不可能，媽，初梔說了，她沒有男朋友。」

「……」初梔心虛地垂下頭去，覺得十分對不起爸爸。

年初四，初梔和父母回了帝都。

小女孩起了個大清早，坐了一上午的飛機，下了飛機人依然生龍活虎，一點都不累的樣子，回家放下東西連衣服都沒換，說要跟朋友出去玩，又跑出去了。

剛好週六，初梔蹬蹬蹬地跑上樓，按陸嘉珩家的門鈴。

等了一陣子，也沒等到裡面的人開門。

初梔站在門口，翻出手機來，剛想打電話給他，門開了。

陸嘉珩站在門口，有點錯愕地看著她。

他穿著淺色線衫和休閒褲，高挺的鼻樑上架著無框眼鏡，一雙桃花眼藏在鏡片後面，斂了一絲輕佻，多了一點矜貴。

然而初梔的注意力顯然不在這裡，看視訊的時候就覺得他瘦了，此時一看真人，比視訊電話裡還要瘦。

初梔癟了癟嘴，想到他大年三十還在辦公室裡吃泡麵，想到他之前說和父親不太好，母親也已經不在了，想到之前的那一巴掌和他複雜的家庭矛盾。

初梔的鼻尖又酸了，她快步往前走了兩步，手臂張開環住他的腰，腦袋埋進他的懷裡。

懷裡的小人緊緊地環著他的腰，陸嘉珩下意識將她抱住，垂眸，有點詫異：「什麼時候回來的？」

初梔鼻子抵著他柔軟的線衫蹭了蹭，聞著他身上熟悉的味道，答非所問：「陸嘉珩，我好想你。」

陸嘉珩的喉結滾了滾，心底一片柔軟。

「我不在的這段時間，你便秘了沒？」初梔繼續道。

陸嘉珩：「……」

初梔抬起頭來，手臂還抱著他的腰不放，仰著個小下巴，神情嚴肅：「你跟我說實話。」

「……」陸嘉珩面無表情地扣著她後腦把她小腦袋重新按進自己懷裡：「過個年妳怎麼變這麼皮了？」

初梔也不掙扎，順勢重新黏上來，像個小狗似的一直往他懷裡鑽，鼻子蹭啊蹭，他好笑，揉了揉她的腦袋：「妳幹什麼呢？」

初梔繼續蹭：「聞你的味道。」

陸嘉珩挑眉：「我是什麼味道？」

「就是陸嘉珩的味道。」

「陸嘉珩味是什麼味道？」

「就是陸嘉珩味呀，哎呀你怎麼這麼煩。」

兩個人疊在一起站在門口，像兩個傻子一樣樂此不疲地味道來味道去，陸嘉珩輕笑了聲，半拖半抱著她把她弄進門裡，關上了門。

初梔又抬起腦袋來，剛想說話，人愣住了。

陸嘉珩身後，一個老人正背著手站在客廳裡看著他們。

初梔僵住了。

老人穿著一身淺色唐裝，布料看上去價格不菲，上面繡著精雅別緻的花紋。

整個人看起來精神抖擻，身子骨十分硬朗，此時正沒什麼表情地看著她，眼神銳利審視，像X光一樣上上下下左左右右將她整個人掃了個遍。

初梔鬆了手，人想往後退，卻仍舊被陸嘉珩抱得緊緊的。

她不敢出聲，悄悄地戳了戳他硬邦邦的腹肌。

陸嘉珩才終於有了點反應，緩慢地放開她，轉過身來，平靜地介紹：「我爺爺。」

又轉過頭來，看向老人：「您孫媳婦。」

初梔：「……」

初梔：？？？

初梔：？！？！？！

初梔想立刻轉身開門，拔腿就跑。

她的眼睛睜得大大的，緊張的渾身發僵，從頭到腳都在抖。

陸嘉珩注意到，輕輕牽起她冰涼的手。

初梔吞了吞口水，彈簧被折了下去一般突然低低鞠了個躬：「爺爺好。」

「……」陸嘉珩掰著她肩膀把她掰起來了，俯下身去，湊到她耳畔低聲道：「別緊張。」

他的聲音輕柔沉緩，像是一顆石子，緩慢地沉入水底。

初梔悄悄調整了一下呼吸，緊張的情緒也慢慢地平靜下來，她悄悄地看了陸爺爺一眼，老爺爺也正看著她。

眼神有點詭異，有點高深莫測，有點一言難盡，有點欲言又止。

好半天，老人家才側過頭去，看向陸嘉珩：「成年了嗎？」

初梔：「……」

陸嘉珩：「……」

初梔沒有想到，她見到陸嘉珩的第一個大家長，說的第一句話會是這個。

她剛成年不到一個月，好像也沒有錯啦。

而且他親她的時候，她好像確實還未成年。

再而且，她剛剛當著大家長的面抱著他黏了那麼長時間。

初梔回憶了一下剛剛自己都說了些什麼、做了些什麼，有點崩潰，羞恥的紅著耳朵垂下頭去。

陸老爺子見狀，以為真的被自己猜到了，他神色複雜地看著自家孫子，沒說話。

陸嘉珩被那眼神瞧得嘴角一抽：「她成年了。」

陸老爺子好像鬆了口氣，喃喃道：「成年了好啊，成年了就行……」

陸嘉珩：「……」

初梔沒想到一回來就見了家長，還是爺爺這種量級的，她根本就什麼準備都沒做，直接被陸爺爺拉進書房裡去了。

起初，陸嘉珩抿著唇抓著她，神情很嚴肅地看著老人家，一副堅決不同意的樣子：「您要說什麼在這說就行了。」

陸老爺子悠哉道：「怎麼了？怕我嚇到你的小女朋友？」

陸嘉珩敷衍地勾了勾唇，沒什麼笑意：「是啊，脆弱易碎，需要小心呵護。」

初梔紅著臉，安慰似的捏了捏他的食指指尖。

他皺眉。

初梔仰頭，朝他眨眨眼。

他才不情不願地鬆了手，後退一步，抱著手臂：「十分鐘。」

初梔其實自己心裡也沒底，七上八下的，她感覺剛剛的行為那麼輕浮，抱著人家孫子不放手，陸爺爺對她的第一印象肯定很差很差的。

小女孩白著一張小臉，像是即將被宣告死刑似的，低垂著腦袋跟著老人進去了。

陸老爺子大哥做習慣了，渾身上下都帶著一種上位者的威嚴，即使表情看上去十分佛系，卻也依然擋不住壓迫感。

初梔心裡彷彿有一千萬個小人在抓她，她忐忑又不安的揪著手指頭等。

老人家也不說話，負手站在窗前看著她，X光射線來來回回地在她身上臉上掃，就好像她是什麼病毒的攜帶者一樣，連空氣和呼吸都有感染的可能性，需要一層一層一遍一遍的消毒以後才可以靠近或者跟她說話。

兩個人就這麼面對面地小眼瞪老眼瞪了十分鐘，初梔從最開始的冷汗滲出來好幾層，到後面已經開始神遊了。

有點像小的時候和小朋友玩的那個遊戲，一二三木頭人。

她用腳尖蹭了蹭書房地面的地毯，又等了兩分鐘，終於忍不住了，咬咬嘴唇一臉大義凜然地抬起頭來。

初梔視死如歸閉上了眼，皺著一張小臉，委屈地，聲音聽起來快要哭了：「爺爺，您給我個痛快吧！反正我是不會和陸嘉珩分手的！」

陸老爺子：「……」

最終陸爺爺一句話都沒說，反而笑了。

老人閉了閉眼，有點無奈的樣子，朝她擺了擺手，嘆息一般：「去吧，小姑娘。」

直到陸老爺子人走了，初梔都沒反應過來，不太明白自己被叫進去，然後對眼看了十分鐘是什麼意思。

她跟著陸嘉珩送走了陸爺爺，人一走，陸嘉珩反手啪地關上了門，抿著唇：「老爺子跟妳說什麼？」

初梔本來想說，什麼也沒說的。

她仰起腦袋來，看著他微微向下垂著的嘴角，有些緊繃，看起來像是在緊張或者擔心些什麼。

初梔沒說話，她越安靜，陸嘉珩反而越不安。

初梔咬了咬牙，深深吸了口氣，試探性地道：「你要出國嗎？」

陸嘉珩一滯。

初梔緩慢地繼續道：「你要出國讀研究所嗎？要幾年呀？好不好考？你還讀金融這方面的科系嗎？」

從小到大，初梔幾乎沒有說過謊，除了初父問到男朋友的時候，這種特殊情況外。

她有些心虛，有點愧疚，有種罪惡感，所以她耍了一點小聰明，明知道陸嘉珩會誤會是陸爺爺跟她說的，她乾脆直接問他，企圖透過這種方式讓自己的罪惡感變得稍微少一點。

陸嘉珩垂眼看著她，眸色沉沉的，看不出什麼情緒。

半晌，他低聲問道：「妳想讓我去嗎？」

「你想去嗎？」初梔反問。

「妳想讓我去嗎？」他重複問道。

初梔愣了一下。

她想起剛剛在書房裡，陸爺爺緩慢閉上的眼。

鶴髮童顏的老人，看起來分明像一把出鞘的劍，是銳利又堅不可摧的，可是在那一瞬間，眉宇間卻帶著一種疲憊感。

那個時候他分明是有話想跟她說的。

他想說什麼呢？

她猜不出來。

初梔微微垂下眼睫，等了一下子，才慢慢搖了搖頭：「我不想的，我想讓你陪著我。」

她的聲音軟糯又清晰，帶著她特有的那種柔軟的溫吞，種子似的一字一字輕輕落在他心底，然後抽芽，開出花朵來。

陸嘉珩眸光微動，沒說話。

初梔皺了皺眉，抬起眼來，「但是我已經成年了，是大人了，大人不能那麼自私，也不能只顧著自己高興，」

她的鹿眼烏黑明亮，安安靜靜看著他：「我想讓你一直陪著我，可是我也想你能變成更好的人。」

彷彿沉寂了很多年的心臟再次跳動了起來，從她開始，周身蔓延開來的一切都變得鮮活了。

她的眼睛明亮又澄澈，真摯地看著他，舌尖捲起放平吐出的每一個字都輕輕淺淺落在心上。

陸嘉珩低垂著眼看著她，突然抬手，將她扯進懷裡。

他用鼻尖蹭了蹭她柔軟的髮頂，聲音輕輕落下：「嗯，我也想成為更好的人，為了妳。」

初梔腦袋又被他扣回到懷裡了，聲音顯得有些悶：「那你就去嘛，要幾年呀？」

「一、兩年吧。」

初梔「啊」了一聲，小聲道：「那也不是很久。」

陸嘉珩一頓，抬起頭來，人往後撤了撤，長眼微瞇，他原本眼型就略鋒利，瞇起來看人時總有種壓迫感，此時戴著眼鏡看，多了幾分別的什麼東西。

初梔想了好半天，那個詞叫什麼？鬼畜嗎？

她站在那裡默默的想著，聽他輕飄飄開口：「妳還嫌時間短了？」

初梔仰起頭來，表情看上去比剛剛說「希望你變得更好」的時候還要真誠：「你那麼笨，期末考試都被當，一、兩年能學的到東西嗎？」

「……」陸嘉珩覺得他的女朋友對他是不是有什麼誤解？

從小到大拿了無數個第一名也算是個小學霸的少爺覺得應該糾正一下她。

陸少爺掙扎道：「初初，我的成績其實還可以的，期末考試也沒有被當。」

初梔嘴巴微張，茫然道：「你賄賂老師了嗎？」

陸嘉珩：「……」

知道了陸嘉珩要走，兩個人之後可能會有差不多兩年的時間要異國戀了，初梔也就不拚命克制著維持自己的懂事女朋友形象了。

具體體現在，她傳訊息給陸嘉珩的次數和頻率都變高了。

當然還是會岔開他忙的時候或者上班的時候，中午休息或者晚上她會經常主動找他。

陸嘉珩開心得差點要跳起來了，每天心情都很好，上午的動力是等著女朋友中午的視訊通話，下午的動力是晚上回家和女朋友的視訊通話，每天生活的動力是以後養女朋友。

上下樓的戀愛已經談得像異地了，有時候還會來一場書房陽臺上的祕密私會。

有點像牛郎和織女踏的鵲橋，只不過是上下鋪版的。

陸嘉珩倒是沒再翻下來了，只是每次一個趴在上面往下看，一個伸著脖子往上瞧，伴隨著外面連綿雪景隔空喊話，場面看起來應該還有點怪異的。

再後來，初梔中午午休的時候會往他公司跑，晚上有時候也陪著他加班，甚至趁著夜深人靜父母睡著了的時候偷偷跑上去幾次。

兩個人戀愛談得像偷情，就這麼偷了一個寒假，三月初，寒假結束開學了。

陸嘉珩實習的最後一天晚上，初梔去他公司找他。

小女孩三天兩頭往這邊跑，人又討喜嘴巴也甜，保全和前臺也都已經認識她了，直接讓她上去了。

初梔輕車熟路蹦蹦跳跳地上了樓，摸到陸嘉珩的辦公室。

辦公室的門虛掩著，初梔還沒來得及進去，站在門口手剛把上門把手，就聽見裡面有女人說話的聲音，「下班以後要一起吃個飯嗎？」

初梔一頓，推門的動作硬生生地停住了，她猶豫了一下，悄悄地從微開的門縫往裡面瞧。

女人看起來和林瞳差不多高，依然是一套淺色的套裝，包臀裙到膝蓋上方一點，肉色絲襪。

腳上高跟鞋倒是換了一雙，但也許是女生的直覺，初梔一眼就認出這女人是送咖啡的那個。

咖啡小姐聲音溫柔，透出一種成熟女性的魅麗，初梔從門縫裡都能感覺到她四溢的雌性荷爾蒙。

初梔從那個角度看不見陸嘉珩的臉，只聽見他淡淡道：「不了，晚上要早點回家。」

「整個部門都去呢，大家就等你了，你不去我沒辦法交代啊。」女人笑了，開玩笑似的試探道，「急著回家是家裡有人在等？你妹妹嗎？」

他頓了頓：「我沒有妹妹。」

女人愣了愣：「那前幾天經常會來找你的那個女孩子是？」

初梔賊兮兮地站在門口，她只能看見女人的側面，腦袋往前探了探，想看陸嘉珩的表情。

她肩上揹著單肩包，帶子細細的，她這麼往前一傾身，包包也跟著垂下去，在門縫處輕輕的盪了兩下。

初梔根本沒注意到，全部注意力都放在裡面，只聽見陸嘉珩安靜了一陣子，才緩慢開口，聲音裡帶上了一點笑意：「我老婆。」

初梔：「……」

女祕書：「……」

「啪」一聲輕響，初梔肩膀上的包包滑了下去，掉在柔軟的地毯上，聲音輕不可聞。

可是裡面的人顯然還是聽見了，女祕書轉過頭來，看著門口處的那個女生的包包。

初梔早就已經縮回了腦袋，耳根通紅地躲在門口，揉了揉臉，又抓了抓耳朵，即使已經被發現了，她還是不太想進去。

初梔心裡一邊默念著看不見我看不見我咒，一邊蹲下身去，悄悄地拽著包包肩帶往外拽。

裡面陸嘉珩和女祕書看到的畫面，就是一隻白嫩小小的手，慢吞吞地伸進門來，勾起了地上的包包帶子，然後一點一點，緩慢又小心地往外扯，一寸一寸消失在門後。

像是叼著什麼玩具或者玩偶一點一點拖進窩裡的貓咪。

陸嘉珩輕笑了聲，懶洋洋道：「妳看，我老婆是不是很可愛，像個小老鼠似的。」

初梔：「……」

女祕書：「……」

包包拽到一半，眼看著就要出門了，不動了，等了幾秒鐘，辦公室的門被人緩慢地推開，初梔蹲在門口仰著腦袋，一臉哀怨的看著坐在裡面的男人。

陸嘉珩坐在辦公桌後面，桌子上是整理好的東西，他的下巴擱在厚厚的一疊文件上，勾唇看著她。

也許是因為初梔以前沒見過他念書時的樣子，最近才知道他也會戴眼鏡的，薄薄的鏡片後面桃花眼狹長，眼角微微上挑，臥蠶細窄，輕柔道：「寶寶，來。」

無論此時面前的人看起來有多麼妖孽，初梔依然想抄起地上的包包飛過去直接砸在他臉上，然後對他喊一句「誰跟小老鼠似的啊！」

初梔鼓了鼓嘴巴，瞪著他，又看了站在旁邊看著她的女人一眼。

她像個小偷似的鬼鬼祟祟蹲在門口，穿著很厚的羽絨服和褲子，顯得整個人又腫又胖。

情敵穿著高級套裝，襯著腰細腿長，姿態優雅，跟天鵝似的。

初梔好不開心啊。

她唰地站起來了，抓著包重新揹上，雄赳赳氣昂昂地走進辦公室，小腰板挺得筆直筆直，非常有氣勢地走到辦公桌前，看著坐在後面的男人，吸氣。

中間隔著張辦公桌，她想了想，還覺得不夠，乾脆地繞過桌子走到桌後，站在他面前：「陸嘉珩。」

陸嘉珩看著她有點鼓的臉蛋，忍著想戳戳她的欲望，抬眼，等著她接下來的發落。

一秒、兩秒、三秒。

初梔瞪了瞪他，突然小嘴一撇，不高興地憋著嘴巴，聲音悶悶地：「我餓了……」

陸嘉珩沉沉笑了，終於忍不住拽著她手拉進懷裡放在腿上抱著，另一隻手抬指戳了戳她圓潤白皙的小臉蛋：「我們的寶寶餓了，我們的寶寶想吃什麼？」

初梔已經習慣了，甚至現在開始自發地熟練又迅速的在他懷裡找到一個最舒服的姿勢。

想想還是不能釋懷，趴在他耳邊怨氣很重的說：「你為什麼說我是老鼠。」

陸嘉珩也配合著她，壓低了聲音道：「因為我覺得老鼠可愛。」

初梔想不通耗子到底哪裡可愛了。

她依舊氣鼓鼓的：「一點也不可愛，你竟然當著別的女人的面說我是老鼠！」

「……」女祕書覺得你們這對小情侶快他媽閉嘴吧，當別人聾的呢。

陸嘉珩神色平淡自然：「哪有別的女人，我的世界裡只有男人和小梔子。」

「……」女祕書耳朵一滑沒聽清楚，目瞪口呆的看著他們。

你的什麼？你的小姪子？

女祕書心道你們有錢人就是重口味。

三月驚蟄，仲春時節開始，天氣開始變得不正常起來，乍寒乍暖。

陸嘉珩從公司到學校，並沒有清閒多少。

出國讀研究所要準備的東西很多，平時在校四年的平均分 GPA、雅思託福考試成績、GMAT 成績都很重要，陸嘉珩三年來大小考試的成績都不錯，除了體育考試自己作了個死，跟院長說了才搞定。

為了豐富自己的履歷申請表，顯得自己大學社團活動經驗豐富，陸嘉珩特地加入了學生會。大三老兵空降，沒兩個月，當上了系會會長。

初梔覺得好神奇。

她知道這個消息還是薛念南告訴她的，彼時她正跟陸嘉珩在圖書館裡約會，兩個人找了個角落的位子，陸嘉珩面前一份 GMAT 試卷，初梔捧著本傳播學概論看寢室群組，剛想放下，薛念南的加菲貓頭像出現，在群裡宣布了這個重大消息。

初梔啪啪地拍了兩下旁邊的人的手臂，陸嘉珩被她拍的手一歪，筆在卷子上畫下了長長的一條線。

他側過頭來：「怎麼了？」

「你當系會會長了？」

「嗯。」

初梔瞪大了眼睛：「你怎麼做到的？你才剛入系會吧。」

陸嘉珩的表情挺平靜的，淡定的轉過頭來繼續看卷子：「因為之前的系會會長是林柏楊。」

「……」這群萬惡的走後門的，真的是太讓人羨慕了。

她默默地想著，結果陸嘉珩突然轉過頭來了，似笑非笑看著她：「怎麼，妳也想來？」

初梔眼睛亮晶晶地，期待的看著他：「我可以不幹活嗎？」

陸嘉珩手指捏著筆熟練的轉了兩圈，舔了舔嘴唇：「可以，妳來當我的祕書，讓我潛一下，搞個會長辦公室祕密的地下戀情。」

他這話說完，初梔又不滿意了，湊近了瞪他：「為什麼要祕密的地下戀情。」

陸嘉珩眉梢挑起，覺得女生真是個神奇的生物。

明明是她自己表示要保密，並且沒告訴任何人的，但是只要他一旦說了一點這方面的話，小女孩又馬上有異議了。

「初梔小朋友，是妳不想讓我見光的。」陸嘉珩提醒她。

初梔想想好像也是，她認真地看著他，喊了他一聲：「陸嘉珩。」

「嗯？」

「你一走是不是要走兩年啊。」

陸嘉珩一頓，抬眼：「也許不用。」

「那也是也許。」

「假期我會回來，」他頓了頓，補充道，「無論幾天都回來。」

初梔卻一副很不贊同的樣子：「你不要來來回回的跑呀，你是要去好好念書的，別總想著別的事情，不然你還不如不去呢。」

她這副小大人的樣子又可愛又好笑，陸嘉珩很乖地點頭：「行，那我不回來。」

初梔看了他一眼，繼續道：「我們也不要聯絡了，不然你也會分心。」

陸嘉珩掀起眼皮子，沒說話。

日子一天天過去，一想到他要走了，兩個人要相隔半個地球，初梔就一天比一天鬱悶。

雖然這種焦躁鬱悶和不開心的表達方式比較奇特，經常會說一些稀奇古怪的話，有的時候也會天馬行空異想天開開始胡說八道。

小女孩自顧自地苦惱了一會兒，雙手撐著臉：「陸嘉珩，要不然我們分手吧。」

陸嘉珩的動作停住了，他以為自己聽錯了：「什麼？」

初梔其實只是在皮而已，她掰著手指頭算了算日子，一邊一本正經地認真胡說八道：「你要走那麼久，萬一你在那邊有喜歡的女孩子了怎麼，而且你這樣很擋我桃花，萬一有男孩子喜歡我跟我告白了——」

她搖頭晃腦地胡亂扯到了一半，一抬眼，對上他黑沉沉的眼。

初梔小嘴一張，「啊」了一聲，話頭打住了，還眨了眨眼，一副很無辜的樣子。

陸嘉珩被她氣笑了，手裡的筆往桌子上一丟，抬手屈指，彈了一下她的腦門，聲音像是從牙縫裡擠出來的：「妳這個沒良心的。」

圖書館裡安靜，兩個人縮在角落的長桌，聲音也不敢太大。

陸嘉珩看起來又好氣又無奈，還有一點縱容。

初梔側著身子看著他，靠窗邊的位置，背靠著窗框，圓滾滾的大眼看著他。

毫無預兆的，她突然傾身向前，人靠近過來，抬臂，食指勾著他鼻樑上的眼鏡框，緩慢地勾下來。

陸嘉珩垂眼，看著她好奇盯著他的一張近在咫尺的臉：「幹什麼？」

初梔勾下他的眼鏡，捏著眼鏡戴在了自己臉上，扭過頭來，一臉嚴肅地看著他，一手手臂擱在桌面，另一隻手食指指節輕輕扣了扣桌邊：「陸同學，讀書的時候為什麼跟別的同學閒聊？快點做完題，做不完老師要懲罰你啦！」

陸嘉珩桃花眼微瞇，情緒莫測盯了她一陣子，倏地勾起唇角。

兩個人椅子靠得本來就近，他人又往她那邊靠了點，面前的試卷一推，長臂伸過去，抓過她面前的那本傳播學概論，立了起來。

敞開著的書立在兩人面前，陸嘉珩一手把著書，另一隻手從後面扣著她的小腦袋按過來，伸頭湊近。

鼻息相交，他輕輕笑了一聲，含住了她的唇。

初梔瞪大了眼，戴著有點大的眼鏡也跟著往下滑了滑。

他輕輕咬著她下唇唇瓣，按著她後腦的手鬆了鬆，伸到前面去勾下眼鏡，隨手放到桌上。

動作沒停，舌尖勾著她唇瓣的輪廓，細細地描繪。

整個圖書館溫暖又寂靜，她身後暖氣的熱氣暖烘烘地，熨燙著她的背。

兩個人藏在角落裡的長桌前，藏在書本後，偷偷摸摸地交換了一點點濕漉漉的東西。

他怎麼總是喜歡這種地方。

初梔羞恥地紅著臉感受著他軟綿綿的舌尖探入侵略，呼吸有點不穩，半晌才緩過神來，生怕被別人發現，心驚膽戰地抵著他輕輕推了推，「唔」了一聲，力氣很小的抗議。

陸嘉珩微微鬆了鬆口，聲音低沉，吐息間氣息紊亂地交纏在一起，字句染著絲絲縷縷的曖昧：「老師，妳安靜點……」

稱呼出口，她整個人一縮，濕漉漉的眼眼角紅了一片。

她的氣息清甜綿軟，像棉花糖，像蘋果花，像夏天沙灘上冰鎮的椰子汽水。

陸嘉珩的指尖摩擦著她耳際軟絨的髮絲，唇舌動作頓了頓，最後又重重在她的唇瓣上咬了一下。

初梔疼得淚花唰地冒出來了，脫口而出的聲音被她硬生生地憋了回去。

陸嘉珩撤離，身子往後靠了靠拉開距離，放下了手裡的書，垂眼看著她。

他這次咬得其實比起上次力氣已經不大了，但還是很痛，初梔抬手，想碰碰自己的嘴唇看看流血了沒，輕輕點了點，白嫩的指尖沾上了一點點晶瑩的液體，倒是沒咬破。

陸嘉珩抬手，拇指指尖蹭了蹭她唇角溢出一點的唾液，被初梔抬手啪一下打掉了。

她淚眼朦朧地瞪他，凶巴巴的表情被濕漉的眼和通紅的眼角染得誘人又可憐：「你又咬我！」

陸嘉珩像是一隻吃飽喝足了的狼，飽餐一頓後微瞇著眼，心滿意足地舔了舔濕潤的唇：「忍不住。」

初梔揉了揉痛痛的嘴唇，沒好氣地瞪他，幾秒鐘後，她兩隻手把著屁股下面的椅子，搬著往旁邊挪了一點，又挪了一點，和他中間隔開了一點點距離，抽過書來準備繼續看。

此時已經是晚上八點半，被他這麼一鬧初梔也看不下去書了，陸嘉珩也不做題了，單手撐著頭側身看著她。

初梔裝模作樣地看了七、八分鐘，渾身上下都不自在，終於放棄了，身子往後一靠：「今天不看了。」

陸嘉珩愉悅地勾起唇角：「好啊，那出去走走。」

初梔把書塞進包裡：「我要回寢室洗澡了。」

「……」陸嘉珩唇角不開心地垂下去了，彷彿有具象化出來的耳朵垂下來了，從大野狼變成了小黃狗：「哦。」

清明過後，又是穀雨。

寒潮結束，氣溫開始回升，女孩子們脫去了羽絨服、厚棉褲，換了好看的春秋裝大衣外套。

顧涵談了戀愛，是個隔壁文學院的文藝小青年，姓陳，叫陳星辰，相貌清秀且文質彬彬，和顧涵兩個人的性格簡直一個在南極一個在北極，反差極大，特別鮮明。

據顧涵所說，兩個人是在某次部門活動相識並且熟悉起來的，也許是缺什麼補什麼，顧涵雖然性格上頗為大咧咧，其實內心十分纖細且文青，這點透過她天天研究塔羅牌和星座也能看出來。

所以，當陳星辰於萬眾矚目之中當場洋洋灑灑作長詩一首，表現出出塵的氣質與非凡才情時，顧涵對他一見鍾情了。

兩個月後，顧涵從一個脾氣暴躁點火就著的三字經女漢子變成了一個天天在寢室裡做美食買了一大堆擺拍道具歲月靜好文藝女青年，顧涵和陳星辰墜入了愛河。

雖然又過了一個月，她又變回了脾氣暴躁點火就著的三字經女漢子了。

顧涵脫團那天，陳星辰請客她們寢室裡幾個女生吃飯，連帶著他的室友一起。

八個人吃個晚飯，後來又去了ＫＴＶ，林瞳和顧涵咆哮著唱〈王妃〉和〈死了都要愛〉，曲畢，輪到男生組，一首李玉剛柔情似水的〈清明上河圖〉唱得聲情並茂。

初梔覺得漢語言文學的男生真是一種神奇的生物，渾身上下都是文藝細菌，讓人毫不懷疑他們會大雨天繞著學校花壇朗誦情詩那種。

她想像了一下陸嘉珩唱〈清明上河圖〉的場景，嚇得手裡小叉子上的西瓜都掉了，整個人打了個哆嗦。

眼看著日子一天天過去，初梔越來越忐忑不安，情緒越來越敏感，並且徹底變成了一團小年糕。天天拖著他往圖書館裡跑，要麼就是抱著書跑到他家裡去，強烈要求兩個人要一起讀書。

雖然最後往往都是初梔趴在茶几上睡得又香又甜，陸嘉珩在她旁邊看書，偶爾少女不知道在夢裡夢見了些什麼不開心的東西，微微皺起眉來黏黏糊糊地嗚嗚兩聲。

陸嘉珩側頭，俯身輕輕親親她眉心，抬手拍拍她的背，一下一下輕柔安撫。

然後，睡夢中的小女孩就會有感覺似的，小動物一樣纏上來，軟綿綿的身子一點一點貼過來，拱啊拱，拱啊拱，小腦袋蹭到他懷裡，抱著他的一條手臂或者腰繼續睡。

每到這個時候，她就會心滿意足地翹起唇角，帶起兩個淺淺的小梨窩，裡面像是盛了甜酒和蜜，讓人忍不住想要嚐一嚐，喝一口，然後溺死在裡面。

陸嘉珩無數次自暴自棄地想，乾脆什麼都不要了，哪裡也不去了，就這麼守在她身邊，陪著她哭，看著她笑。

希望她未來的所有日子裡，身邊都能夠有他的陪伴。

一分一秒的分離，都讓人難以忍受。

而他們要分開幾乎兩年的時間。

兩年，七百三十天，一萬七千五百二十個小時，一百零五萬一千兩百分鐘，六千三百零七萬兩千秒。

陸嘉珩輕嘆了口氣，推開面前的書，黑眼沉沉，靜靜地看著她。

初梔像有所感覺似的，小臉皺了皺，迷迷糊糊地睜了睜眼。

小女孩揉揉眼睛，剛剛睡醒，聲音稍微有一點點啞：「幾點了呀？我要回家了。」

陸嘉珩微垂著眼：「還早，再睡一下。」

「不睡了，再睡晚上睡不著了，」初梔撐著地毯坐直身來，「你好好看書了嗎？」

「初初。」他突然叫她。

初梔「唔」了一聲。

陸嘉珩傾身靠近，把她重新抱進懷裡：「我不走了好不好？」

初梔頓住了。

她愣了差不多半分鐘，把他推開：「為什麼呀？」她歪了歪頭，「你考不上嗎？」

陸嘉珩靠著沙發側面坐在地毯上，長睫斂著，嗓子沉沉，聲音很低：「捨不得妳。」

他語畢，忽然抬眼看著她，像是在等著什麼。

只要她一句話，只要她兩個字，他就可以不管不顧，什麼都不要地為她留下。

初梔眼睛發酸。

她好想告訴他，她也捨不得，也不想離開他，也不想讓他走，也無數次很自私地想跟他說「你不要去讀研究所啦！反正我養得起你。」

初梔瞪大了眼睛，眨都不敢眨，拚命壓下了眼眶裡的酸澀。

直到實在忍不住，她匆匆垂下眼，頭低低的：「反正只要兩年，」她第無數次的算日子，「你看，我也要讀書，等你回來以後我也剛好差不多要畢業了呀，到時候我們可以一起去公司，一起上下班，我們去同一家公司，或者離得近一點的，就可以一起吃飯，晚上還可以一起回家——」

她暢想著美好的未來，很自然地隨口說，說完頓住了，耳根一點一點地變紅。

她抬了抬手，習慣性地捏了捏耳垂，聲音細細小小：「就是剛好順路一起回家的意思。」

陸嘉珩勾起唇角，十分無辜地歪了下頭：「不然呢？妳還想跟我來哪個意思的？」

「……」

初梔隨手抓起旁邊沙發上的靠墊啪嘰一下拍在他臉上，「我回去了！」

陸嘉珩自從認識了初梔後一張英俊的臉被拍了無數次，早就已經習慣了，非常輕車熟路地抬臂一把抓住拍過來的抱枕丟到一邊，看著她掙扎著爬起來。

她站著，他坐著，初梔微微垂頭看著他：「陸嘉珩，你走那天我不去送你了。」

他靜靜地看著她，半晌，「嗯」了一聲。

「你在那邊有女孩子跟你要聯繫方式你不許給。」

「嗯。」

「也不許和女同學一起玩。」

「嗯。」

「也不要沒事情就往回跑。」

「嗯。」

初梔想了想，又試探性問道：「但是假期還是會回來的吧？」

看小女孩小心翼翼的樣子，陸嘉珩輕笑了聲：「不會的，我假期不回來了。」

初梔一頓，悄悄地瞥了瞥嘴，腮幫子鼓鼓地，悶悶道：「噢……」

陸嘉珩沉吟片刻，建議道：「妳過來找我的話，可以省下一張機票錢。」

初梔眨眨眼，認真的算了一下：「沒有呀，你回國再回去是兩張，我過去找你再回來也是兩張機票，一樣的。」

陸嘉珩一條腿屈起來，單手搭在膝蓋上，唇角勾起，緩聲道：「妳覺得如果妳去了，我還會讓妳回來？」

初梔：「……」

陸嘉珩臨走之前，程軼弄了個餞別宴。

浪裡白條陸少爺自從家裡有了家養小白兔以後變成了大門不出二門不邁的妻管嚴，每天最幸福的事情就是陪女朋友去圖書館，陪女朋友玩，買好吃的給女朋友，偶爾跟女朋友鬧個彆扭就一整天都不開心，最後還是可憐兮兮地道歉哄小女孩。

於是，那個以陸嘉珩為核心、偏偏群組成員裡唯獨沒有陸嘉珩的群組改名，從「遇到愛不懂愛從以前到現在」變成了「女人心海底針早放手早脫身」，並且把陸少爺奉為負面教材之首，每每談到他都扼腕嘆息痛心疾首。

對此，陸嘉珩持睜一隻眼閉一隻眼無所謂的態度，而且還十分樂在其中。

程軼痛並快樂著，並且夜以繼日為對床林柏楊的狗命擔憂。

因為之前發生的事情，初梔對於和陸嘉珩的交友圈接觸這個事一直有一點點小抵觸，除了之前就認識了關係已經很熟悉了的程軼、林柏楊他們，其他的人初梔再沒見過。

陸嘉珩也無所謂，自從有了女朋友，陸少爺活動範圍瘋狂縮減，所有電話打過來全部都是「不看」「不去」「不知道」「別煩我」，偶爾程軼叫他吃個飯，他也要問問初梔要不要去。

一般只有程軼他們的時候初梔都會去，這天人很多，初梔覺得他走之前確實也應該跟朋友們出去玩一玩，善解人意道：「你去吧，別太晚了，早點回家。」

陸嘉珩那邊手裡還舉著手機，點點頭，漫不經心道：「不踐。」

初梔：「……」

程軼挺氣的：『陸嘉珩你他媽真是典型的重色輕友，讓梔妹妹一起來，今天沒別人，林語鶯也在。』

陸嘉珩一聽林語鶯在，他更不想去了。

但是初梔還挺喜歡林語鶯的，乾脆陪他一起去。

陸嘉珩的飛機在第二天早上，男人被她拖著，不情不願地出了門，在上了車的時候還想著往家裡跑。

最後一天，他只想和初梔待在一起。

初梔坐在副駕駛座上，扣好了安全帶，十分憂傷：「陸嘉珩，你馬上要很久見不到程軼了，你不會想他們嗎？」

陸嘉珩虛握著方向盤，懶洋洋垂著眼皮：「我見了他們二十多年了，看見他那張臉我就噁心。」

「……」初梔：「噢。」

初梔覺得男人真是無情，她眼珠子一轉，又回過頭來：「那我們如果在一起二十多年了，你是不是就要換個人喜歡了？」

陸嘉珩側過頭來：「換誰？」

初梔靠在副駕駛座椅背上，聞言，默默地轉過頭來，哀怨地看著他：「你看，你就是有這個念頭。」

「……」

初梔想了想，鄭重地提醒他：「陸嘉珩，我也是很搶手的，你如果這兩年敢找別的女生，我就趕在你前面也找男人，然後讓你戴綠帽子。」

「……」

陸嘉珩手一滑，車子刺啦一聲，在路邊停住了，他轉過頭來，微瞇一下眼：「找男人？」

初梔縮了縮脖子，人也往後挪了挪，被安全帶牢牢地綁著，挪不動地方。

這邊，陸嘉珩已經傾身靠近。

隨著他離開的時間越來越近，這個人越來越肆無忌憚，越來越鬼畜，溫柔的時候整個人像是能融化了溺死她一樣，有些時候又會突然不安全感暴漲，變著方法讓她換各種稱呼叫他，不滿意還咬人。

初梔之前看了個漫畫，漫畫裡主人公偶爾會露出和他有點相似的眼神和表情，叫黑化。

陸嘉珩在黑化的邊緣徘徊，眸光虛著，單手撐住車門框，把她圈在面前，聲線低醇：「一個我妳還覺得不夠？」

初梔咽了口口水，肯定地看著他：「陸嘉珩，你昨天晚上是不是又看總裁小說了？」她清了清嗓子，冷冷笑了一聲，「小妖精，我一個人還滿足不了妳嗎？」

陸嘉珩：「……」

初梔越扯越起興，開始興致勃勃地給他推薦：「我前兩天看了一篇總裁棄婦，女主角被全國首富甩了以後和亞洲首富在一起了，好好看！」

「……」陸嘉珩長長地嘆了口氣，屈指輕輕敲了敲她光潔的小腦門：「越來越皮？」

初梔痛得叫了一聲，很委屈地兩隻手捂住了自己的腦袋，控訴地看著他，那可憐的表情幾乎可以以假亂真了。

小丫頭還學壞了不少。

華燈初上，街道上車如流水拉出絢麗光帶，暗色裡少女的眼睛顯得亮晶晶的，很是惹人疼。

程軼催促的電話又打過來，陸嘉珩直起身來，明明知道她八成是裝的，還是怕她真的是覺得疼了，忍不住抬手揉了揉她小腦袋，語氣縱容：「妳就吃死我了是吧。」

初梔笑嘻嘻地主動伸腦袋，就著他掌心蹭了蹭：「陸嘉珩，你的人設崩了，總裁不說這種臺詞，你要再霸道一點。」

陸嘉珩吊著眼角瞥了她一眼：「先吃飯，吃完再霸道。」

國際慣例，太子和太子妃依舊是最後一個到的。

程軼不停地打電話一遍一遍催他，結果自己其實也沒來，他前腳才剛剛進門，後腳陸嘉珩和初梔就推門而入。

陸嘉珩接過她的包，動作無比自然熟練地幫初梔拉開椅子，順手把包包放在自己的椅子後面。

程軼見狀，剛抽開的椅子又推回去了，賤兮兮地嘿嘿笑：「殿下，椅子好重哦，人家也要你幫我拉嘛！」

陸嘉珩揚唇掃了他一眼。

程軼閉嘴了。

說是太子殿下餞行宴，其實high起來了看起來和陸嘉珩半點關係都沒有了，陸嘉珩明天早上要趕飛機，跟著初梔一起喝汽水，剩下的人白的黃的紅的齊刷刷，晚上九點，氣氛依然十分熱烈。

初梔早就想嚐嚐酒是什麼味道了，上一次接觸到酒精還是話劇社的聚會，因為被原辭攔著作罷，這次看著他們一杯一杯，好奇又有點眼饞。

小女孩看著她們面前的酒瓶子，眼睛都不眨。

陸嘉珩剛好出去接電話，林語驚側頭看了她一眼，酒瓶子朝她歪了歪：「來一杯？」

初梔遲疑了一下，有點躍躍欲試，問她：「哪一個比較好喝？」

林語驚笑了，跟服務生要了個杯子，隨手抽了瓶伏特加過來，倒了三分之一，又拿了她的橙汁，把剩下的都倒進去了，最後又倒了三分之一的雪碧。

林語驚端著杯子輕輕晃了晃，遞給她，撐著下巴：「這個比較好喝。」

初梔道了謝，接過來，看著裡面黃澄澄的液體。

看起來其實和她的橙汁沒有什麼區別，除了顏色沒那麼深那麼濃了。

湊到鼻子下面聞了聞，也還是橙汁的味道，混了一點酒精味。

初梔剛想嚐嚐，陸嘉珩進來了。

她杯子裡的東西看起來和果汁沒大差距，陸嘉珩也沒在意。

初梔就這麼光明正大地湊到唇邊，舌尖伸出來，舔了舔。

辣辣的，混著果汁的酸甜，還有汽水的刺激感。

初梔皺著眉，適應了一下，小口小口喝了兩口。

她就這麼捧著杯子喝了一陣子，眼看著三分之一下肚，陸嘉珩側過頭來，輕聲問她：「吃飽了？」

初梔放下杯子，吐了吐舌頭，轉過頭來看著他。

一開口，「嗝」的一聲，她打了個嗝。

還帶著酒味。

陸嘉珩：「……」

他愣了兩秒，端起小女孩放下了的杯子，湊到面前聞了聞。

陸嘉珩唇角一垂，側眼看過去：「誰幫妳倒的？」

初梔機警道：「我自己倒的。」

陸嘉珩顯然不信，也沒說什麼，把杯子放到一邊去，自己的那杯果汁端到她面前：「喝這個。」

初梔瞪大了眼睛：「為什麼？」

「沒有為什麼。」

「我要喝那個，那個挺好喝的。」

「不好喝。」

初梔不幹了，湊近了看著他：「陸嘉珩，你是不是大男子主義，不准女朋友沾酒的那種？」

陸嘉珩眼皮一跳：「不是。」

陸嘉珩看了她一眼，初梔一副不得到答案不甘休的樣子。

她只喝了小半杯，此時還沒什麼反應，看起來也和平常沒什麼區別。

陸嘉珩靜靜看了她一下，舔了舔嘴唇，表情有點無奈：「妳喝醉了，我明天就走不了了。」

初梔愣了一下，快速肯定道：「我覺得我的酒品應該很好的，就算醉了也不會不讓你走的。」

陸嘉珩的表情有點複雜，他不知道該怎麼跟她解釋，單手撐著眉骨，拇指指尖揉了揉太陽穴：「這不是妳讓不讓我走的問題。」

初梔腦袋默默地縮回去了，「噢」了一聲：「那下次嗎？」

「……下次吧。」

兩人的聲音不大，只有坐在旁邊的程軼和林語驚看見，程軼簡直看呆了，默默和林語驚交換了一個不可思議的表情，湊過去壓低了聲音感嘆道：「殿下真他媽是神了，柳下惠啊，這機會都不把握的嗎？一點便宜不占啊，他真的把梔妹妹當女兒養的啊？」

林語驚瞥他一眼：「阿珩都做人了，你什麼時候能做個人？」

程軼：「……」

程軼好無辜啊，怎麼就挨罵了？

陸嘉珩走的那天，初梔起了個大早。

她原本不想去送他，此時突然有點後悔。

昨晚很晚才睡著，她頂著個黑眼圈，翻來覆去在床上翻滾，看看時間，他此時應該在機場了。

十幾個小時後，他們就要相隔半個地球。

初栀想傳個訊息給他，想了想，又丟下手機，腦袋埋在枕頭裡開始蹬腿。

不開心地蹬了一陣子，她又重新摸了手機過來，整個人縮在被窩裡，一字一字地傳訊息過去給他：『上飛機了嗎？』

陸嘉珩那邊很快打了電話過來。

初栀接起，停了一陣子都沒說話。

陸嘉珩也沒聲音。

他那邊背景有點亂，空曠又嘈雜，不時有機場的廣播聲音響起。

半晌，初栀慢吞吞地開口：「一路平安呀。」

他「嗯」了一聲，停了停，又叫她：『初栀。』

初栀身子在被窩裡縮了縮，整個人蜷成一團，手機靜靜地貼在耳邊：「唔？」

他的聲音低低的，語速很慢，吐字又沉又清晰：『等我回來，我們訂婚吧。』

第十一章　兩年

陸嘉珩走了以後，初梔的日子照常過。

一日三餐有兩餐混在一起吃，上半身被鄧女士拽起來下半身還黏在床上，也不怎麼跟朋友出去玩。

初父和鄧女士覺得神奇，上了大學以後初梔明明變得愛出去玩了，經常不回來吃飯人就出去了，一直到晚上才回來。

原本初父還會一遍一遍打電話給她，後來鄧女士說女兒長大了，初父也就作罷，只不過每次她太晚回來，初父還是會很不開心。

現在初梔每天不出門，他又不太適應了，變著方法的想讓她出去找同學玩。

大三開學，原辭畢業了，畢業前，話劇社又聚了一次餐。

八爪章魚早就退了社團專心去一家外企實習，一拿到畢業證書直接轉正了，也是那天，初梔第一次正正經經地喝酒。

陸嘉珩不在，她沒了顧忌和管束，又對自己的酒量和酒品沒什麼底，乾脆拉上了林瞳一起。

動手之前，初梔嚴肅地看著林瞳：「阿瞳，如果我等一下想做什麼不可挽回的事情，妳記得要攔住我。」

林瞳警惕又疑惑地看著她：「什麼樣算是不可挽回的事情？」

初梔回憶了一下電視劇或者電影裡的人喝醉時候的樣子，很認真地想了想：「比如站在桌子上跳脫衣舞？」

「……」林瞳想了想那畫面，感覺還挺恐怖的。

就算初梔不說，如果她沒攔住，大概第二天可能就不會是個完整的人了，陸少爺要飛過來弄死她的。

初梔和陸嘉珩在一起了這件事只有林瞳知道，剛開始的時候初梔是沒找到機會說，後來一直這麼拖著，她也就一直沒特地講一聲，林瞳知道這件事情也是無意間在圖書館碰見的。

戰場從火鍋店變成了烤肉店，初梔一絲不苟地接過八爪章魚遞過來的啤酒，正小心翼翼地往杯裡倒，就看見旁邊八爪章魚，擦了擦瓶口直接就對瓶吹了。

初梔驚了，覺得那樣子頗有些力拔山兮氣蓋世的味道，杯子往前一推，她也吹。

一瓶啤酒下肚，初梔小臉緋紅，開始打酒嗝。

此時八爪章魚已經喝了三、四瓶了，臉紅得像猴屁股，兩個人抱在一起痛哭流涕，八爪章魚一把鼻涕一把淚的揉著初梔小腦袋：「妹妹，以後我就是你親哥哥，有什麼事，受了什麼委屈都跟哥說。」

初梔臉紅得像個小花貓：「哥哥！我會想你的！」

林瞳有點頭疼，連忙上去拉人：「梔兒，來吃肉。」

原辭像個老父親一樣在旁邊幫她烤肉，初梔被拉過來，又看見旁邊的原辭，一張紅撲撲的小花臉湊過去，看起來傷心極了：「學長！我也會想你的！」

原辭也兩三瓶啤酒下肚了，看起來像喝了兩瓶水，面不改色平靜又淡然，沒有絲毫喝了酒的痕跡。

他看著迷迷糊糊抱著他手臂哭的初梔，一笑，小虎牙白晶晶：「我會找妳玩的，反正研究生宿舍那邊過來也沒有很遠。」

初梔像是被什麼關鍵字觸動了一樣，抹著紅彤彤的眼睛，看著他打酒嗝。

嗝嗝的打了兩個，她突然舔了舔唇角，嘟嘟囔囔地放開了手，像一個做錯了事情的小朋友，老老實實地垂著頭坐在自己座位上。

原辭和林瞳都沒反應過來的時候，初梔開始哭。

除了陸嘉珩以外，大學認識的人裡沒人見過她哭。

明明看起來軟軟的一個小女孩，看起來又老實又好欺負，好像輕輕捏捏她就能把人惹哭的樣子，卻不愛哭。

此時，跟剛剛和八爪章魚抱在一起乾打雷不下雨的哭法又不相同，少女像是受到了天大的委屈，先是抽抽噎噎地小聲抹眼淚，到最後，淚水珠串似的滾落，她哭得完全抑制不住，纖細的小肩膀一抽一抽的。

八爪章魚也驚了，看看哭得止不住的小女孩，又看看原辭：「梔妹妹這麼捨不得你？」

林瞳見狀連忙拽著初梔過來，她們兩個身高差了將近二十公分，林瞳抱著初梔就跟抱女朋友似的，小女孩抽抽搭搭地環著她的脖子，淚眼朦朧看著她，紅潤的唇就往上湊。

林瞳腦子裡印上了個大寫的我靠。

第一個念頭就是還好及時把人抓過來了，不然明天陸姓某男子可能真的會讓她身首分離。

林瞳啪啪拍了初梔背兩下，一邊捏著她的臉把人推遠了：「初梔，你他媽清醒點！」

她的小臉兒熱乎乎的，被這麼一捏，嘴唇輕輕嘟著，眼淚還在劈裡啪啦往下滾。

林瞳第一次見到她的時候，她還像個小朋友。

臉上微微有點肉肉的，小小一隻，看起來像是還沒長開。

現在大學兩年過去，少女從氣質上有了些微變化，臉頰瘦了，原本就巴掌大的小臉顯得更小，尖尖的下巴，皺著眉，整個人軟乎乎地貼過來，還是想親她。

林瞳第二個念頭是還好陸嘉珩也他媽不在，不然這個畜生不知道順勢要吃多少豆腐了。

那一瞬間，她彷彿被什麼上身了，整個人都充滿了母性的光輝，一邊捏著初梔的臉一邊像保護著自家孩子一樣將她抱進懷裡，跟原辭說了一聲，帶著人先走了。

烤肉店離學校有點遠，林瞳半拖半抱著初梔在旁邊找了個酒店開了個房，初梔一進門，乖巧地脫了鞋襪，坐在床上，愣愣地看著潔白的床單發呆。

林瞳鎖好了門，門把手上面又掛了個杯子，一轉過頭來，就看見她直勾勾地看著她：「瞳瞳。」

林瞳警惕：「我喜歡男人，妳別想非禮我啊。」

初梔安安靜靜地看著她，嗓子哭得啞了，聲音低低的：「時間過得好慢啊……」

林瞳愣住了。

這是第一次，她看見初梔因為陸嘉珩的事情表現出真實情緒。

一直以來，至少表面上，她看起來都是輕鬆又不怎麼在意的，好像他走不走，對於她的影響其實並不大，包括她從來也不會主動提起她和陸嘉珩談戀愛這件事，甚至林瞳一度覺得她有些沒心沒肺，也並沒有在這段感情裡投入太多。

她發愣，初梔也發愣，半晌，她抬手揉了揉眼睛，抱著膝蓋在床上坐成一團：「希望明天就到兩年。」

初梔第二天睡到日上三竿才醒，毫無不良反應，精神抖擻，除了稍微有點頭疼。

林瞳前一天晚上被弄得超累，又被她抱著啃了半宿，小女孩喝醉了像隻小狗，逮到哪裡咬哪裡，還迷迷糊糊嘟囔著些什麼，林瞳一句也沒聽清。

第二天睡醒，她什麼都不記得，看著旁邊床林瞳一脖子的牙印漲紅了臉，大驚失色又欲言又止：「瞳瞳！妳這怎麼弄的？」

林瞳沒好氣地白了她一眼：「狗咬的。」

初梔也反應過來，第一時間驚慌地檢查了一下自己身上的衣服還在不在。

林瞳：「……」

檢查完，初梔小心翼翼又老實，盤著腿坐在床上，不好意思地撓了撓下巴：「我的酒品是不是很差？」

林瞳樂了，抬手撓了撓她的下巴：「沒有，挺好的，哄一哄就睡了。」

初梔鬆了口氣。

林瞳頓了頓，又忍不住強調道：「但是下次我不在，不准喝酒了。」

「……」初梔也不知道自己酒品到底是好還是不好了。

大三以後，課業量開始加重，所有人都開始緊張起來，薛念南每天神龍見首不見尾，經常早出晚歸每天只在寢室裡睡個覺。

初梔也忙，忙著做的卷子，寫策劃，課業上的壓力只占了一部分，更多的是即將步入社會的壓力。

陸嘉珩也忙，兩個人本來就有著時差，每天她睡覺他起床，互相發傳訊息中間都要隔一段時間才會回，每天也都聊不了幾句話，每每初梔這邊上午的時候跟他視訊時美國已經是淩晨。

有好幾次，初梔這邊一邊做事情一邊跟他講著話，安靜一下子再回頭去看螢幕，那邊陸嘉珩已經睡著了。

他沒走的時候，初梔從來沒見過他的睡顏是什麼樣子，現在他人走了，倒是經常能夠看到。

他看起來是真的很累，薄薄的唇輕輕抿著，睡顏看起來緊繃又疲倦。

初梔安安靜靜地把視訊掛斷，繼續找實習資訊。

臨近假期，班級裡大部分的同學已經開始找假期的實習，想趁著還在學校的時候多積累一些經驗。

初父有點想讓初梔繼續讀研究所的意思，初梔卻不怎麼想了，大三上學期結束的那個寒假，她找到了第一份實習工作。

公司是個大公司，蕭翊推薦的，兩個人一起面試了市場部的實習生。

畢竟學校的招牌擺在那裡，初梔平時在校成績不錯，外語方面也十分出眾，所以沒幾天，就接到了HR的電話。

一掛了電話，初梔開心地歡呼了一聲，在床上來來回回滾了好幾圈。

第一個反應就是想跟陸嘉珩說。

她看了一眼時間，下午四、五點的時候，他那邊還是淩晨，應該還在睡覺。

初梔心不在焉地看了一陣子書，心不在焉地吃了個晚飯，心不在焉地洗了個澡，然後繼續看書。

看了差不多快一個小時，一頁還沒翻完。

好不容易等到晚上八點多了，他那邊是早上八點多，差不多也該起床了。

初梔美滋滋地把書丟到一邊，趴在床上打視訊給他。

沒過多久，陸嘉珩接起來了。

他正在刷牙，嘴巴裡叼著個牙刷，鬍子也沒刮，頭髮睡得亂糟糟的。

身上睡衣釦子好幾顆都沒有扣，露出鎖骨和大片的精壯胸膛，赤裸的肌膚一直蔓延向下，直到消失在螢幕邊緣。

初梔擋在頭髮裡面的耳朵有點發燙，但是也顧不得這個，迫不及待地想跟他分享好消息。

她興奮地喊了他好幾聲：「陸嘉珩、陸嘉珩！」

陸嘉珩隨手抓了抓頭髮，把手機立在洗手檯旁邊的架子上，繼續刷牙。

他嘴巴裡含著牙膏泡沫，說不出來話，看著螢幕裡的她，含含糊糊地「嗯」了一聲。

小女孩卻愣住了，她的視線定定地，越過他在看什麼東西。

初梔慢慢地抿了抿唇，到嘴邊的話忘了一乾二淨。

他的手機放在旁邊，人站在洗手間，背後是衣架，上面掛著幾件洗好的衣服。

一件紫色的真絲睡衣裙掛在靠近牆邊的地方，明晃晃地，招搖又刺眼。

初梔的大腦空茫茫的，愣愣地看著他，嘴巴微張，好半天沒說出話來。

陸嘉珩端起旁邊的杯子喝水漱口，牙膏沫咕嚕嚕地吐掉，開了水龍頭，身子一矮，後面被他遮了大半的也全露了出來。

紫羅蘭色的睡裙，垂墜感很好的真絲面料，七分袖，V領深深，領口墜著珠子。

他抬起頭來，重新看向手機螢幕，下頷上掛著水珠，滴答滴答往下滴：『怎麼了？』

初梔剛剛想說的話，包括所有的興奮、期待、忐忑和迫不及待，全都不見了。

她沉默了一下，一鼓作氣，剛想問出口，他那邊的洗手間門被敲響，有人催促著喊他。

陸嘉珩側頭，隔著門應了兩聲。

初梔到嘴邊的話第二次咽回去，聽著他和室友說話，咬了咬嘴唇：「你先去吧，是不是有人催你啊？」

陸嘉珩拽了毛巾過來擦臉：『沒事，妳先說。』

初梔不說話。

剛剛一句話沒問出來被打斷了，現在再想問，不知道為什麼突然覺得有些困難。

不安混雜著別的東西，讓人又想要刨根問底的問清楚得到準確答案，又十分抗拒著想逃避什麼。

初梔深吸了口氣，微微歪著頭，好奇地看著他：「陸嘉珩，你室友有女朋友嗎？」

陸嘉珩之前跟初梔提過兩次他的室友，只是隻言片語，也是個留學生，家庭條件優渥，好像兩個人關係還不錯。

陸嘉珩有點意外，挑了挑眉：『沒有，怎麼突然問這個？』

初梔的表情看起來好像處於某種狀況之外。

像是遇到了什麼超出她理解範圍的事情，呆愣愣的，無措又茫然。

陸嘉珩注意著，感覺她的表情看起來不太對勁，皺了皺眉，一邊往外走：『妳怎麼了？』

初梔快速地垂下眼去：「沒有。」

『發生什麼事？』

「沒怎麼……」她低聲道，「我寒假找了一個實習。」

陸嘉珩一愣：『實習？』

初梔點點頭。

不知不覺，他的小女孩已經長大了。

他有點感慨，又不太捨得她自己一個人出去實習，想了想，說：『其實妳現在也還小，不用急，大四再考慮實習的事情也可以。』

初梔皺了皺眉，抿著唇：「你大三的時候也去實習了呀。」

陸嘉珩笑了：『我是我啊，妳跟我不一樣。』

他說這話的時候想法很簡單，他的家庭複雜，很多事情都是不得不去做的，她卻不一樣，她有那麼美好的家庭，完全可以隨心所欲地生活，他希望她大學時期盡情地享受學生時光，無憂無慮的長大。

然而他的事情她完全不瞭解，乍一聽，這話就像是對她的質疑。

好像他可以的事情，她就不行。

突然有無名的火氣一點點竄上來，連帶著剛剛的某種情緒，初梔語氣有點硬邦邦的：「我馬上就二十歲了。」

陸嘉珩已經往外走了，他轉進臥室，手機丟在床上。

螢幕裡變成白花花的天花板，旁邊有衣料摩擦的聲音傳來，他應該是在換衣服，輕笑了聲：『嗯，我記得，我家寶寶長大了。』

初梔想，也許那睡裙是她的生日禮物呢。

雖然感覺風格上和她不怎麼符合，雖然是洗過的。

她下半張臉重新埋進枕頭裡，聲音聽起來像憋著呼吸：「陸嘉珩，你幫我準備了生日禮物嗎？」

『嗯，準備了。』

初梔試探道：「是什麼呀？」

那邊響起皮帶金屬釦的輕微聲響。

隔了一下子，手機被人重新拿起來。

他的衣服已經穿好了，毛衣柔軟，桃花眼微揚，含著笑意看著她：『今年這麼想要禮物？』

初梔看起來有點心不在焉：「嗯，想要。」

她趴在閨房柔軟的大床上，剛洗完澡，水靈白嫩的一隻，懷裡抱著個枕頭，脖頸白皙修長，睡衣荷葉的邊露出精緻纖細的鎖骨。

少女的聲音輕軟，像是夾了白砂糖餡的糯米糰子，綿綿「嗯」的一聲，彷彿勾著一點點的媚。

陸嘉珩聽了動作一頓。

幾秒鐘後，他抿著唇垂頭低聲罵了一句什麼。

此時美國那邊早上九點多，陸嘉珩臥室外面又有人敲門，初梔掛掉了視訊，手機丟到一邊，翻了個身。

她平躺在床上，瞪大了眼睛，抬手啪啪拍了兩下臉蛋，自言自語道：「初梔，妳當妳拍電影呢……」

實習的第一天，初栀起了個大早。

初栀離這種鋼鐵大廈辦公大樓最近的一次還是那段時間天天來找陸嘉珩，此時她是自己上班，不免有些緊張。

為了實習，鄧女士特地帶她去買了幾套衣服，初栀平時穿著比較學生，輕熟風小襯衫一穿，蕭翊差點沒認出她來。

蕭班長直直地看了她一陣子，突然笑了。

也許是因為環境的原因，兩個人第一次在學校以外的地方有交談，初栀認領了一個空的小格子，裝好了電腦，領了工作用的郵箱。

主管給了她一大堆的公司各種產品包括部門等等相關的手冊資料，初栀看了一個上午，下午，她終於被主管叫過去了。

一起的還有蕭翊，三個人在小會議室裡開了兩個小時的會，出來的時候初栀的小筆記本上面記了滿滿的內容。

她實習的是一家業界頗有名氣的廣告公司，雖然在學校的時候也有不少的實踐學習和練習，但是到這種規模的公司裡來還是第一次。

蕭翊大一就開始接觸實習，這方面的經驗比初栀要足得多，這次一個客戶的廣告策劃，交給兩個人分別去做，選擇相對比較好的那一個。

三個人從會議室出來，初栀還有點茫然，蕭翊看著她那副似懂非懂，有點苦惱又躍躍欲試的樣子覺得好笑，略微側著頭：「覺得難？」

初栀還在抱著筆記看，點點頭：「有點，」她頓了頓，又搖搖頭，「在學校的時候其實也做過差不多的案子呀。」

蕭翊笑著點點頭：「有不知道的地方可以問我。」

初栀眨眨眼，大眼睛看著他，澄澈又坦然：「我們現在是競爭對手的關係呢。」

初栀知道，這家公司在業內算是屈指可數，而剛剛主管也已經委婉地暗示過了，雖然兩個人現在大三，不過表現比較突出的公司也會考慮長期實習，甚至畢業後直接留用。

彼此心知肚明的事情，卻被她不在意似的這麼坦蕩蕩地挑明瞭，蕭翊有點尷尬，笑著摸了摸鼻子：「反正實習的時候最重要的還是學習和經驗，結果也不那麼重要。」

初栀「哇」了一聲，覺得和蕭班長比起來，自己實在是太膚淺了。

廣告這個東西，一直是比較難說的，學廣告的天天嚷嚷著廣告是夕陽產業，這就跟學法律的說找不到工作，學會計的說畢業以後只能做出納，學語言的做個小文書一樣，哪個行業都覺得自己的前途一片灰暗。

初栀接了人生中第一個廣告策劃，整個人亢奮地從產品的瞭解到市場管道媒體，各個方面做了充足的準備和功課。

不懂的地方也多，整個公司裡初栀只認識蕭翊一個人，兩個人中午經常會一起吃飯。

他幾乎毫無保留地把自己的經驗說給初栀聽，初栀也會把自己的想法告訴他，她總有很多稀奇古怪的想法和問題，經常問得蕭翊啞口無言。

到後來，蕭翊會主動拉著她討論。

兩個人晚上經常很晚才走，初桅覺得蕭班長人實在太好了，不僅不介意她的問題多，還非常耐心地跟她討論。

她做得很細緻，時間上也覺得趕，有點吃力的寫完又一遍一遍的修改，壓著最後的死線交了策劃方案。

一出辦公室就碰見了蕭翊，初桅交了作業心情頗好，一看見他連忙去叫他：「蕭班長！」

蕭翊卻一反常態，像是沒看見她一樣，從另一端繞過去走了。

初桅眨眨眼，覺得有點奇怪。

當天晚上，陸嘉珩打視訊電話過來的時候，初桅正在敷面膜。

她愣了愣，好半天都沒接。

初桅的精力被分散了大半，意識到自己已經很長一段時間沒跟陸嘉珩視訊過了。

以前是她空閒的時間比他多，所以會主動找找他，然後兩個人都忙，再加上本來就有時差，時間上更是很少對上。

沒時間是一部分，更大的一部分原因好像是因為其他的什麼，初桅說不清楚，她心底的一點點煩躁與不安。

她一直等著他，不知道在等什麼，她只知道，她沒有等到。

初桅手裡捏著手機，坐在床上發呆，過了一陣子，視訊被掛斷了。

她垂眼看著螢幕，慢吞吞地打字：『剛剛在洗澡，你起床啦。』

陸嘉珩回得很快：『妳最近真的在忙？』

初梔愣住了。

她咬了咬嘴唇，不知道該怎麼回覆他，捏著手機揉了揉鼻子，陸嘉珩那邊電話又打過來了。

初梔接起來，輕輕喂了一聲。

陸嘉珩沒說話，兩個人一陣沉默。

安靜了幾秒，他最先開口，聲線低沉又柔軟，熟悉的讓人鼻尖發酸：『實習很忙嗎？』

初梔安安靜靜地「嗯」了一聲。

『累不累？』

「還好。」

『主管是不是比老師還可怕？』他含笑道。

初梔頓了頓，「也還好呀。」

陸嘉珩閉嘴了，又沒人說話。

半晌，他道：『妳是不是不想理我？』

初梔不說話，沉默了一下，低低說：「沒有的，因為我最近在實習，有點忙。」

陸嘉珩嘆了口氣，聲音聽起來有點無奈：『初初，我們本來就沒辦法見面，有什麼事情妳要跟我——』

他還沒說完，初梔輕輕打斷了：「不是也挺好的嗎。」

陸嘉珩愣住了，沒反應過來：『什麼？』

初梔坐在床上，眼睛瞪大了一點，微仰著頭看著天花板：「我以前找你的時候你也忙呀，只有我閒，每次都是我不停地跟你說話，現在大家都忙起來了，你也不需要累了一整天還要聽我嘮叨無聊的事情聽到睡著，」她咬緊了嘴唇，一連憋了很多天的情緒一股腦地發洩出來，聲音卻依然輕輕的，「這樣，我們各忙各的，不是也挺好嗎？」

最開始的時候，初梔覺得，即使兩個人異地了，也不會有什麼太大的影響。

哪有那麼多的彆扭和矛盾，她們朝夕相處的時候好好的，沒有理由分開了反而矛盾和問題會越來越多的道理。

所以即使林瞳特地來找她說過這件事，初梔也沒怎麼在意過這方面。

現在，矛盾真真實實地擺在眼前，初梔才意識到自己之前的想法太簡單了。

原本很多她覺得自己可以不在意的事情全都變成了在意，很多她以前根本不會有的情緒莫名冒出來，包括許多原本可以順其自然說出來的話，也變得難以啟齒。

想問的有那麼多，卻又確切地怕著，擔心得到的是讓她不想接受的答案，只能像鴕鳥一樣，不斷、不斷的逃避。

好不容易鼓起了勇氣，被打斷就再也說不出口了。

初梔平躺在床上，手機放到耳邊，空茫茫地看著天花板。

鬢角處的頭髮被打濕了，有液體緩慢地滾進髮絲，冰冰涼涼，癢癢的。

她本來以為自己大度又懂事，只要他能變得更好，她可以忍受很多事情。

其實不是，她原來小氣又彆扭，矯情又任性。

陸嘉珩聽著她安靜地發了一通脾氣，一時間搞不清楚哪裡不對，可是又覺得哪裡都不對。

只能壓著聲，低低哄道：『初初，我們現在不要吵架，別在電話裡面吵。』

初梔小聲地吸了吸鼻子：「我沒跟你吵架，我們心平氣和的說，你讀書也很忙嘛，我也不能不懂事，我現在實習也很忙了，沒有那麼多時間跟你吵架，」她無聲地抬起手來蹭了蹭眼睛，「我工作也做得很好，我沒那麼沒用，陸嘉珩，我也不是非你不可，沒你就不行。」

她賭氣的話珠串似的往外蹦，幾乎不經思考。

這種有些攻擊性的，帶了刺的話，初梔平時絕對不會說。

陸嘉珩那邊很長、很長時間都沒說話。

兩個通著電話，一片沉寂，只能聽見電流微弱的聲音和他若有似無的呼吸聲。

良久，他淡淡開口：『妳是什麼意思？』

聲音寡淡，語氣平而冷。

第一次，他用這種語氣跟她說話。

她之前和他鬧小脾氣的時候，她不安全感爆棚因為一個稱呼跟他發脾氣的時候，他也依舊是耐心的。

初梔抿起唇來，不說話，陸嘉珩低低呵了一聲，似乎是被她氣得笑了。

他深吸了口氣，剛剛開口，喊她名字：『初梔——』

初梔把電話掛了。

「……」陸嘉珩第一次，話說一半被人掛了電話。

所有想說的全部都堵在嗓子裡，胸腔裡一口氣就這麼不上不下的憋著，他聽著電話裡的忙音，整個人像是被按了暫停鍵一樣。

如果換做別人，陸嘉珩大概已經爆炸了。

但是這是初梔。

所有事情對象換成她，他就算再怎麼生氣，也依然一點脾氣都發不出來，

他看著手機被掛斷的畫面，深吸口氣，再次打過去給她。

初梔關機了。

第二天大雪，初梔家到公司搭地鐵轉公車，公車等了好久也沒到。

眼看著快要遲到了，她叫了車過去，結果路上又塞車，最後到公司的時候還是遲到了。

好像什麼事情都不順。

初梔出了電梯，想著反正也已經遲到了，乾脆也沒急著去打卡了，站在電梯間抖了抖身上的雪花，又跺跺腳，才往裡走。

她昨天幾乎是睜著眼睛到天亮，早上起來用冰箱裡保鮮層的優酪乳扣在眼睛上敷了好半天也依舊有點腫，眼底一片不健康的青黑，連帶著整個人看起來都憔悴了不少。

初梔垂著腦袋走進公司辦公室自己的座位前，慢吞吞摘下圍巾，脫了大衣外套掛在後面，期

間蕭翊剛好端著個水杯走過來，初梔無精打采地抬了抬眼，和他打招呼：「早……」
蕭翊看著她的樣子有點詫異，不過很快就反應過來，笑了笑：「早。」
他看起來又變得正常了，明明昨天還假裝沒看見她。
初梔沒什麼精力想這件事，覺得他昨天大概是真的沒看見她。
她有點沮喪地坐下，趴在桌面上發了一下子呆，然後長長地嘆了口氣，慢吞吞打開電腦。
手機依然沒開機，剛開始出於不知道什麼原因，說不清楚是賭氣還是逃避亦或者別的什麼，只是到了現在，已經完全是因為不敢。
害怕會看到自己不想看到的訊息和話，也不想跟他吵架。
初梔開始頭疼，抱著腦袋低低嗚嗚地呻吟了兩聲。
蕭翊就在旁邊看了她一陣子，終於忍不住問道：「怎麼了？今天不開心嗎？」
初梔抬起頭來。
他抿著嘴，表情看上去有些擔憂，還有一點小心翼翼的不安。
初梔還沮喪著，有點無精打采地抬起頭來，兩隻手托著腦袋看著：「班長。」
「嗯？」
「你犯什麼錯了？」
蕭翊愣住了，他表情微凝，飛快問道：「什麼錯？」
初梔微微歪了歪腦袋：「你今天看起來像是怕被罵似的。」
蕭翊沒說話，抿唇笑了一下：「沒有，昨天看了個電影，睡得有點晚，」他頓了頓，垂眼，

「妳看起來精神也不太好，昨晚熬夜了？」

初梔不知道怎麼說，一言難盡，白淨的小臉又皺起來了，大眼睛可憐兮兮地看著他：「班長。」

「嗯？」

「你真是個好人。」

蕭翊：「……」

兩個人早上聊了一下，然後就各做各的事情，中午午休初梔也沒心情吃東西，對著電腦螢幕發呆，等她回過神來一抬眼，辦公室裡已經沒人了。

蕭翊應該也去吃飯了，走的時候沒有叫她。

直到下午三點半，之前一直直系帶著他們兩個的主管走過來。

辦公室裡一片忙碌又安靜的情景，主管走過來，輕輕敲了敲初梔的桌角。

初梔第一個反應是，今天一整天心不在焉事情沒做好，被抓包了。

她抬起腦袋來，老老實實地叫了一聲姐。

初梔的主管叫趙玫，是個比較典型的職業女性，今年三十歲出頭，保養得很好，平時溫溫柔柔，很好說話。

此時卻面容嚴肅，面無表情地看著她：「跟我過來一趟。」

看起來不太高興。

初梔有點茫然，老老實實地站起來跟著出去。

市場部幾間小會議室，初梔被趙玫領著進了最裡面的一個。

一進去，她愣住了。

市場部除了趙玫以外的兩個主管全都坐在裡面，蕭翊也坐在旁邊，她一推門進去，他抬起眼來看著她。

趙玫先進去，平靜地對她招了招手：「坐。」

初梔有點忐忑，她拉開蕭翊旁邊的椅子，人剛坐下，趙玫拿了兩份廣告策劃書給她，微微揚著下巴：「這個是上次你們兩個人的策劃，我們都看了一下，妳自己來看看。」

初梔有點緊張，她雖然知道最後是兩個裡面取最優，但是沒想到會有這樣的會議，她還以為是直接告訴她結果的。

初梔吞了吞口水，翻開了第一本。

是她自己的，每一個字每一句話都無比熟悉，初梔看了一遍，放到一邊去，拿起第二本。

她從來沒見過蕭翊的策劃書，但是蕭班長在學校裡面的時候成績優異，每個學期都會拿獎學金的那種，再加上他的實習經驗也比她足，初梔其實心裡也根本沒底，只能在做的時候盡力做到最好。

她深吸了口氣，翻開第一頁。

會議室裡一片安靜，除了她在看，其餘所有人都在看著她，初梔一頁一頁翻過去，臉色越來越白。

蕭翊的這份廣告策劃，從創意到思考方式、管道組合、媒體媒介的選擇等等，大致的方向跟她的一模一樣。

初梔猛地抬起頭來，側頭看著旁邊的蕭翊。

他此時也正看著她，又無奈又驚訝的樣子。

初梔把策劃書闔上，也已經明白叫她過來的目的是什麼了。

廣告策劃這種東西，尤其是創意，是完全個人的東西，一模一樣只是巧合這種事情根本不會發生。

更何況，她的大方向，他是知道的，她毫無保留的，所有的疑問、所有的想法，都跟他說過。

蕭翊。

他們做了三年的同學，認識第一天的事情彷彿還歷歷在目。

她還記得少年穿著綠色的迷彩軍裝，笑得羞澀又乾淨，對她說你好，我叫蕭翊，高中的時候跟妳是校友。

此時，少年已經長成男人，穿著整潔的襯衫，完全意料之外的無辜表情看著她。

趙玫的十指搭在一起，眼神平靜：「看完了？」

初梔沒說話，抬起頭來，張了張嘴。

「這件事情我之前已經叫了蕭翊過來問過了，我想聽聽妳這邊怎麼說。」

初梔整個人還是傻的，她愣愣地看著她，張了張嘴：「我也不知道……我是自己做的……」

趙玫笑了：「誰都沒說這個是別人幫妳做的。」她轉過頭來，「蕭翊？」

蕭翊摸了摸鼻子：「我也沒想到，我之前是跟她說了一點經驗什麼的，也在公司裡，不少同事都看到了，但是我們是大學同學，我是覺得互相幫幫忙是應該的，也挺好。」

初梔腦子裡「嗡」的一聲，血液彷彿從身體各處全部湧上頭頂，然後凍結成冰。

她的手指冰涼，整個人不自覺的顫抖，一句話都說不出來。

男人看起來和往常沒有什麼不同，甚至臉色都沒變。

初梔難以置信地看著他。

趙玫點點頭，轉向初梔：「這兩份策劃書我也都看了，孰優孰劣一目了然，其實從品質上有一點經驗的人也都看得出來，叫妳過來主要還是想聽聽妳的解釋。」

初梔的臉色蒼白，嘴唇緊緊抿著。

她不知道該怎麼解釋，又驚慌又無措，急得想哭，又硬生生憋回去了，眼睛微微睜，「可是這個真的是我自己的想法，我也努力寫了，我改了很多遍，寫了好久，我也——」

我也跟他說過的呀。

自己的東西就是自己的東西，怎麼能這樣。

怎麼在做了這種事情以後，還能那麼坦然又無辜的惡人先告狀，一副自己才是受害者的樣子。

初梔吸了吸鼻子，強壓下眼淚，聲音裡卻忍不住帶上了一點哭腔：「我沒抄襲，這個策劃案我寫了很久，這個是我的想法的……」

趙玫無動於衷：「可是妳的這份雖然創意都很好，也看得出對產品認真瞭解了，卻還是有很多漏洞和粗糙的地方在，而蕭翊的，除了一點點不太成熟的小瑕疵，可以說是面面俱到，各個方面都很好，」趙玫頓了頓，「更何況，蕭翊早妳三天交。」

初梔啞口無言。

她連解釋的辦法都沒有，她根本沒辦法解釋。

小女孩小小一隻，安安靜靜縮在椅子裡，一張漂亮的小臉慘白，大眼睛裡含著淚。

旁邊一位男主管有點看不下去，嘆了口氣：「其實妳很聰明，學習能力也強，完全沒有必要做這種事情，公司也不是會只因為這一次的結果就真的定下讓你們誰走誰留，畢竟也只是實習期而已。」

初梔低低垂著頭，倔強的咬著嘴唇，硬生生的憋著，不讓淚水滾下來。

不是的，根本就不是這樣的。

她一直知道蕭翊成績好，又努力，她根本沒想過自己第一次做這種能贏過他。

她只是想，就只是想能夠盡自己最大的努力做好而已。

可是發生了這種事，她連證明自己的辦法都沒有。

恐怕她剛進來的時候的緊張，在其他人看來也只是做賊心虛。

初梔閉上了眼睛，淚水掛上睫毛，啪嗒啪嗒砸在會議室光潔的桌面上。

會議室安安靜靜，只有那個男主管還在繼續說話，說些什麼，初梔已經完全聽不到了。

她猛地站起來，抬手抹掉眼淚，哽咽又清晰：「沒做過的事情就是沒做過，根本沒有確切的證據，你們就憑藉著他比我早交了幾天，比我的更完善一些就可以隨便斷言這份策劃的核心是我偷來的嗎？這麼武斷就能夠隨意下定論，那貴公司也確實沒有什麼待下去的價值和意義。」

她吸了吸鼻子，手撐住桌邊努力站穩，看著坐在對面的幾個人，

「這份廣告策劃是我第一份真正的策劃案，每一個字都是我用心寫的，所有的東西都是我自己的東西，偷來的即使包裝的再好也只是表面功夫而已，我之所以努力做不是因為我想贏，而是因為我想做到我能夠做到的最好水準，」

她渾身都在抖，整個人氣得眼前一陣白，卻依舊咬著牙強忍著想要奪門而出的欲望，努力地保持著思緒清醒，朝著對面幾個人低低鞠了一躬，一字一字道，「十分感謝這段時間大家對我的照顧，也確實是讓我受益匪淺，學到了很多不止專業上的東西，我等一下就去填辭職表格。」

她說完，頭也不回走出了會議室。

初梔的動作很快，出了門直接去找ＨＲ填了表格。

ＨＲ依然是面試她的時候那個，初梔填表格的時候一直哭，豆大的淚水啪嗒啪嗒往下砸，ＨＲ姐姐完全不知道是怎麼回事，安慰地拍了拍她的背，低聲道：「工作都是這樣的，習慣了就好了啊，別哭了。」

初梔覺得自己習慣不了。

她沒有辦法理解，為什麼在學校的時候關係很好的同學，一旦牽扯到實際利益就會變成這樣。而前段時間，他還在跟他說實習只是學習而已，結果不重要。

他就那麼想贏，想到即使昧著良心做這種事情？

她抽抽噎噎地抹掉臉上的淚，將表格遞給ＨＲ：「我永遠都不想變成這樣的人。」

出了人力資源部，初梔回辦公室整理東西。

她只待了不到一個月，東西不多，整理起來也很快，一些她自己的東西裝好，穿上外套出了公司。

正是上班時間，電梯裡人不多大家大多行色匆匆，手裡拿著文件忙自己的。冰冷的金屬盒子一層一層降下一樓，初栀低垂著頭，不想讓別人看見自己哭得腫腫的眼和狼狽的樣子。

冬天白日短，北方尤其，四點多的天已經見黑，一出了辦公大樓，冷風呼嘯著灌過來，她圍巾沒纏好，被鼓得一圈一圈的。

初栀站在大街上，有點茫然。

公司位在市中心，永遠熱鬧繁華的地段，周圍全都是高檔辦公大樓，玻璃幕牆映出落日餘暉明霞。

初栀才發現剛剛自己那麼低的埋著頭根本就是多餘的，行人來來往往，每個人都在為了生活忙碌奔波，根本無暇顧及他人。

也沒有人注意到她的眼睛是不是又紅又腫，沒有人關心她受了多大的委屈，為什麼哭。

初栀往前走了兩步，口袋裡手機一陣一陣的響。

她動作機械地接起來，沒問是誰打過來的，也沒說話。

陸嘉珩的聲音依舊和往常一樣，低沉輕緩，尾音柔軟多情。

她幾乎可以想像到，他咬出這兩個字的時候的模樣。

他只叫了她一聲，『初初。』

初栀的腳步停住了。

「陸嘉珩……」她哽咽著叫了他一聲，聲音發啞，低得幾乎聽不清楚。

電話那邊，陸嘉珩安靜了。

初梔突然想起之前和陸嘉珩吵架的時候，她大言不慚地說的話。

她其實做的一點也不好，她又笨又沒用。

明明是自己的東西，自己的架構，別人卻能夠做的比她更好。

明明是她自己的創意，卻連證明自己的能力和本事都沒有。

她熬了那麼多通宵，看過那麼多產品資料，每一個字幾乎都能夠背下來。

那是她所創造的，描繪出來的第一個獨立世界，她卻連保護它都做不到。

那種感覺實在是太難過了。

那種委屈、那種被污蔑的恥辱、那種無力感、那種不服輸。

「陸嘉珩……」

街道上路燈已經亮起來了，汽車探照燈亮起。

像是受了委屈的小孩終於得到了依靠，初梔拿著手機，一遍一遍叫著他的名字，站在街口嚎啕大哭。

程軼人到的時候，初梔還蹲在街口哭。

她的手機甚至就那麼大咧咧地丟在地上，靠著街邊角落行道樹旁邊蹲著，腦袋上蒙著條圍巾，低低垂著，看不見表情。

程軼迅速的下車，放緩了步子走過去，猶豫了一下，蹲在初梔面前，小心地叫了她一聲：「梔子妹妹？」

初梔抬起頭來。

她的眼睛哭得有點腫，紅紅的，濕漉漉的，臉上還沾著一點沒擦乾的淚水。

程軼愣了愣，他原本在外面玩，剛到酒吧就接到陸嘉珩的電話。

他當時的語氣和聲音聽起來讓程軼覺得，如果他不馬上去，下一秒陸嘉珩就會直接從天而降宰了他。

程軼剛端起來的酒杯推了，人站起來往外走，就聽著他那邊機場的廣播聲。

程軼愣了：「你他媽在哪呢？」

「機場？」

「你現在要回來？」

『我已經回來了，大概一個小時後到市區，』陸嘉珩言簡意賅，『地址你問林瞳，應該就是她實習公司附近，我不知道她在哪裡實習。』

程軼愕然：「你不是連她的身分證號碼都恨不得倒背如流嗎，怎麼她在哪裡實習都不知道？」

陸嘉珩沉默了一下，語氣裡有少見的不耐：『你怎麼廢話這麼多，趕緊去，隨便找個地方坐坐，等著我過去，別讓她一個人待著。』

程少爺認命，覺得自己認識這麼個竹馬真是倒了八輩子血黴，小的時候要替他揹鍋，長大了以後還他媽要負責接他妹子。

既然都已經回來了，自己的妹子就不能自己來接嗎！

程軼覺得自己簡直是陸家最忠實的奴僕，最稱職的司機，鞠躬盡瘁，任勞任怨，死而後已。

結果一看見初梔，他也有點傻眼了。

不是沒見過女人哭，但是實在沒見過兄弟家妹子哭，還是捧在手心裡那種。

程軼像個沒跟女孩接觸過的未成年少年，無措又茫然，完全不知道該怎麼辦。

這是哄還是不哄？和軟妹怎麼相處？

就這麼任由她哭等一下陸嘉珩來了會把他打死的吧？

可是軟妹到底怎麼哄？

程軼覺得陸嘉珩真是厲害，這個戀愛能一談談這麼久，要知道他們以前也都是買個包解決問題的選手，實在不行再加一個。

程軼糾結了一下子，看著眼睛紅得像個小兔子一樣的小女孩，小心翼翼道：「外面冷，先上車？」

初梔哭得直打嗝，磕磕巴巴叫了他一聲程學長。

程軼哭笑不得：「先上車吧。」

初梔抹了抹臉，人不動。

程軼無奈：「妳要是不想上也行。」

初梔搖了搖頭，苦兮兮地看著他：「程學長，我腿麻了。」

程軼：「……」

初梔緩了一陣子才恢復過來，慢吞吞地站起來上了車。

程軼根本不知道車子要往哪開，路邊隨便找了一家咖啡館下了車，順手傳了個定位給陸嘉珩。

咖啡館裡暖洋洋的，裝潢小資又復古，晚上正好是下班時間，人不少，古典樂悠揚。

初梔餓壞了，她連午飯都沒吃，點了個巧克力鬆餅，一塊紅絲絨蛋糕，開始狼吞虎嚥。

此時她已經恢復過來了，只是眼睛仍然紅紅的。

程軼坐在她對面，手裡捏著杯咖啡：「慢點吃，阿珩等一下就過來了，到時候讓他帶妳去吃好吃的。」

初梔愣住了，捏著叉子切蛋糕的動作一頓，仰起腦袋呆呆的看著他：「什麼？」

程軼也愣了：「他沒告訴妳嗎？」

初梔茫然的搖了搖頭：「他什麼時候回來的？」

「昨天的飛機吧，剛剛打電話給我的時候說在機場。」

初梔心裡「咯噔」一下。

昨天她掛了他的電話。

今天他就回來了。

算算時間，她手機一關機，他就訂機票了。

初梔開始慌了。

她吞了吞口水，手裡的叉子慢吞吞地放下了，眼神開始往門口瞥：「他什麼時候過來呀？」

程軼沒注意她的小動作，喝了兩口咖啡，一邊看了看表：「不知道啊，應該差不多快到了，從機場過來一個小時吧。」

初梔點點頭，抽了旁邊紙巾擦擦嘴，面前巧克力鬆餅盤子往前一推：「程學長，今天謝謝你了，我就先走了，改天請你吃好吃的回禮。」

初梔說著，站起來，想轉身拿外套。

程軼沒說話，眼神直往初梔身後飄。

陰影籠罩，熟悉的味道伴隨著沉沉一聲自她身後響起：「去哪？」

初梔：「……」

初梔低垂著腦袋，不情不願地轉過身去。

他們太久沒見，久到初梔感覺兩個人已經分開了好多個半年。

她仰起頭來看他。

他瘦了一點，下巴尖尖的，還帶著一點點沒來得及刮的鬍渣。

頭髮有點亂，整個人帶著一點通宵過後的疲倦感。

可是還是很帥。

沒見到他的時候，初梔覺得自己太想他了，她幻想過無數次自己悄悄跑去美國，他錯愕看著她的樣子。

可是現在一見到了，初梔有一瞬間發愣。

第一個念頭是，她現在肯定很醜，眼睛紅得像兔子，臉也哭花了。

滿臉的淚水蹲在外面吹了那麼久的冷風，皮膚摸起來一定很粗糙。

初梔想漂漂亮亮的見到他，最好能讓他覺得驚豔。

可是現在不僅沒驚豔，她剛剛遇到這種事，那麼狼狽，還變醜了。

她匆匆地垂下頭去，聲音有氣無力的，帶著哭過以後的啞：「你怎麼——」

她沒說完，很輕的被人扯進懷裡，鼻尖縈繞著她熟悉的氣息，清洌好聞，帶著一點點風塵僕僕的味道。

初梔很沒出息的又想哭了。

她的腦袋蹭了蹭，輕輕吸了口氣：「你怎麼回來了呀？」

陸嘉珩手臂環著她，力道大得像是想要把她揉進身體裡，或者勒死。

他弓著身，抬手揉了揉她頭髮：「回來跟妳吵架，結果一看見妳就發現什麼火都發不出來，只想抱著妳。」

「……」程軼輕咳了一聲，挪著椅背往後靠，看起來十分想要融進咖啡廳的牆壁裡，成為背景的一部分。

程軼終於醒悟，陸嘉珩這個傢伙再也不是只會掏錢和買包的傻帽子了。

角落的位置，雖然有隔斷，但是陸嘉珩高高一隻站在那裡，半個身子露在外面，也依舊很顯眼，初梔任由他抱著，人沒動，悶悶道：「那現在抱好了，你要跟我吵架嗎？」

「妳都哭了，我怎麼跟妳吵，妳是不是故意的？就是捏著我捨不得妳，嗯？」

初梔悄悄抬手，隔著衣服擰他的腹肌。

腹肌捏不起來，初梔換了地方，掐他腰際。

陸嘉珩「嘶」了一聲，才放開手臂，垂眼：「幹什麼一上來就家暴。」

看得出來她是哭得凶了，眼睛還腫著，鼻尖紅紅的，頭髮也有點亂，像個小花貓。

陸嘉珩想起剛剛電話裡，少女瀕臨崩潰的哭聲。

又絕望又委屈，聽得人心都絞在一起了。

他低低垂著眸，拇指指尖蹭了蹭她通紅的眼角：「我們寶寶是被誰欺負了？」

他不提還好，一提起來，初梔又想哭。

今天一整天，包括最近一段時間以來，她實在是太沮喪了，初梔想不到有什麼情況會比現在更糟糕。

她長到十九歲，今天是她人生中最糟糕的一天。

假如真的變得更糟糕一點，好像也無所謂。

初梔癟癟嘴，乾脆破罐子破摔，仰起腦袋：「陸嘉珩。」

「嗯？」

「你是不是外面有狗了。」

「……」

陸嘉珩愣了下，輕輕笑了一聲：「沒有，我狗毛過敏。」

初梔仰起頭來，濕漉漉的眼委委屈屈看著他：「你騙人，你貓毛都不過敏，還抱過你猜的，你有別的女人了。」

陸嘉珩還沒來得及說話，程軼又咳了一聲，清了清嗓子。

兩個人一起看過去。

程軼看戲似的靠在椅子裡：「雖然我還挺好奇後續劇情發展的，但是你們能別站在這沒完沒了嗎？」

陸嘉珩走的時候沒開車，從機場搭車過來的。

回家自然也是程軼送他們回去，兩個人下了車，初梔又跟程軼道了謝，上樓。

電梯緩慢上升，裡面只有他們兩個人，初梔之前那點刨根問底的勇氣又沒了，升到十四樓的時候就想往家跑。

初梔計算了一下自己飛快按下自己家樓層跑出電梯並且在不被抓回來的時候順利開門進屋的可能性。

陸嘉珩忽然攬著她的肩膀，將她整個人扣在懷裡，垂頭：「想往哪跑？」

初梔：「……」

她小聲嘟囔：「你在我肚子裡放了蛔蟲了嗎？」

陸嘉珩勾起唇角：「不是，但是我以後可以放蝌蚪。」

初梔低垂著頭，沒反應。

陸嘉珩挑起眉梢來，觀察著她露在外面白嫩嫩的小耳朵。

電梯一層一層上升，叮咚一聲，電梯門開了。

初梔的耳朵慢吞吞地紅了。

多可愛。

她聽見他笑出聲來。

初栀轉過身來，氣呼呼地瞪著他。

她的眼睛還有點腫，嘴巴一鼓，像個腫眼泡的小金魚，或者小河豚什麼的，一吹氣，噗的一下就鼓起來。

陸嘉珩舔著唇抿住笑，垂下頭去，輕輕親了親她的眼睛。

還熱乎乎的。

這是哭了多久。

他冰涼柔軟的唇貼著她的眼睛，放軟了語氣：「我的初初今天這麼委屈。」

初栀側著腦袋往後躲。

她垂著腦袋，安安靜靜站在電梯門口，可憐兮兮的，又有點像是在賭氣。

陸嘉珩輕嘆了聲：「別生氣了，是我不好。」

初栀依然不抬頭：「你好久好久都沒主動找過我，我跟你說話你也沒耐心聽了，你覺得我無聊了。」

陸嘉珩過去抱她，環著她轉了個圈，一步一步慢吞吞地往家門口走：「沒有覺得妳無聊，我的小栀子最可愛。」

走到門口，她看著他開門，「你也有別的小栀子了，」她想起那件看起來很性感的睡衣，咬了咬嘴唇，糾正道，「你有小玫瑰。」

咔嗒一聲，門鎖開了。

陸嘉珩回過頭，側身讓她進去：「我對玫瑰也過敏。」

初梔站在玄關門口，看著男人俯身彎腰，從鞋櫃裡抽出拖鞋來放到她腳邊，憋著嘴：「你什麼都過敏，做壞事的時候不過敏。」

「只有梔子不過敏，」陸嘉珩直起身來，表情看上去又無奈又好笑：「初初，妳為什麼這麼肯定的覺得我做了壞事。」

初梔又不說話了。

她踩著拖鞋站在旁邊，一隻腳還沒穿進去，單手抓著圍巾邊緣，指節泛著白，很用力的樣子。

隔了幾秒鐘，她像是做好了什麼心理準備：「我都看到了。」

陸嘉珩困惑地皺起眉：「什麼？」

「我都看到了，你家裡掛著女人的睡衣，」初梔頓了頓，深吸口氣，繼續道，「我知道嘛，美國那邊好看的女生肯定很多的，比我高比我漂亮哪裡都比我好。」

她語速很快，看上去有完全不想給他機會說話，或者完全不想聽到他的答案的勢頭。

初梔沒有看他，不知道他是什麼表情，也不敢看，生怕看到他愧疚或者默認的樣子。

她垂下眼睫，聲音輕輕地：「其實真的有也沒有關係，如果真的有你跟我說就好了，我不會纏著你的，這種事情又勉強不來。」

「陸嘉珩，你如果不喜歡我了跟我講一聲，我也不要你了。」

說到最後，她快要哭了，她努力的盯著地面瞪大了眼睛，視線還是有點模糊。

電影裡經常會演那種，女主角失業的那天剛好撞見男朋友出軌，事業和愛情雙雙受挫，女主角痛不欲生。

初梔已經把裡面的女主角帶入到自己身上來了，順便想像了一下接下來的劇情，比如她去酒吧買醉，然後遇到了男主角。

但是這一般也只是電視劇裡面的情節，現實裡一個女孩子獨自一個人，遇到壞蛋的可能性比真命天子大多了。

初梔腦內小劇場正活躍著，朦朦朧朧聽見陸嘉珩笑了一聲。

她恍惚地回過神，抬起頭。

陸嘉珩整個人靠在鞋櫃上，斜歪著身子笑。

初梔眼裡還含著沒掉下去的眼淚，表情看上去又難過又不解又茫然。

他笑得開心極了，清黑的桃花眼裡有細細碎碎的光，揚著唇垂眼看著她：「女人的衣服？這都被妳看見了？」

初梔愣住了。

她其實想像過他很多表情和反應，但是從來沒想到過他會這麼輕描淡寫的承認了。

她反應過來，睜大了眼睛看著他：「你怎麼……」

陸嘉珩笑著傾身靠近，扣著她的腰把她抱起來放在鞋櫃上，慢條斯理地一圈一圈幫她抽掉圍巾：「初初，我有個室友，之前跟妳說過。」

初梔坐在鞋櫃上晃了晃腿。

陸嘉珩將圍巾掛在旁邊，捏著她大衣的羊角釦，一顆一顆解開：「他的癖好有點特殊，而且性向跟妳是一樣的，」他捏著她外套兩端，垂頭貼過來，指尖輕輕刮了刮她還掛著眼淚的睫毛，「我這麼說，妳聽懂了嗎？」

初梔整個人呆住了，一臉裂開的表情看著他。

女裝大佬，大屌萌妹。

晴！天！霹！靂！

很久之前的記憶再次被翻出來，無比鮮活地怒刷存在感。

火車站裡，高鐵旁邊，男人悠悠然道：「我喜歡女裝大佬，大屌萌妹。」

初梔：「……」

這不是更順了你的意了嗎？

初梔想過陸嘉珩外面有了小玫瑰、小牡丹、小芍藥、小百合。

唯獨沒想過，他身邊那位原來是朵小菊花。

畢竟那件真絲睡裙真是性感到不行，這麼一說出來，著實讓人完全沒有想到。

認識陸嘉珩這麼久，日積月累的相處下來，初梔一直覺得陸嘉珩這個人其實還挺男人的，完全沒覺得他身上有一點點搞 Gay 猛男的特質。

導致她幾乎已經把這件事給忘記了，覺得這只是他和程軼隨口扯的騷話。

只是沒想到，時隔多年竟然還能扯出來。

初梔覺得自己的記憶力還挺好的，很久之前的事情竟然還清晰記著了。

她甚至還記得他們當時坐的高鐵的列車號。

她乖乖地坐在鞋櫃上，也沒注意到他在幹什麼，有點茫然地整理了一下思緒。

結果鬧了半天，她這麼多天以來的小彆扭和那些說不出口自顧自的腦補，到底是為了什麼啊。

初梔長長嘆了口氣，突然覺得自己像個傻子，談了戀愛以後彷彿智障，以前很簡單的事情現在非要自己糾結一番才好。

那邊陸嘉珩繼續慢條斯理地幫她脫外套。

初梔雙手撐在鞋櫃邊緣，袖子還被她穿著，外套是長款的，一部分被她坐在屁股底下，衣服脫不下來。

她回過神來，抬眼看他：「你室友喜歡男生嗎？」

陸嘉珩「嗯」了一聲，眼沒抬，手指捏著她的外套邊緣，專心地拉過肩頭。

初梔舔舔嘴唇：「那他有，男朋友嗎？」

「沒有。」

初梔的外套被他剝了一半，領子軟趴趴地垂下去，半穿不穿地掛在臂彎處：「那他有喜歡的人嗎？」

「有，不過是個直男，喜歡女人的。」

初梔眨眨眼，「啊」了一聲：「那怎麼辦，他不就失戀了嗎？」

「所以他現在改變穿衣風格了，妝畫得跟專業化妝師似的。」

感情可真是偉大啊，初梔感慨。

一時間沒人說話，只有衣料摩擦的輕細聲響。

沉默了三秒，初梔忽然開口：「陸嘉珩。」

他依然垂著頭，鼻腔低低「嗯」了一聲。

初梔垂下腦袋，看著他低低覆蓋下去的睫毛，抿著唇：「你脫我衣服幹什麼？」

此時，男人一雙修長好看的手落在她的領口，指尖捏著襯衫釦子，緩慢地解。

釦子原本是一直扣到最上面一顆，最上面的兩顆已經被他解開了，露出優美的脖頸線條和好看的鎖骨。

他的動作輕緩，指節偶爾無意蹭到她的脖頸，那一塊就像是被燙到了一樣火燒火燎地熱。

初梔縮著肩膀往後躲了躲。

她往後，他就往前，跟跳探戈似的，直到脊背貼上冰涼的牆壁，她抬手想去推他，手卻剛好被掛了一半的外套卡著，抬了個五十度角，抬不起來了。

陸嘉珩終於抬起眼睫來，黑漆漆的桃花眼裡纏繞了點別的東西。

那東西像磁石，有吸引力，幽深地一層層蔓延，初梔甚至一時間反應不過來，就這麼直愣愣地看著他，表情有點呆。

他的手指還落在她的領口上，領口釦子已經被解開了三顆。

初梔整個人控制不住地顫了顫。

陸嘉珩沉沉笑了一聲，終於放過了她的釦子，手指微微上移，指尖抵在鎖骨，傾身垂頭，幾乎是唇貼著唇的距離：「問題都問完了？」

初梔吞了吞口水，點了點頭，又搖搖頭，聲音細細糯糯的：「沒有……」

他的唇已經貼上來了，聲音含糊：「那還有什麼要問……」

她哪裡說得出話來。

唇瓣被他含著，微微張開口，他像蓄謀已久似的吻上來，呼吸被攫取，更別說言語。

初梔微微揚著頭，脖頸拉成修長的線，生澀又順從地接受他的吻。

她的手指緊緊捏著鞋櫃邊緣，身體不由自主微微向前了一點。

起初，陸嘉珩還是溫柔而克制的，到後面，終於忍不住，無意識的開始凶起來。

初梔舌尖發麻，嘴角有什麼東西要溢出來了。

她憋紅了眼，費力地吞咽了一下。

陸嘉珩輕輕咬了咬她唇瓣，手上動作停住。

她急切地呼吸新鮮空氣，人軟下來，被他扣住後頸微微往上抬了抬，下一秒，男人咬上她的脖頸。

這個男人像狗一樣，咬人彷彿上了癮，初梔懷疑他是不是小時候被狗咬過，忘記注射疫苗了。

她吸吸鼻子，分出精神來跟他皮：「陸嘉珩，你小時候是不是被狗咬過，沒打狂犬病疫苗。」

陸嘉珩沒閒心理她，痛感絲絲麻麻，初梔嗚咽了一聲，感受到自己脖頸處覆蓋著動脈的薄薄一層皮膚被他輕輕舔了舔。

像是中世紀的吸血鬼進食前的潤滑，而她被當做最新鮮的食物即將獻祭給惡魔。

玄關處的空間一片寂靜，他的頭埋在她頸間一路向下，輕微的刺痛感伴隨著陌生的感覺，初梔濛濛睜著眼，視線散在暗黃的頂燈處。

即使在這個時候，初栀依然分出一點心思來胡思亂想。

他家玄關的燈，當初好像也是她挑的，當時覺得玄關的燈不用那麼亮，朦朦朧朧有一點意境就好。

結果沒想到現在，這種意境用在了這個時候，這種事情上。

她發她的呆，陸嘉珩自己做自己的事情，鼻尖蹭著下移。

男人的呼吸滾燙，貼在她面前，不抬頭，黑乎乎的腦袋低垂著，和他工作敲鍵盤的時候一樣專心。

欸，欸欸，再往下就不太對勁了啊。

初栀回過神來，她一邊抬手推他，人費力地往後縮，靠在冰涼牆壁上，啪啪啪地拍他：「陸嘉珩，我還有問題要問你……」

他沒抬頭，低聲「嗯」了聲：「妳問。」

初栀努力和他較勁兒，清了清嗓子，很認真地問道：「你那個小菊花室友，叫什麼名字？」

「……」陸嘉珩停住了，終於抬頭，瞇起眼來：「妳這個時候問別的男人的名字？」

「我想讓他教我化妝，我真的不會化妝，只會畫眉毛，一直這樣不太好吧。」初栀誠懇地苦惱道。

「……」陸嘉珩也聽出了她是在打岔，笑了聲，重新垂頭做事情：「有什麼不好的，別學了，」他的注意力已經轉移到了別處，聲音含糊，「我教妳點別的……」

衣料摩擦聲窸窣，他垂著頭，下巴沒來得及刮的一點細細鬍渣蹭紅了一片皮膚，動作緩慢又綿長，像是在淩遲。

初梔睜大了眼，抬腳踹他。

那一瞬間，有什麼東西轟然倒塌了。

初梔大腦裡空茫茫的一片被刷地點燃。

她渾身緊張地僵硬起來，仰著頭，不自覺地低低啜泣了一聲。

她狼狽不堪地展露在他面前，而他看起來和平常沒什麼差別，只是呼吸零亂地，燙得她像是馬上就要燒起來了。

不對等的羞恥感，伴隨著恐懼，還有一點說不清道不明的陌生感覺。

初梔淚眼朦朧推他，哀求似的叫他的名字：「陸嘉珩……我們還是聊點別的……」

面前的男人動作忽然停住了。

他的頭埋在她身前，一動也不動，只留下灼熱鼻息燙著她：「害怕？」

她整個人都紅了，小身子往後縮了縮，軟綿綿的，像一顆牛奶布丁，身上還帶著甜甜香香的味道，隨著不老實的動作輕輕地顫。

初梔仰起頭來，迷茫的眼尋他。

安靜了幾秒。

陸嘉珩空出來的一隻手忽然抬起，捂住了她的眼睛。

他低低嘆了口氣，開口，聲音沙啞得可怕：「別動了。」

視線裡一片黑暗，初梔微仰著頭，一動都不敢動。

視覺被剝奪，剩餘的感官彷彿被無限放大，變得格外敏感。

初梔的拖鞋早就掉下去了，聲音又依賴又無助：「陸嘉珩……」

陸嘉珩捂著她眼睛的手背青筋暴起，緊緊咬著牙槽，喘息聲音又重了一分，「也別叫我……」

他隨手抓了件衣服將她包起來，抱著從那一團纏著的外套裡把人抽出來，手臂一脫離出去，她軟綿綿的小手臂主動環住了他的脖子，腦袋埋進頸窩。

即使是此時，她依然全然信任著他。

陸嘉珩一邊安撫地拍了拍她的背，一邊往臥室裡走。

她還在抖，一小團縮在他懷裡，頸側印子深深淺淺，一直蔓延著向下消失在裹著的衣服裡。

陸嘉珩抱著她坐在床邊，初梔緩了一下，慢吞吞地動了動，小手摸索著動來動去。

陸嘉珩垂下眼去：「動什麼？」

初梔垂著頭，聲音像蚊子似的：「我的褲子……」

她單手抵著他胸口往後撤了撤，另一隻手按著他腿，剛往後挪了一點，就感覺到自己抵上了個什麼。

陸嘉珩悶悶地哼了一聲，像是含在嗓子裡的一聲，又低又啞，讓人頭皮發麻。

初梔僵住了，剛剛才恢復一點，整個人又是一顫，飛快地重新縮回來，一動都不敢動了，褪了一半的紅重新蔓延上來。

她低低垂著眼，看都不敢看他，結結巴巴地：「對不起……」

陸嘉珩抱著的她的手臂肌肉緊緊繃著，力度卻控制得輕柔，他沉默地人站起來，將她放在床上，一手扯了被子把人包進去，才站起來，轉身往洗手間走。

初栀藏在被窩裡，瞪著眼睛看著天花板。

這房子太久沒人回來住過，房間裡卻沒有那種久不住人的灰塵味道，應該是有人打掃。

她蒙在被窩裡扣好了襯衫釦子，腦袋重新探出被窩裡來。

浴室裡安安靜靜的，磨砂玻璃後只有明亮的暖光燈，還有輕微的一點窸窸窣窣的聲音。

安靜了片刻，嘩啦啦的水流聲音響起。

初栀面紅耳赤，猛地再次蒙上了被子。

她不是小孩子了，她當然知道他在幹什麼。

剛剛的所有事情都那麼清晰，甚至身上還殘留著那種細細麻麻的痛感。

他鬍子刺著真的好痛。

初栀憋著嘴隔著衣服揉了揉胸，又猛然反應過來，觸電似的鬆開手。

原本感覺沒什麼的動作，現在做起來好像哪裡都不對。

初栀翻過身來趴在床上，腦袋深深埋進枕頭裡，抱著枕頭翻滾。

滾了好久，陸嘉珩才出來。

小女孩整個人都藏在被子裡，只露出一雙漆黑的眼睛在外面，惴惴不安小心翼翼地看著他。

他看起來是順便洗了個澡，單手抓著塊毛巾罩在腦袋上揉，走到床邊垂眼看著她：「身上難不難受？去洗個澡？」

「……」

唰地一下，被子重新被拽上去高高蓋過頭頂，初梔在被子裡瘋狂蹬腿，看起來想直接把他一腳踹飛的欲望非常強烈。

陸嘉珩輕輕笑了一聲，拽著被子邊緣往下拉，把她的腦袋從裡面挖出來。

果然，小女孩臉又紅了，平躺在床上，兩隻手拽著軟乎乎的耳垂咬著嘴唇瞪他：「王八蛋……」

陸嘉珩垂眼，很平靜地闡述事實：「初初，妳剛剛濕了。」

初梔：「……」

如果她是茶壺，她現在應該已經爆炸了。

初梔彷彿感受到有熱氣從她耳朵裡噗噗地往外噴，她尖叫一聲，整個人重新鑽進被子裡，團成一個鼓鼓的球，聲音被隔著悶悶的罵他：「你是變態嗎！陸嘉珩王八蛋！變態！神經病！」

第十二章　天長地久之前

初梔害羞到快哭出來了，完全不知道為什麼這個世界上會有這種人，竟然能夠神色坦然又平靜，面不改色地說出這種，讓人聽著就面紅耳赤，難以啟齒的混蛋話來。

而且明明都是他的錯，他卻偏偏像個沒事人一樣，很是理所當然的樣子。

小女孩整個人團成了一個球，裹緊了身上的小被子，低低嗚嗚地鬧脾氣，在被子裡面滾來滾去，無論陸嘉珩怎麼道歉怎麼哄，她都不出來了。

陸嘉珩伸手去拽被子，她就抬腳去踹他。

過了一陣子，臥室裡面安靜了。

初梔等啊等，等啊等，一點聲音都沒有。

她悄悄地掀起了一點被角，整個腦袋貼著床面，一雙圓滾滾的眼睛露出來往外面瞧。

臥室裡沒人，簾子拉著，陸嘉珩不知道什麼時候已經出去了。

初梔掀起被子從裡面鑽出來，坐在床上發了一下子呆，她身上確實有點不舒服，紅著臉蹭到洗手間去想整理一下，結果剛走到門口，陸嘉珩開門進來。

初梔像個受了驚的小兔子，嗖一下鑽進了洗手間並且關上了門。

「……」陸嘉珩走過去，屈指敲了敲玻璃：「妳的電話。」

沉默了兩秒。

洗手間門被打開了一條縫，一條小手臂從裡面伸出來了，伸到他面前，手指頭朝他勾了勾。

陸嘉珩把手機放到她手上。

電話是初父打來的，初梔接起來說是晚上要去同事家裡吃個飯，初父完全沒懷疑，非常痛快地答應了，並且囑咐她早點回家。

初梔乖巧地應聲，帶著一種做了壞事以後的羞愧感和心虛。

美國那邊假期早就已經過了，陸嘉珩這麼自顧自地回來，應該馬上又要走。

想了想，她遲疑道：「爸爸。」

『嗯？』

「我今天可以在同事家住嗎，明天早上我們可以一起去上班，她家離公司比較近……」

果然，初父沉默了。

頓了頓，他不開心地說：『爸爸明天早上也可以送妳去上班。』

初梔沒說話了，垂著頭站在浴室門口：「那我等等回去。」

聽到她這麼說，初父又沉默了一下：『住吧，早點睡覺，別玩到太晚。』

「……」

初梔：「咦？」

初父好惆悵地嘆了口氣：『唉，我的小寶貝長大了，不能像以前那樣了。』

初梔眨眨眼：「爸爸。」

『嗯？』

「我愛你。」

初梔笑嘻嘻地撒了嬌，把手機擱在洗手檯上，想了想，去鎖洗手間的門。

啪嗒一聲輕響，陸嘉珩聲音輕飄飄的飄進來：「初初，門上還插著鑰匙的。」

初梔：「……」

初梔又扭開了門鎖開門，小臉通紅地探出來：「找睡衣給我穿呀。」

陸嘉珩倚靠著牆站在門口，勾著唇角故意問道：「妳今天晚上去哪個同事家睡？」

「……」

初梔：「那我回家了。」

陸嘉珩垂著眼盯著她看。

從秀氣的眉到烏亮的眼，嬌嫩的紅唇微微腫著，從尖尖的下巴到脖頸到露出外面一點點的鎖骨，全部都是深深淺淺的，他留下的印子。

小女孩要長大了，他從她十七歲守到現在，看著她的顏色越來越明亮。

陸嘉珩抬手，指尖落在她脖頸處一串淺紅色的印子上：「妳就這樣回去嗎？」

他不提都還好，提起來初梔恨不得鑽進地縫裡面去。

她沒好氣地拍掉他摩擦著一路往下又落在領口處的手。

陸嘉珩玩上癮似的捏了捏她的耳垂，又刮刮她的小鼻子，微微傾身，側頭，脖頸湊到她唇邊，含著笑意：「那讓妳咬回來？」

他的鬍子刮掉了，整個人看起來精神了不少，露在她面前的脖頸頸線修長，中間一顆微微突起的喉結，說話的時候會輕輕地動。

初梔盯著那塊她沒有的地方看了一陣子，像是著了魔似的，突然往前了半步，指尖搭在他的脖頸上，輕輕側頭，含住了他的喉結。

溫熱，帶著他的體溫，輕輕地在她唇間滾了滾。

極近的距離，初梔聽見了他吞咽著什麼的的聲音。

她張口，牙齒咬了一下。

像是開關被開啟，他連呼吸都變重了。

初梔一手推著他的肩膀，一手抵住脖頸，輕輕把他推開，人往後側了側身子，依然歪頭看著他的喉結。

那上面小小的淺淺的一個牙印，沾著一點點口水，卻沒有紅印子。

半晌，小女孩皺著眉，一臉挫敗，不是很開心的樣子：「陸嘉珩，它不紅。」

陸嘉珩沒有答話。

他想問問她是不是想弄死他。

他低低重重地呼吸，長長吐出口氣來，啞著嗓子誘哄：「妳吸一吸，它就紅了。」

初梔臉紅了，又往後退了一步，義正辭嚴：「你太色了。」

「……」

陸少爺：？

陸嘉珩其實比較想看初梔穿他的襯衫，小女孩個子小，該有的地方卻全都有，酥胸、細腰、翹臀，皮膚白嫩細膩得像奶油，想了想穿了好像受苦的也還是他，最終拽了套他自己的睡衣出來給她。

男款的睡衣，袖子長出了一大截，初梔一邊晃著袖子出來，像是個唱戲的。

睡衣領口太大，即使已經扣到最上面一個釦子了依然露出白花花的一片，初梔將領子拉得很後面很後面，結果又露出一片白嫩嫩的後頸。

不過後面她看不見，也沒注意到，看前面沒走光，就開始專心地繼續玩袖子。

褲子也大，初梔提著褲腰走到床邊，一上床就把褲子踢到地上去了，蓋好了被子坐在床邊：「陸嘉珩，你什麼時候走？」

「明天。」

初梔「噢」了一聲，不說話了。

陸嘉珩瞥她一眼，俯身把睡褲撿起來，提到她面前：「穿著。」

初梔垂著腦袋，小腳丫在被子裡晃了晃：「太大了，我穿不上。」

他把睡褲往床上一丟，坐在床邊，沒說話。

初梔抬頭，坐了一陣子，有點累，把枕頭立起來墊在後面靠在床頭，順手把另一隻拽過來抱在懷裡，看著他：「你明天什麼時候走？」

「中午。」

「你帶我走吧。」

陸嘉珩一愣：「什麼？」

她眨眨眼看著他：「反正我剛好也放寒假，可以去陪你玩一段時間再回來，」她眼睛亮晶晶地看著他，「我可以做飯，我現在會弄一點菜了，我還會打掃房間。」

陸嘉珩沒發表意見，只突然道：「叔叔、阿姨那邊妳怎麼說？」

初梔想了想：「出差？」

陸嘉珩笑了：「實習生出差？」

「實習生也有出差的，顧涵前兩天就去上海出差了。」

陸嘉珩眼一瞇，突然道：「妳實習出什麼事情了？」

初梔看著他，不說話，嘴巴一點，一點鼓起來。

「被罵了？」

她還是不說話。

「和同事關係不好？」

初梔垂著眼角，長睫垂下去，不去看他：「我辭職了。」她皺了皺鼻子，「我做不好，我太笨了，一點志氣都沒有。」

好像很多時候都是這樣，每次遇事的時候是這樣收場，可是事後想起來又是一陣懊惱。

跟別人吵架一定要晚上躺在床上思緒才會清晰又連貫，不帶髒字的罵法花樣百出層出不窮，受了委屈被冤枉也要事後才會覺得自己怎麼當時那麼沒出息，怎麼沒衝上去甩他兩巴掌大罵一聲你放屁，再按著他腦袋砸上會議室辦公桌。

初梔終於有地方撒嬌委屈了，整個人都矯情了起來，眼眶又含了淚，她抬起手來抹眼睛，抱著枕頭把下巴都藏進去，可憐兮兮地：「陸嘉珩，實習真討厭，他們都欺負人。」

陸嘉珩輕嘆了聲，靠過去，將她連著枕頭帶人拖進懷裡，揉了揉她軟綿綿的頭髮：「都有誰欺負妳？」

初梔窩在他懷裡找了個舒服的姿勢，眨著濕漉漉的大眼仰起頭來，委屈著還不忘了好奇：「你怎麼不問他們怎麼欺負我？」

他親了親她濕乎乎的眼角，吻掉一點點淚：「都讓我的寶寶委屈成這樣了，怎麼都不行。」

初梔抱著手裡的枕頭，被他拽出來抱在懷裡的時候人就脫離了被窩，白嫩的小腳丫踢著被子一晃一晃：「你要幫我報仇了嗎？」

「嗯，我幫妳報仇。」

「你要天涼王破了嗎？」

陸嘉珩愣了愣：「天什麼？」

小女孩長長的睫毛上還掛著淚，上一秒還是委屈的表情，此時卻撐著他的大腿挺直了腰背，眼一挑，眉微揚，像模像樣道：「天涼了，就讓王氏企業破產吧。」

陸嘉珩：「……」

陸嘉珩覺得現在的年輕人的詞彙可真是一套又一套的。

初梔把今天發生的事情詳細地跟他講了一遍，所有人物一律用「實習生A」、「主管B」來說明，甚至連公司名都不告訴他，擺明了不想跟他說的意思。

不過對方是她同學倒是暴露了，到時候讓程軼隨便問問就知道了。

陸嘉珩抓了被子過來把她多動症似的踢來踢去的小短腿蓋好：「開學以後還會見到他，妳打算怎麼辦？」

陸嘉珩挑起眉來。

初梔躺在枕頭上，認認真真地看著他：「他用了我的創意，卻做得比我好。」

「明明是我自己的東西卻寫得沒有人家好，這是不行的，就算我最終證明了創意是我的也不行，我一定要無論是哪一方面都比他好才可以。」

她的一句話，陸嘉珩所有暗地裡做點什麼的念頭全都打消了。

他坐在床邊撐著頭看著她，輕輕笑了一聲，傾身親了親她額頭：「我的初初長大了。」

陸嘉珩直起身來，還沒動，初梔突然抬手扯住他的袖子。

聲音小小的，大眼睛看著他：「你睡哪裡？」

「沙發。」

她「噢」了一聲，慢吞吞地把懷裡的枕頭放到自己旁邊，小聲說：「可是我想跟你睡……」

陸嘉珩抬起眼來，人有點僵。

初梔耳朵紅了，她往下沉了沉，下巴和嘴巴全藏進被窩裡：「就是什麼都不做的那種睡。」

「……」陸嘉珩嘆了口氣，露出來一個無奈又好氣的表情：「妳對我的要求這麼高嗎？」

初梔不說話，眨著眼看著他。

一秒、兩秒、三秒。

陸嘉珩敗下陣來，再嘆，翻身上床，側身躺在她旁邊。

初梔歡快地往床邊蹭了蹭，讓地方給他，手裡的小被子掀起邊邊來，開心地往他身上蓋，人側過來，軟乎乎的小身子靠近了點。

他抱著手臂躺著，她抓著被子邊，兩人躺在床上對視了一陣子。

「陸嘉珩。」

「嗯。」

「你明天帶我一起走嗎？」

「明天再說。」

初梔的眼睛睜大了點：「你不想讓我去嗎？你還是有狗了。」

陸嘉珩眯眼，抬手扣著她的腦袋按進自己懷裡：「我想，連貓都沒有。」

初梔被她按進懷裡，小手抵著他胸膛，聲音悶悶的：「那你為什麼還要明天再說？」

「今天說吧。」

「帶我去吧。」

「我很乖的，我真的會煮飯了。」

初梔重新抬起腦袋來，雖然知道他那個室友有喜歡的人，可是還是不太放心：「我想認識一下小菊花——不是，我是說你室友。」

陸嘉珩沒說話，扣著她的後腦勺又按回去了，手臂伸到被子外面，隔著被子抱著她。

初梔掙扎著仰頭，看了看表，「你要睡覺了嗎？可是現在還早呢，我們聊到十點鐘，反正你明天中午的飛機，可以稍微晚一點起。」

「你要睡覺了嗎？」

「你真的睡嗎？」

「陸嘉珩，我睡不著。」

陸嘉珩終於睜開眼睛：「妳又被小鸚鵡附身了？」

初梔眨巴著眼：「因為看見你很高興。」

他抿了抿唇。

半晌，垂頭輕輕親了親她眼睛，氣息輕柔又克制：「初梔，睡覺。」

初梔像個小泥鰍一樣在他懷裡拱啊拱，一邊哼哼唧唧，企圖用實際行動來表達自己不想睡覺的決心。

陸嘉珩嘶了一聲，隔著被拍了拍她的屁股，初梔輕輕叫了一聲。

他垂著眼，壞心眼地故意壓低了嗓子：「小鸚鵡，再不睡覺就吃了妳。」

初梔：「……噢。」

初梔忙了一整天，發生太多事情，說不睡，卻很快就睡著了。

小女孩一隻胳膊高高地舉過頭頂，呼吸平穩睡得香香的，像是小貓咪睡覺的時候仰面朝天，露出自己毛絨絨軟乎乎的白肚皮。

醒著的時候睡衣領口拉到後面去，此時睡著了衣服被她拱的亂，領口掛在圓潤的肩頭，胸前的綿軟暴露在空氣中，因為緊緊靠著他被擠在一起，溝壑深深，露在外面的雪白皮膚上一串串刺眼的紅。

小小的一團安穩地睡在他懷裡，渾身上下全是他的味道。

陸嘉珩皺著眉閉了閉眼，長長吐出一口氣。

陸嘉珩覺得她真是神奇了，怎麼會有這種姑娘，黏糊糊地拽著自己男朋友說想跟他睡，勾引完了又要要求他什麼事情都不能做的。

她完全信任著他，毫不設防的樣子，殊不知其實他腦海裡某些齷齪的念頭已經不知道翻來覆去地上演過多少遍了。

簡直就是人性的考驗。

最可怕的是，他竟然還覺得挺高興的。

就看著她躺在自己身邊，呼吸均勻四腳朝天睡得香香的，細白的小短腿掛在他身上，有種人生大圓滿了似的痛並快樂著的滿足感。

陸嘉珩拽著她的睡衣領子往上拉了拉，手又伸進被子裡去把她竄上去的衣擺拉下去，將人抱在懷裡，唇湊到她耳邊，舌尖輕輕舔了舔她肉呼呼的耳垂，喃喃低語：「真想咬死妳，誰讓妳禍害我……」

初梔像是在睡夢中聽到了似的，低低「唔」了一聲，皺著眉扭了扭身子，另一隻手臂隨意一揮，「啪」一下重重地拍在他的臉上。

陸嘉珩：「……」

初梔早上起了個大早，人睡醒的時候陸嘉珩還在睡。

初梔打了個哈欠，迷迷糊糊地半睜著眼，一時間沒反應過來自己在哪裡。

她的腳動了動，發現自己的腿還掛在一個人身上。

初梔眨眨眼，側過頭去。

陸嘉珩睡得很沉，清晨的薄光透過窗簾縫隙漏進來，一點點掛在他睫毛上，漆黑的睫毛泛起了淺淺的金棕色，看起來毛絨絨的。

初梔舔了舔唇，抬手，指尖輕輕戳了戳他的睫毛。

觀察了一下，他沒什麼反應。

初梔用食指和拇指捏著他的睫毛，想要拔下一根，和自己的比誰的長。

她幾乎趴在他的臉上，認真又仔細地，費力又心機地找了最短的一根，指尖掐住，往下拽一拽，陸嘉珩眼皮被她連著掀起來了，露出裡面眼珠黑漆漆的瞳仁。

初梔嚇了一跳，以為他被她弄醒了。

一鬆手，他的眼皮又閉回去了。

初梔鬆了口氣，再次靠近。

陸嘉珩閉著眼睛側身躺著，看起來安靜無聲的睡顏，突然開口：「好玩嗎？」

聲音微沙，帶著晨起時的啞。

初梔悻悻地縮回了手，見他還沒睜眼，開始認真地胡說八道：「陸嘉珩，剛剛地震了，你感覺到了嗎？我想把你叫起來逃命。」

陸嘉珩閉著眼，抓著她的腦袋揉了揉，人重新抓進懷裡：「睡覺。」

「我睡醒了。」

「那就陪我睡一下。」

初梔正經道：「不行的，我不能睡了，我要起來保護地球。」

男人哼哼了兩聲，抱著她摟在懷裡，明顯沒睡夠不太想應聲的樣子。

初梔不滿意了：「陸嘉珩，你怎麼沒有反應啊，地震了，你是不是不知道什麼是地震？」

陸嘉珩頓了頓，終於睜開眼來垂頭看她，狹長桃花眼像是暈了霧氣，微啞的聲線聽起來低沉又性感：「妳再胡說八道我就讓妳知道什麼是床震。」

初梔：「……」

初梔的簽證一年多次，還沒過期，等陸嘉珩終於睡夠了，初梔抓著初父和鄧女士差不多走了的時間偷偷摸摸跑回家去，把護照什麼的都摸出來，再做賊似的偷偷摸摸溜上樓去。

做了十幾年乖寶寶的初梔小朋友覺得，自從自己碰見了陸嘉珩，壞事做的越來越多，人生道路上開始不斷地向著跑偏的方向行進。

她昨天甚至為了和他一起睡，騙了爸爸要在同事家睡，現在更過分，她要偷偷溜出國。

初梔愧疚極了，覺得自己十分對不起初父和鄧女士，一臉頹喪地坐在沙發裡，扒著沙發椅背看著陸嘉珩：「我爸爸會相信我公司帶實習生出差嗎？」

陸嘉珩很認真地想了想：「不會。」

初梔點點頭，打電話給初父：「喂，爸爸。」

她聲音小小的，綿綿的，語速很慢，軟糯又舒服，稍微帶上一點黏音就像是在撒嬌，並且天生自帶乖巧感，讓她無論說什麼聽起來都像是真的。

此時，小女孩端正坐在沙發上，一手拿著手機一手放在腿上，電話打得跟視訊通話一樣，聲音聽起來小心又可憐：「爸爸，我們主管要出差，說是只能帶一個實習生去，她問我想不想去，我覺得這次能夠學到很多東西，但是你如果不想讓我去我就拒絕掉，雖然我已經快畢業了，但是我都聽爸爸的。」

「……」陸嘉珩覺得初梔有的時候真的挺可怕的。

初父自然是不太願意也有所懷疑，但是初梔從小到大實在是太乖太聽話了，讓人根本想不到她會說這種謊，最後還是千叮嚀萬囑咐地答應了。

紐約比國內慢十三個小時，初梔正午上的飛機，十幾個小時後在一個半球之外落地，出了機場外面還是豔陽高照的正午天，讓她有點沒反應過來。

此時國內已經是深夜了，初梔精神上十分疲憊，卻依然清醒到不行，蒼岩山那次以後，她還是第一次和陸嘉珩一起出來，一副很是興奮的樣子，一路上嘰嘰喳喳問個不停。

「陸嘉珩，你是不是有很多華爾街校友？」

「嗯。」

「那你畢業之後也會去華爾街上班嗎？」

「不會，我回國。」

「那你能拿到巴菲特的簽名嗎？就是那個年輕的時候長得很帥的股神。」

聞言，陸嘉珩挑了挑眉：「年輕的時候有多帥？」

初梔沒理他，已經自顧自地想到別的地方去了：「你以後回來就是名校鍍金海龜高富帥了，而我，幾年過去了還是這麼矮，到時候你就會看不上我，會劈腿，會移情別戀，要出軌找小玫瑰、小牡丹去了。」

她憂鬱地說到這裡，突然想起來，扭頭問他：「小菊花今天會在家嗎？」

陸嘉珩：「什麼菊花？」

「你室友。」

「……」

陸嘉珩這邊的房子地理位置也不錯，交通方便，旁邊就有大型超市，庭院弄的像模像樣，還架著個大鞦韆。

初梔第一眼見到小菊花，差點以為他未成年。

看起來十七、八歲的模樣，膚白勝雪，明眸皓齒，漆黑的眼仁燦如星辰，看起來一百七十多的個子，身材比例卻很好，視覺上整個人都被拉長了不少。

眉目清秀漂亮的少年郎，一見陸嘉珩回來，抱著泰迪熊飛奔過去，慘痛的嚎叫：「陸哥啊啊啊啊啊啊！他回我訊息了啊啊啊啊啊啊！他是不是在暗示想跟我生小孩？可是怎麼辦？我不能生啊，我等等去孤兒院領養一個吧。」

陸嘉珩理都懶得理他，行李箱推進屋，轉頭看向身後初梔：「進來，穿我的拖鞋？」

小菊花這才發現，他身後有一個女孩。

小菊花對初梔的第一印象和她一模一樣，差點以為陸嘉珩嫖了個未成年。

小女孩長長的頭髮綁了個馬尾巴，額髮軟軟的，紅唇翹鼻，小臉巴掌大，大眼睛清澈明亮，此時正看著他。

陸嘉珩給初梔套上拖鞋，人推進屋，唇一彎，朝小菊花道：「叫小嫂子。」

初梔：「欸？」

小菊花：「咦？」

小菊花確定了陸嘉珩的確是個畜生，他真的嫖了未成年。

陸嘉珩是趕著時間回來的，下午就去上課了，初梔在他房間裡把自己的東西一樣一樣翻出來放好，理到一半，開始打哈欠。

她的時差還沒調過來，無精打采地坐在床上，正想出去倒杯水喝，門被人敲響了。

小菊花腦袋從門後探出來，手裡拿著杯水：「小嫂子，喝水嗎？」

初梔坐在床邊，腿上疊了一堆衣服，小菊花見狀，直接進屋遞過去給她。

她道了謝，咕嘟咕嘟喝了半杯。

小菊花好奇地觀察著她。

眼看著一杯水見底，他終於忍不住問：「小嫂子，妳和陸哥認識多久了啊？」

初梔算了算：「兩——三年吧。」

小菊花瞪大了眼，心裡靠了一聲。

陸嘉珩他媽是個禽獸啊，兩、三年前，小女孩才多大呢。

他高中的時候就出國讀書了，六、七年沒回過國，完全沒有想到現在我國男性已經畜生到了這種程度，一時間覺得小嫂子越看越單純可愛惹人疼，距離感陡然拉近。

初梔看著他，也覺得他和自己想像中的不一樣。

眉清目秀的男人笑了，露出白白的牙，看起來有點靦腆：「陸哥跟我說過妳呢，說妳超可愛。」

初梔臉紅了，有點沒辦法想像陸嘉珩跟別人說她超可愛是個什麼樣的畫面，不好意思地抓了抓下巴：「他也跟我說過你的。」

小菊花眼睛亮了：「說我什麼啊？」

「說你有喜歡的男人，但是求而不得。」

小菊花：「……」

初梔道：「你想追他嗎？我可以幫你呀。」

小菊花的眼睛發光。

於是陸嘉珩晚上下課回來，一推門進屋，就看見房子裡兩個人盤著腿坐在他的床上，初梔面色嚴肅，手裡拿著衣架揮舞著，一邊頭頭是道地講課，小菊花坐在她對面，手裡捧著一本筆記本，認認真真地記筆記。

他兩眼放光取經，比開著的檯燈還亮：「小嫂子，妳覺得他會喜歡性感一點的女孩子還是清純的啊。」

初梔不贊同地看著他：「小菊花，你不要為了他強迫自己，即使你想讓他喜歡上你，也應該是喜歡真實的你的樣子才對，無論是性別還是什麼你都要堅持自我呀！」

小菊花猛點頭：「嗯嗯嗯！」

陸嘉珩：「……」

陸嘉珩把背包往旁邊椅子上一丟，拽著坐在他床上奮筆疾書的男生丟出門去，垂眼看著揮舞著衣掛的少女：「妳還不睏？」

初梔眨眨眼：「本來睏的，但是現在忘了睏了。」

陸嘉珩食指抵著她的腦袋戳腦門，初梔「啊」地一聲，應聲倒在他床上，馬尾散了一枕頭，眨著眼躺在他枕頭上，笑嘻嘻地：「摔倒了，要陸哥哥親親才能起來。」

陸嘉珩抬眼，心猛地跳了一下。

他們在一起這麼久，她從來沒這麼叫過他。

每次他哄著，她到最後都羞到發脾氣，小巴掌往他臉上招呼。

陸嘉珩的喉結滾了滾，走到床邊傾身而下，膝蓋跪在她兩腿間，垂頭咬她嘴唇。

初梔低低「唔」了一聲，睫毛抖著閉上眼。

滿室寂靜，夕陽餘暉照進落地窗。

直到初梔感覺自己快要憋死了，抬手去推他，陸嘉珩才不情不願地放開她。

她低低喘氣，手臂被他引導著勾在他脖頸，亮晶晶的眼看著他。

陸嘉珩眸色暗暗，抓過她抵著他的手腕扣在她頭頂上方，手臂微曲，側頭再次吻下來。

唇瓣相碰，初梔坐在屁股底下的手機嗡嗡地震動。

初梔手掙了掙，提起膝蓋撞了撞他：「電話呀……」

陸嘉珩不滿地低低哼了一聲，坐起身來，從她身下摸出手機來遞給她。

初梔看了來電顯示一眼，爸爸兩個字晃得她有點心慌。

初梔吞了吞口水，小心翼翼地接起來：「喂，爸爸。」

她唇角掛著沒來得及吞咽的唾液，亮晶晶地。

陸嘉珩撐著床面靠過去，側頭伸出舌尖舔掉了。

離得近了，能隱約聽見一點初父問話的聲音。

初梔臉漲得通紅，聲音有點發抖，卻強撐著鎮定：「嗯，到了，挺好的呀，今天先休息，明天才開始忙。」

他的唇滑到了她耳畔，含住了通紅發燙的耳垂。

她睜大了眼睛，一邊往後縮：「沒有，和女孩子，對，也有一個女孩子是實習生，跟我關係挺好的，沒有男生啊。」

陸嘉珩動作一頓，長眼微斜瞥了她一眼，吮著她耳垂，突然報復似的輕輕咬了一下。

初梔猛地捂住了嘴巴，差點叫出聲來，抬腳踹他。

陸嘉珩長腿一勾直接壓住她的腿，壞心眼地咬著肉呼呼的耳垂含著細細的咬，一路舔到耳尖。

初梔大腦轟轟隆隆像是火車駛過，人開始抖，抓著手機的手有點拿不住，手機差點掉在床上。

她瞪著他，白皙的臉蛋紅透了，通著電話的時候精神力高度集中緊張，感官好像比平時敏銳了許多。

初梔是第一次自己出遠門，初父在那邊嘮嘮叨叨地又囑咐了不少東西，初梔嗯嗯地應聲，緊繃著聲音，表情看上去快要哭出來了，又不敢太大動作推他，生怕弄出聲音來。

初父一大堆說完，頓了頓，突然想起來什麼了，又道：『對了，那個跟妳一起出差的女生現在是不是在妳旁邊啊，妳讓她接一下，爸爸跟她說兩句。』

初梔：「……」

陸嘉珩：「……」

初梔人一抖，差點一腳把陸嘉珩踹下床去。

她驚慌失措地拿著手機，手抖啊抖啊，撐著床面坐起身來，後背滲出一層冷汗。

初梔把手機拿離耳畔，對陸嘉珩比了個口型：「怎麼辦？」

陸嘉珩手背蹭了蹭唇角，起身翻身下床，出了臥室往外走。

小菊花正端端正正地坐在起居室老太婆搖搖椅上，手裡捧著剛剛初梔給他上課的時候記的筆記認認真真地看。

他清秀字跡一行行，列出了一、二、三、四點，重點的地方還用螢光筆畫起來，看起來完全就是好學生典範的筆記本，放在國內可以用來參賽那種。

陸嘉珩走過去，站在椅子後面輕輕拍了他一下。

小菊花聚精會神，完全沒注意到。

「……」

陸嘉珩一巴掌招呼到他腦袋上，「啪」一下。

小菊花嗷地叫了一聲，差點從椅子上蹦下來，捂著腦袋回頭瞪他，那副模樣簡直可以稱得上千嬌百媚了：「大家都是亞洲人，你做什麼？話都不說就打人！」

陸嘉珩單手搭在他椅背上，斜歪著身子，懶洋洋地朝他勾了勾手指。

小菊花警惕地看了看他，還是靠過去。

陸嘉珩唇一彎，淺聲輕柔道：「小菊花，見證你實力的時候到了，有沒有信心？」

小菊花一臉「我操了」的表情，警告道：「陸嘉珩，我告訴你啊，小嫂子可以叫我小菊花是因為她可愛，而且還熱情的幫我忙求愛，我喜歡她，你他媽再這麼叫我老子把你腦殼打成菊花，真當我沒有點作為房東的尊嚴了？」

「……」

陸嘉珩眼一瞇，又一巴掌招呼到他腦袋上，語氣依然散漫輕柔的：「你誰都敢喜歡？」

小菊花捂著腦袋嗷地一聲，怕了，作為房東的尊嚴簡直全無：「陸哥，您說，您請講，小的聽著呢。」

臥室裡，陸嘉珩開門走人。初梔看著他啐嗒一聲關上了臥室門，目瞪口呆。

這是什麼意思？要她自己解決的意思嗎？就這麼跑路了？

初梔盤腿坐在床上，就這麼看著臥室的門扇輕輕地關上了，覺得自己真是有眼無珠，竟然愛上了這麼沒有擔當一出事情就逃避責任的男人，戀愛還一談談了兩年。

她清了清嗓子，一手焦躁不安地摳著陸嘉珩的床單，一邊忐忑不安的，小心翼翼的，謹慎的開口：「爸，您找我同事幹什麼呀？」

初父樂呵呵的：『爸爸跟她聊聊，妳第一次一個人出遠門，有些注意不到的地方，爸爸、媽媽又不在身邊，怎麼放心。』

初梔：「我上大學以後你和我媽不是已經放養式教育，三天兩頭各種地方遊了嘛，我也是一個人呀。」

初父表示不贊同：『那不一樣，我和妳媽出去妳是留在家裡的，這次妳是在外面，離家這麼遠，怎麼能一樣？』

「……」初梔懂了，這就跟她高中以前去朋友家留宿不行，朋友來她家住就可以是同個道理。

她低垂著腦袋摳床單：「爸，人家女生跟我也不是很熟呢，你突然找她說話這不是莫名其妙……」

初父不解：『這有什麼莫名其妙的，妳剛才不說妳們的關係挺好嗎。』

初梔：「……」

初梔垂死掙扎：「爸，您這架勢跟我還在學校似的，這不是我同學、室友，也不是學校裡的活動可以沒事打電話給老師問問情況的，這是公司呢，您聽誰說過有出差上班上到一半家長打電話給上司或者同事問問情況囑咐囑咐的呀，」初梔不情不願道，「您這樣搞得我好像生活不能自理沒長大似的，到時候讓我同事怎麼想我呀。」

她話音剛落，初父良久沒有說話。

過了好一陣子，初父輕輕嘆了口氣：『我的初梔長大了。』

初梔愣了愣。

前所未有的愧疚感和心虛。

她眨眨眼，突然好想回家，明明是快二十歲的大女孩，此時卻突然想像小時候一樣，縮在爸爸、媽媽跟前，聽爸爸給她講童話故事，跟他們撒撒嬌。

初梔覺得自己罪大惡極，說出這樣的謊話簡直無法被原諒。

她小聲道：「爸，我都快二十歲了。」

初父的語氣依然是平和的，帶著溫柔的笑意：『妳就算四十，就算以後嫁了人，在爸爸看來也還是吵著鬧著要出去玩的小公主。』

初梔鼻酸。

她垂下眼去，突然道：「爸爸，對不起。」

初父沒反應過來：『突然這樣是怎麼了？』

「沒什麼，」她輕輕說，「我以前是不是很不懂事啊，我闖過禍嗎？」

初父覺得自己家女兒是全天下最乖巧的小寶貝，即使初梔小的時候曾經把他的文件丟進馬桶裡，撕爛過幼稚園老師的假髮，往小學同學的菊花茶裡丟過濃湯塊，她依然是他的乖女兒。

『沒有，我女兒從小聽話到大，簡直沒有比我女兒還乖的小孩。』

初梔快哭了。

於是陸嘉珩扯著小菊花一開門，就看見少女一臉淚跡斑斑坐在床上，手裡舉著個手機貼在耳邊，無聲地流眼淚。

陸嘉珩第一個反應是——完了，事情敗露了。

第二個反應是——如果他現在去幫她揹鍋，以後進不了她家家門的可能性有多高？

小菊花站在他身後，人還沒進門，沒看見房間裡面的人在哭。

他已經入了戲，一手卡在喉結的位置，呲牙咧嘴地掐著嗓子，聲音又尖又細，尖利刺耳，像是個唱戲的：「初梔！妳洗不洗澡呀！」

別說，還真有點聲音細細的女孩子的感覺。

初梔一抖，眼淚差點被嚇回去。

初父明顯也聽到了，回憶往昔被這麼一聲打斷，安靜了一下子，才問：『是妳那個同事？』

「……」

初梔猶豫地「嗯」了一聲。

『她催妳去洗澡啊？那妳快去吧，別讓人家等著。』

初梔抹了抹眼淚，跟初父道別。

電話一掛，初梔淚眼汪汪地看著陸嘉珩。

小菊花對自己剛剛的表現頗為滿意，洋洋得意地往屋裡蹦：「小嫂子，我剛剛的演技是不是絕了，實不相瞞，我最拿手的曲目是李玉剛的〈新貴妃醉酒〉，尤其是戲腔——」

他沒來得及說完，被陸嘉珩按著腦袋推出去，哐噹一聲把門關上了。

小菊花被人用完就丟出了房間，感覺就像是遇到了渣男，拔屌無情。

他對著緊閉的門板傷心憤怒了三十秒，想到自己的寶貝筆記本上記錄的斬男祕訣，又開心地學習知識去了。

臥室內，陸嘉珩走到床邊，看著終於忍不住哭出聲音來的小女孩，微微抿了唇。

她的聲音也不大，低低地抽著鼻子，可憐兮兮的。

陸嘉珩坐在她旁邊，動作很輕地攬著她抱進懷裡：「小哭包，又怎麼了？」

初梔小手也環繞過去抱住他，眼淚往他衣服上蹭了蹭：「陸嘉珩，我想爸爸媽媽了。」

陸嘉珩一頓。

他抬手，輕輕揉了揉她小腦袋，順了順被她剛剛壓得亂七八糟的馬尾：「那妳想回家嗎？」

初梔好半天都沒反應，隔了一陣子，才慢吞吞搖搖頭：「我想我爸我媽，可是我也想跟你待在一起。」

陸嘉珩蹭著她軟乎乎的髮頂，想起有過一面之緣的她的父母，輕聲道：「叔叔、阿姨很愛妳。」

「這個世界上不會有爸爸媽媽不愛自己的孩子。」初梔悶悶道。

他沒說話。

初梔突然想起，他的家庭。

她心裡咯噔一下，小手不安地蹭了蹭他的腰際，抵著腹部微微拉開了一點距離，仰頭看著他。

陸嘉珩也垂下眼來，食指微彎，指節蹭掉她掛在眼角的淚。

他不想打破她對於某些美好事物的認知，她就該是這個樣子的。

「嗯，這個世界上沒有爸爸、媽媽不愛自己的孩子。」他微笑著輕聲道。

初梔心臟發酸。

她皺了皺鼻子，仰著小腦袋：「是不是我說什麼做什麼你都會說是對的？」

陸嘉珩垂首，和她頭對著頭，鼻尖相觸，兩人的呼吸交疊在一起，輕柔纏繞：「說兩句話算什麼，星星都摘給妳。」

初梔眼睛睜大了一點兒，感動地看著他：「真的嗎？」

「假的，星星太大了。」

「……」

初梔剛剛那點感動的火星被滅了乾淨，嚕嚕嘴巴，剛想說話，房門被小菊花咚咚咚地敲了三下：「小嫂子！妳吃不吃蘋果派啊！」

「……」

陸嘉珩：「不吃，滾。」

門外，小菊花「噢」了一聲，沒聲音了。

初梔其實挺想吃的，本來眼睛都亮了，他說完，她不滿地用額頭撞了撞他的額頭：「陸嘉珩，你別這樣看著我，我要鬥雞眼了。」

陸嘉珩低低「嗯」了一聲，人卻不動，反而湊更近了點：「剛剛被打斷了，繼續嗎？」

初梔臉紅了，不好意思地垂下腦袋，沒什麼力氣的推他：「你好好念書，正經一點行不行啊，你再這樣我要走了。」

陸嘉珩清黑的桃花眼微微挑起，懶洋洋道：「妳在這裡，我還怎麼正經？」

他說著，傾身去親她。

唇瓣相貼。

下一秒，敲門聲再次響起。

小菊花在門外熱情地喊：「小嫂子！妳吃不吃藍莓——」

陸嘉珩睜開眼來，眸光微虛，不耐煩地「嘖」了一聲，隨手從桌上拽了一本書丟過去，「砰」的一聲砸在門板上：「不吃，滾！」

阿菊遭受到了非人對待，又委屈又生氣，隔著門朝裡面嚎：「我問你了嗎！我問你了嗎？我問小嫂子！」

陸嘉珩：「你小嫂子也不吃，滾。」

初梔連忙扒著他的手臂伸脖子出去：「我吃的我吃的！藍莓什麼呀！」

小菊花：「藍莓馬芬！」

「蘋果派還有嗎？」

「有啊！」

陸嘉珩：「……」

兩個人就這麼隔門喊話喊了一陣子，初梔已經迫不及待了，推著壓著自己的男人一邊蹬腿。

陸嘉珩覺得一下午沒在家自己的地位好像不知不覺就下降了不少。

他垂眼，看著人像小鯉子一樣撲騰著往外鑽的少女：「妳一下午給他灌了什麼迷魂湯了？」

初梔挺無辜的：「我什麼都沒幹呀。」

陸嘉珩長腿壓住她往外蹬的小短腿，洩憤似的垂頭輕輕咬了咬她嘴唇：「妳都快把他掰直了。」

初梔挺驚喜的：「那不是挺好的嗎，我就可以放心了。」

「……」

小菊花一個人在國外待了很多年，廚藝技能滿點，平時尤其喜歡研究著做點甜品什麼的，連愛好都充滿了賢妻良母的氣息。

初梔下飛機到現在只喝了一杯水、一杯果汁，餓得前胸貼後背，蹦蹦跳跳地出了房間進廚房，香味飄散，湊到小菊花面前往他手邊碗裡瞧：「這是什麼沙拉呀？」

阿菊平時都一個人做飯，此時有個人對他的料理充滿了濃厚的好奇心，他也十分開心：「酪梨沙拉。」

初梔手肘撐在流理檯，托著下巴看著他忙活：「美國有什麼特色的、好吃的嗎？我只知道漢堡和熱狗。」

初梔家裡初父和鄧女士都會煮飯，但是僅限於中菜，初梔吃著蘋果派一邊聽小菊花跟她介紹美國的各種菜系，兩個人聊得熱火朝天，完全忘記了陸嘉珩的存在。

終於，在初梔最後一口披薩咽下去的時候，陸嘉珩一把扯過她手腕把人從椅子上拉起來直接拽進了房間：「吃完了吧，陪我讀書。」

初栀眼巴巴地看著桌上的水果：「可是我還想吃個水果呢。」

「剛吃完飯不能吃水果。」

初栀「噢」了一聲，摸摸自己圓滾滾的肚子，覺得大概暫時也吃不下水果了，「我也想洗澡了。」

陸嘉珩側頭：「妳剛吃完飯就洗澡？」

初栀進了房間，把自己的睡衣、睡褲從行李箱裡抽出來，方方正正地放在床上，乖乖地坐在旁邊：「那我等一下再洗。」

陸嘉珩笑了聲，拽著他的背包過來，順手戴上了眼鏡。

他桌子在床旁邊，初栀坐在床邊往裡蹭了蹭，趴在他桌邊看著他：「陸嘉珩。」

「嗯。」

「你戴眼鏡有點好看。」

陸嘉珩眉梢一挑，抬起眼來，一雙桃花眼藏在鏡片後，尾睫輕揚，看起來禽獸氣質盡顯。

初栀認真道：「像個衣冠禽獸。」

「……」

「好心動噢。」初栀眨著大眼繼續道。

「……」

陸嘉珩：「妳還是去洗澡吧。」

陸嘉珩房間裡沒有多餘的枕頭和被子，晚上陸嘉珩特地從樓上搬下來一床，等初栀洗完澡回來，床上已經換了新的床單和被套，地上也鋪好了。

初梔抓了抓半乾的頭髮，赤腳踩在地毯上：「你打地鋪嗎？」

陸嘉珩看著書，沒抬頭：「床太小了，妳睡。」

初梔慢吞吞地「噢」了一聲，手腳並用爬上床，跪坐在床邊，看著他：「你今天不跟我睡了嗎？」

陸嘉珩抬起頭來。

小女孩穿著娃娃領睡衣，長髮披散下來，小嘴憋著，抱著個枕頭垂頭喪氣地看著他，看起來有點小失落。

陸嘉珩舌尖探出，舔了舔唇珠。

他側頭，輕輕嘶了一聲：「初初。」

初梔歪著腦袋，下巴搭在枕頭上：「唔？」

「妳對我這麼放心嗎？」

初梔抱著枕頭靠著牆坐，瑩白的腳趾踩在床單上微微蜷起，露一雙眼圓滾滾看著他，聲音軟軟的：「不然我會跟你走嗎？」

安靜片刻。

陸嘉珩垂眼，低低笑了一聲：「妳是什麼轉世的？」

有的時候，陸嘉珩覺得初梔太可怕了。

她不經意的一句話，他什麼都願意為她去做。

陸嘉珩放下手裡的書，推了椅子站起來，走到門邊關燈。

房間裡只剩下檯燈亮著，他彎腰把地上的枕頭撿起來，放在床頭。

初梔很開心地把手裡的枕頭貼著牆邊也放在床頭，他這張床確實有點小，兩個枕頭放在一起擠擠的，她躺在裡面，蓋好了被子，眨著眼看著他：「陸嘉珩，我以後都不來了，你也不要回去了。」

陸嘉珩垂眸看了她一眼，沒說話。

初梔拉著被角玩，沒看他，慢吞吞地說：「我本來那天看到你那邊掛了女孩子的衣服，就好不開心，但是我怕你真的不喜歡我了，也怕自己顯得太敏感小氣又纏人，一直都不敢問，」她揪著被子，「但是我們要分開那麼久，當時你要走也是我同意的，我不可以這樣不信任你，也不能滿腦子全都是戀愛，我們要在對方不在的時候也變得更優秀更厲害才行。」

初梔抬起眼睫來，朝他眨眨眼，手臂從被窩裡伸出來，拍了拍自己旁邊的床鋪說道：「所以你之後的一年多都見不到我了，你要珍惜現在能夠看見我的每分每秒，跟我一起睡。」

初梔待了一個禮拜，訂了月底的票回去。

直到人走，初梔也沒能見到小菊花的夢中情人。

小菊花和陸嘉珩同校，但是科系不同，他相比陸嘉珩要輕鬆一些，週末的下午，在初梔的慫恿催促下，他終於鼓起勇氣來傳了第一則訊息給男神。

對於他們兩個人還沒聊過天這件事，初梔覺得很是不可思議，她瞪大了眼睛看著他：「你們都沒說過話嗎？」

阿菊一臉驚慌地看著她：「我一開口，我是個男的這件事不就暴露了嗎？」

初梔認真地覺得他的聲音其實不仔細聽還是挺能以假亂真的。

「那你們就沒有過什麼接觸嗎？」

「有的。」

「什麼樣的？」初梔好奇地問。

小菊花如夢似幻的回憶了一下：「我跟他偶遇了好幾次，不過都是女裝，他沒認出來我是男的，」他說完，正色道：「我現在正在習慣女裝，我買了好幾套女款睡衣。」

「……」

初梔呆呆的看著他：「可是萬一他喜歡上女孩子的你了，你們、你們——」她臉頰有點熱，不自覺地抬手捏了捏耳朵，「你們進一步發展的時候，他發現了怎麼辦呀。」

清雋的男人看起來有點沮喪：「可是我不這樣，可能連讓他覺得，我是可以戀愛的對象的機會都沒有。」

初梔也很沮喪，她覺得掰彎直男這件事情聽起來有點奇怪，又很困難。

就好像人家本來性向是女，但是非要硬生生地把對方掰成男，這對於她來說稍微有點有罪惡感，除非是對方真的喜歡上了小菊花，並且因為對象是他，所以他彎了。

在兩個人堅持不懈的研究下，小菊花第一次主動約男神見面並且沒穿女裝，初梔悄悄地跟在後面，身上套了件陸嘉珩的大衣外套，巴掌大的小臉上架著個巨大的墨鏡，戴了一頂毛線帽，造型有點像《終極追殺令》裡的里昂。

出門前，初梔前腳剛邁出門去，就被陸嘉珩拽著手臂拉回來了。

男朋友對於自家小梔子花最近的注意力都放在小菊花上表示不滿，把人抱起來邊走進房間邊把她一身行頭扯掉，毛線帽墨鏡一路丟在地上，交換了一通口水以後心滿意足地抱著她睡午覺。

初梔乖乖地縮在他懷裡玩他睫毛：「陸嘉珩。」

「嗯？」

「小菊花的那個男神到底長什麼樣子呀？」

陸嘉珩睜開眼來，摟著她的手臂緊了緊：「妳對別人家的男神那麼好奇幹什麼？」

初梔笑嘻嘻地拽他睫毛：「你這張臉我看膩了，我要去嚐嚐鮮。」

陸嘉珩眼一瞇，抬手打她的屁股。

隔著衣服，悶悶地一聲，力度有點重，初梔啊地一下，抬手推他：「你現在什麼毛病啊，怎麼總欺負人的！」

他重新閉上眼，低低笑了：「以後讓妳知道什麼叫欺負。」

他的手還落在她的屁屁上，初梔紅著臉拱了拱，又拱了拱，拉開距離扯掉他手臂，想了想又覺得他剛剛的動作流氓又帶著某種暗示，打了他手臂兩下。

男人任由她折騰，靜靜閉著眼側身躺，懷抱和牆壁指尖圈出一片空間。

初梔趴在床上，撐著臉，指尖輕輕劃過他淺淺青色的眼底：「陸嘉珩，我明天就走了。」

陸嘉珩眼皮掀起，漆黑的眼看起來有點深。

她的表情看起來不捨極了，明亮的眼底飽含情感。

陸嘉珩心下一動，抱著她的手臂緊了緊，眼神也變得溫柔了起來，等待著她接下來的話。

小女孩白皙的食指輕輕撫摸他棱角分明的側臉，憂傷地看著他：「走之前我真的想看一眼小菊花的男神到底長什麼樣。」

「……」

陸嘉珩冷哼了一聲，面無表情地扣著她的小腦袋，一點也不溫柔地重重按進懷裡：「再說話現在就讓妳知道什麼叫欺負。」

初栀特地挑了個陸嘉珩要上課的時間走，小菊花送她去機場，一把鼻涕一把淚的：「小嫂子，妳明天還來嗎？」

初栀本來不讓陸嘉珩來就是怕這樣，結果阿菊搞的她也有點傷感了：「不來了，你以後回國嗎？」

阿菊有點不確定，看了小女孩一眼，堅定道：「我以後會回去找妳玩的。」

初栀自通道：「那等你回來來我家，我爸媽煮飯也特別好吃，跟你的手藝不相上下吧，等你來了我肯定也學會做飯了。」

兩個同屬性的天然系小動物在短暫的一個禮拜裡建立了深厚的友誼，依依不捨道別，小菊花一直把初栀送到登機口，看著她進去才一步三回頭的走了。

十幾個小時以後，初栀終於落地，踩上了家鄉的土地。

剛剛才調過去的時差又要調回來，初栀迷迷糊糊地搭了車回家，到家以後東西都來不及理，洗了個澡倒頭就開始睡。

幾個小時以後，她渾渾噩噩地爬起來，緩了一下，側過頭去。

巨大的雙人床，另一側空蕩蕩的，床幔軟趴趴地垂下來，滿室寂靜。

初栀垂著眼坐在床頭發了一下呆，揉了揉眼睛，慢吞吞地蹭下去繼續睡。

開學那天，初栀再次見到了蕭翊。

小教室裡面班裡的同學已經差不多都到了，初栀她們寢室四個到的時候老師也剛進來，四個姑娘笑嘻嘻地往裡進，顧涵還在講她的主管有多麼傻，初栀抿著唇笑，一抬眼，就看見坐在倒數第二排的蕭翊。

他也正回頭往這邊看，初栀愣了愣，下意識地撇開了視線。

撇完她反應過來，她又沒做錯什麼事情，憑什麼要躲他啊。

初栀鼓了鼓嘴巴，又重新回過頭去，眉一揚，明亮的大眼睛盯著他，盛氣凌人的表情硬生生被她做出了一點點綿軟的味道出來。

蕭翊輕輕彎彎唇，溫柔地笑了。

初栀瞪大了眼睛。

他為什麼還好意思笑啊？他為什麼能在做了那麼過分，做了這種事情以後還能坦然的看著她笑？

偏偏只剩下他們後面那裡有四個連著的空位了，別的地方都被隔開，林瞳走過去，周明跟她們打招呼。

初梔張了張嘴，沒來得及說話，只能跟著過去坐在靠旁邊的位子。

她不情不願地趴在桌上，胸口像是堵了一塊大石頭，沉沉悶悶地，一段時間以來刻意被她忽略淡化了的情緒再次翻湧上來。

少女臉色有點白，薛念南細心注意到，湊過來問她：「阿梔，妳不舒服？」

初梔悶悶地趴在桌子上：「吃多了，有點反胃，想吐。」

她的前面，蕭翊寬闊的背微微僵了僵，只有一瞬間，很快又放鬆下來。

他側頭，跟周明繼續說話，側臉的線條顯得俊逸乾淨。

和往常沒什麼兩樣。

如果放在這個寒假以前，初梔會覺得蕭翊真是居家良配，讀書的時候成績優異，做事情認真，脾氣又好，對人從來都是溫文爾雅的，以後誰家的女孩子和他在一起簡直要幸福死了。

現在，她只覺得這個男人說不清道不明的可怕。

大三下學期，老師依舊是老套的說辭，下面的人漫不經心地聽著，混熟的人不時會跟老師聊兩句。

初梔全程神遊天外，結束了以後夢遊似的站起來跟在林瞳後面出教室，前腳剛邁出去，後腳被人叫住：「初梔。」

初梔一頓，側過頭來。

蕭翊站在班級門口，表情溫和又無奈，有點不好意思似的撓了撓眉尖：「方便跟我聊聊嗎？」

顧涵不知道初梔有男朋友這回事，聞言發出一陣怪笑。

蕭班長雖然對誰都一視同仁的溫柔，但是熟悉的誰不知道他對二班小白兔初梔最好，言聽計從溫言溫語，一看見她表情變得更柔和了，甚至高中同校，對少女的注視從高中直到大學。

林瞳皺了皺眉，還沒說話被顧涵大咧咧地扯著往外走：「阿梔！我們先回寢室了啊！」

初梔還沒反應過來，愣愣地站在原地，沒幾秒，顧涵她們已經消失了。

教室裡的人走了大半，剩下零星幾個走得慢的，初梔和蕭翊兩個人站在後門，沒人開口說話。

體育股長揉著亂糟糟的頭髮起身，正準備往外走，看見他們，嘻嘻哈哈地起鬨，把剩下還沒走的人都趕走了，出了教室前還抻著脖子往裡瞧，笑呵呵：「蕭班長！加油啊！」

初梔垂著眼，悄悄地翻了翻眼睛。

人很快走乾淨，空曠寂靜的教室裡只剩下初梔和蕭翊兩個人。

初梔本來外套都穿好了，此時這麼站了一陣子有點熱，她一圈一圈慢吞吞地解開了圍巾。

蕭翊沒說話。

初梔拉開外套拉鍊。

蕭翊嘆了口氣：「初梔。」

初梔垂著頭，玩外套上的琥珀色牛角鈕釦。

她沒回話，蕭翊也沒太尷尬的樣子，垂眼看著她：「我被卓思留下了，他們希望我能長期實習。」

初梔鼓著嘴巴，舌尖輕輕頂了一下滑溜溜的腮幫子，輕聲道：「那恭喜你，祝你實習一輩子。」

蕭翊噎了噎：「妳在怪我？」

初梔差點笑出聲來，她抬起頭來，有點奇怪地看著他，連話都問不出來，非常好奇他為什麼會問出這樣的問題。

蕭翊的表情一如既往的溫和，無波無瀾，好像無論遇到什麼樣的情況他都是這樣如魚得水的。

他感嘆道：「初梔，我高中的時候喜歡過妳。」

初梔一愣。

「每次在考場妳都坐我前面一個，年級排名十次都有九次靠著，好像不知不覺就注意到了，覺得這個女孩子真可愛啊。」

「後來發現妳大學也跟我同個班了，我真的挺開心的，覺得有點像是命中註定的緣分，也糾結過一段時間要不要追，」他垂頭笑了笑，「我知道妳家境挺好的，但是我家一點也不好，我真的很需要這次實習機會，甚至做得好的話畢業以後可以直接轉正，妳不知道這對我來說意味著什麼。」

初梔內心五味陳雜，完全不知道要說什麼好。

她覺得蕭翊這個人真是神奇，他做了三年的老好人，僅僅只是因為一個畢業以後轉正的機會就可以做出這種事情，然後還一臉雲淡風輕地跟她回憶過去，一副沒事情發生過的樣子。

初梔好奇地歪著腦袋：「轉正的機會就這麼重要嗎？」

她是真的好奇。

蕭翊遲疑地看著她，表情也很複雜，似乎是對於她會問這樣的問題同樣十分不解：「妳不是也一直絞盡腦汁想贏我，得到這個機會嗎？妳知不知道現在應屆畢業生想進這樣的公司有多難？」

他壓著嗓子，低聲道：「妳的想法都很好，但是策劃書寫得真的很爛，就算交給妳，這個策劃也不會合格得以實施，就算我不寫，妳也只會浪費創意而已，」他頓了頓，「況且，我是有自己的想法和改進的，我並不只是在抄襲妳的創意，看到了我的策劃書，妳難道還看不出來自己的不足之處嗎？」

初梔回到寢室的時候，整個人還是傻的。

兩年多的時間接觸下來原本覺得蕭翊是個挺正常的人，今天談話下來才發現他的腦迴路真的太讓人無法理解了。

她甚至被他說得一愣一愣的，有點反應不過來，整個人完全跟著他的節奏在走，聽著他「我能得到這份長期實習轉正的機會也是因為我自己的努力，而且這個 idea 也不完全是妳的吧，是妳和我不斷的討論中得出的，也算是我們兩個的研究成果」——這種說法，竟然還有一瞬間覺得很有道理。

初梔行走在冬天的冷風中，北方二月底凜冽的寒風將她的腦子吹得清醒了不少，回了寢室。一進門，就被顧涵拉住。

顧涵一臉神祕兮兮的樣子，漂亮的眼一瞇，拇指指尖掐在中指指節，神祕道：「我夜觀天象掐指一算——」

「蕭翊就是個垃圾。」初梔幽幽道。

初梔的脾氣一向很好，認識了兩年多從來沒見到她跟誰因為什麼事情生過氣，此時聽她這麼一說，顧涵完全震驚了，下一秒，表情從震驚變成了憤怒。

爽朗的東北 Girl 一臉憤怒地拉著初梔的手，咬牙切齒面目猙獰：「蕭翊對妳做了什麼？」

那個樣子就好像初梔只要說他一個不字，她能直接衝進男宿把蕭翊徒手撕了一樣。

林瞳和薛念南聽見也轉過身來，前者的表情和顧涵差不多，後者皺著眉。

初梔太感動了，覺得自己有這樣好的室友上輩子大概是拯救過宇宙。

她抽了抽鼻子，眼眶紅了，黏黏糊糊地伸出小手就要過去抱她，小聲撒嬌：「涵涵……」

顧涵一看她這樣，心疼到心肝脾肺腎都顫了，下一秒就爆炸，唰地一下推了椅子，就要往門外衝。

初梔嚇了一跳，趕緊拉住她，「妳幹什麼呀？」

顧涵冷笑著摩拳擦掌：「我去問問姓蕭的，怎麼我的小女孩跟他單獨說個話回來都委屈得要哭了？」

初梔小臉皺在一起，猶猶豫豫地看著她，不知道該不該跟她們說。

大家畢竟都還是同學，而且之前關係也一直不錯，這樣一說就很像是在背後說人家一樣的，有些彆扭。

她微微皺起眉來，半晌，輕輕搖了搖頭：「沒什麼事的，妳別去了。」

初梔想，君子報仇十年不晚。

私事還是要私了。

後來很長一段時間，初梔和蕭翊沒再說過話。

剛開始周明還會在教室裡的時候和初梔她們打個招呼，但是顧涵林瞳她們都十分冷淡，蕭翊看起來也不太熱情，周明一個人一頭霧水，時間久了也就沒再叫她們。

A大雖然比較偏重理科方面，但是瘦死的駱駝比馬大，廣告系在全國也還不錯，各種大學生廣告比賽裡斬獲不少獎項，蕭翊更是活躍在各種廣告大賽中，幾年下來已經成了小學妹們的男神學長。

初梔參加的廣告比賽不多，也零零星星拿過兩個獎，她對於廣告說不上熱愛，參與熱情不太高，平時課業雖然成績都不錯，完全是從小到大養成的讀書習慣問題了。

然而寒假結束以後，她整個人卻亢奮了起來，臨近大四終於對自己的未來問題有所思慮了，開始關注各種廣告節，廣告大賽。

也僅僅只是關注，然後動手準備，卻從來沒有報名過。

清明過後，天氣轉暖，五月份，初梔去了一個不大不小的私人企業做文案實習。

每週只需要去三天，並且時間自由可以自己決定，就在之前那家廣告公司對面的辦公大樓。

那次被污蔑抄襲以後，初梔再也沒來過這一帶。

去面試當天，她猶豫了好久，每一個紅綠燈，每一個十字路口都清晰得像是昨天，越靠近越想要逃避，怕下一秒迎面走過來的就是和她同辦公室的人。

她覺得自己又狼狽又丟臉，像是鎩羽而歸的將軍，雄姿英發的去，打了敗仗灰溜溜地溜走，又不甘心地偷偷摸摸溜回來了。

可是她明明什麼都沒做錯的。

初梔深吸口氣，抬手拍了拍臉，昂首挺胸剛準備走進辦公大樓，就看見對面兩個人出來。

男人穿著乾淨清爽的牛仔襯衫，個子很高，細腿，看起來像根竹竿。

他身邊的女人一身職業裝，包臀裙，絲襪包著細長的腿，染成紫紅色的頭髮燙著波浪捲。

兩人一前一後出了辦公大樓的門，轉過街角，前後變成了並排，男人的手搭上了女人的腰。

是蕭翊和趙玫。

初梔愣住了。

很多之前沒注意到，忽略掉了的細節都變得清晰了起來。

卓思是很大的廣告公司，業內也是有名氣的，即使蕭翊的策劃案比她的要全面很多，即使他交的時間要比她早，也不應該會那麼武斷的直接認定抄襲的人就是她。

之前她被委屈憤怒沖昏了頭，再之後也沒有仔細思考過這個問題，現在這樣一看，好像都可以解釋得通了。

初梔站在辦公大樓門口，一時間有點反應不過來。

她也想找個人吐槽一下，她覺得簡直不可思議，他們一起來卓思實習，也不過半個月的時間，而且平時看上去兩個人也沒有什麼不妥的地方。

女主管和實習大學生這種配對，初梔在小說裡都沒見過。

她當即現場想像出了三千個劇本，剛出校門的鳳凰男小鮮肉大學生和熟女主管，順便給男方配了一個一直和他從大學走入社會的貼心女友，上演了一場驚心動魄的年度大戲。

初梔的三觀被震碎了。

大三的最後兩個月，夏季大學生廣告節，初梔報名了。

夏季的國際大學生廣告節規模是一年中最大的一次，是一個學習、參賽、實習、就業的一體化平臺，有不少國內外公司關注，參與師生破萬，大賽獎項在業內認可度也很高。

她沒跟別人說，默默交了作品上去，當天下午，初梔在學校餐廳碰見了蕭翊。

下午三點鐘的餐廳沒什麼人，初梔叫了份麻辣燙，耳朵上戴著耳機，一個人坐在角落上安安靜靜地吃。

視線裡出現一隻男人的手，手裡捏著一罐牛奶。

初梔嘴巴裡叼著一顆魚丸，抬起頭來。

蕭翊微笑著站在桌邊，一副好好先生的樣子。

初梔眨眨眼，半個魚丸塞進嘴巴裡，咀嚼，單手摘了一隻耳機。

蕭翊微笑：「這次廣告節，妳報名了？」

初梔眨眨眼：「報了呀。」

蕭翊看著她的目光慈愛又欣慰：「妳終於振作起來了，我還擔心妳一蹶不振。」

初梔垂頭，夾了一顆蝦餃起來，突然道：「你在卓思的實習怎麼樣了？」

「挺好的。」

初栀點點頭：「趙主管和你也挺好的嗎？」

蕭翊頓了頓，才緩聲道：「什麼意思？」

初栀紮著顆蝦餃，筷子微微立起來一點：「我有一次路過的時候，看到你和她在一起，」她好奇地看著他，「你們在談戀愛嗎？」

蕭翊垂著眼看著她，緩聲道：「我只是跟趙主管談點事情。」

初栀點點頭，蝦餃也塞進嘴裡，腮幫子一鼓一鼓的，吞下肚子，淡定道：「抱著她談事情。」

蕭翊臉色微變，笑容有點掛不住。

初栀表情純真的看著他，微微側著頭，白色的耳機線隨著她的動作一盪一盪的：「我還拍了照片呢，你要看嗎，我發現你的背影還挺帥的，班長。」

蕭翊保持著的笑臉終於消失不見了。

他的表情微僵，「我和她也不是妳想的那樣……」

初栀此時也吃飽了，手裡的筷子戳進麻辣燙碗裡，撈了兩根豆芽出來夾著玩：「其實我覺得現在姐弟戀也沒什麼的，趙玫姐也才三十多歲，你們這個年齡差也挺萌的呀，」她抬睫，大眼睛眨呀眨，很真誠地看著他，

「真的，人家都說女大三抱金磚，這麼一算的話，你能抱三、四塊磚呢。」

「……」

蕭翊的臉色非常難看，好半天，才壓低了聲音說：「妳想要什麼？我知道妳對我和趙主管心

裡有怨，但是妳也不用這樣跟我說話，妳到底想要什麼？」

「你別緊張呀，現在戀愛自由，你們談個戀愛也沒什麼呀，我還什麼都沒說呢，」初梔麻辣燙碗一推，人站起來。

她和他身高上差距太大，蕭翊垂著眼，初梔仰著頭，氣場上卻沒有絲毫被壓制住了的感覺。她軟著嗓子，不緊不慢地繼續道：「你放心好了，照片我也只是隨手拍的，我對你和趙玫姐沒什麼想法，也沒想幹什麼，我跟你不一樣，就算沒有那些亂七八糟的邪門歪道，我自己也可以做得好。」

下午的餐廳裡很安靜，只有零星的幾個人遠遠地坐著，時不時往這邊瞧瞧。少女逆著光站在窗邊，初夏暖陽裹在她身上，她細細軟軟的髮絲碎髮紛飛，看起來像是帶了柔軟的絨毛。

蕭翊突然想起，他第一次見到初梔的時候，就是在餐廳。

那時候還是在高中的餐廳，沒有那麼大，少女手裡拿著一枝炸年糕，身上穿著對於她來說有些寬大的校服，蹦蹦跳跳地從他面前跑過去，笑容比那天的陽光還要燦爛，叫著朋友的名字，聲音綿軟的像遊樂園裡粉紅色的棉花糖：「妳吃不吃年糕呀！」

她看起來太快樂了，無憂無慮地好像沒有任何煩惱，再沉重的課業壓力也沒辦法讓她有任何陰霾，她熱烈、純粹而鮮明，襯得周遭的一切都變得暗淡了。

那年蕭翊還是別人家的小孩，是所有學生學習的對象，是每科老師的寵兒，是父母眼中這輩子唯一的希望、是他們所有的精神寄託。

那時候的他還心無旁騖地努力讀書，堅信著讀書是可以改變命運的唯一途徑。

那個時候，他還有著明確的目標。

是從什麼時候開始，很多事情都變得不一樣了。

初梔的新實習工作主管是個笑呵呵的中年男人。

男人看上去四十歲出頭，據說大學是電腦系的，現在做起了SEO，常年一張與世無爭的笑臉，職業特有的地中海髮型，並且異常好說話。

初梔掛著的職位是文案策劃的實習生，跟著他也學習了不少以前從來沒接觸過的東西，雖然每週只去三天，卻依然十分充實。

這是和在卓思的時候不同的地方，卓思每個人都很忙，東西全靠自己摸索或者偷著學，沒有人手把手的去教你要怎麼去做。

原辭考了本校的研究生，據說在十大不配擁有頭髮專業中排名名列前茅，然而少年依舊是一副風輕雲淡遊刃有餘的樣子，頭髮茂密得很，甚至每天都有時間來找初梔玩。

他是理科，幫初梔看起策劃案提起意見來卻也依然面面俱到，專業到讓人懷疑人生。

初梔覺得，這大概就是天才和普通人之間無法逾越的鴻溝。

時間打馬而過，好像前一天才開學，第二天初梔就已經坐在了期末考試的考場。

大學第三年結束，少女正式進入大四。

初梔越來越忙，一分鐘恨不得分成十份來用，就好像是兩個人之間的默契，她跟陸嘉珩的聯繫也越來越少，到了後來，只剩下偶爾的一、兩則訊息，彙報一下最近的情況。

所有人都像是一個旋轉的小陀螺，薛念南早早就準備著忙著考研究所，林瞳糾結在考研究所和工作之間糾結了好長時間，最終還是決定先工作一段時間再做打算。

顧涵和她的文學院文青男朋友陳星辰分手了。

陳星辰比顧涵大一歲，畢業以後回老家工作，兩人談了整整一年的異地戀，終於輸給了距離。

分手的那天，顧涵看起來若無其事，薛念南難得地丟下了書本試題出來，四個女孩子去吃了一堆路邊攤，一路吃下來，最後找了一家燒烤店。

初梔是知道自己的酒量的，所以即使顧涵嚷嚷著這種日子是姐妹就是應該不醉不歸，她還是只喝了兩口。

四個女孩子單獨醉在外面，怎麼想都很危險。

初梔一邊吃著燒烤，啃著烤麵包一邊看著她們三個一杯接著一杯的灌，到最後甚至直接對瓶吹了。

剛開始的時候，顧涵還是正常的。

五瓶啤酒下肚，她突然開始哭。

毫無預兆的，上一秒還在笑的人，下一秒眼淚就順著眼眶劈裡啪啦地砸下來了。

初梔愣住了。

初梔從第一次見到顧涵，大學三年多的時光，從來沒見過顧涵哭。

她似乎永遠都是大大咧咧的，無所顧忌的。

她喜歡顏色鮮豔的衣服，熱情得像是赤道上的風，她喜歡大聲的說話、大聲的笑。

她的日子過得歡樂又多姿多彩，人生鮮豔而張揚。

無論遇到什麼事情，她都會擋在前面，她像個姐姐一樣照顧著初梔，照顧著所有的人，經常會神神祕祕地拉著她開始看緣分，看到朋友受委屈會第一個站出來。

她看起來好像無比強大，好像沒有什麼能夠將她打倒。

就是這樣的一個人，這樣一個內心彷彿堅不可摧的人，此時卻抱著初梔，哭得撕心裂肺，哭得好像世界都塌掉了。

她的話含在嘴巴裡，自始至終翻來覆去的都是那麼幾句，初梔卻聽得清清楚楚。

太難了。

喜歡一個人那麼難。

想要一直在一起那麼難。

對不起。

對不起我錯了，我再也不會不相信你，也不會抱怨你不理我，你別不要我好不好。

我去你那邊工作好不好，我們不要分手。

哀切的，悲淒的，有的時候是歇斯底里的憤怒和抱怨。

滾燙的淚水一滴一滴落在初梔脖頸處的皮膚，燙得她顫慄。

初栀聽著，鼻尖發酸，眼眶泛紅，一下一下拍著她的背，又難過又無措。

恨不得幫她把那男人從千里之外拽過來打一頓，護短地把一瓶礦泉水從頭到腳澆在他頭上，痛罵他一頓為她解氣，或者替她難過。

異地戀很多時候大概都是這樣，矛盾的產生不是因為不愛，而是孤獨、是猜疑，是我最需要你的每一個時刻，我想跟你分享的每一個瞬間，你都不在我身邊。

我的難過，我的快樂，你都毫不知情。

初栀有的時候會想，自己有多幸運。

有多幸運，她遇到的人是陸嘉珩。

在她最稚嫩的時候，最懵懂的時候，最幼稚最敏感的時候，他都在她身邊，給予她無條件的信任，包容她、理解她、陪伴她，耐心地等待著她長大。

一生那麼長，會遇到形形色色的人和事，也要經歷無數個分別。

人們在天長地久之前，總是要先學會如何分開。

第十三章　為了我

大四實習的時候，初梔最終選擇了陸嘉珩之前實習的那個公司。

即使初父已經幾次三番拋出了親情的橄欖枝給她，想要讓她去他那邊做個小文案小策劃什麼的練練手，初梔還是拒絕了。

實習當天早上，初梔穿著中跟小皮鞋，煙灰色長款大衣外套，要風度不要溫度嘶嘶哈哈地去上班。

初梔站在「景恒集團」巨大的辦公大樓下，看著裡面進進出出的人，一時間有點感慨。

上次來這裡找陸嘉珩，好像還是很近的事情，其實已經過去這麼久了。

現在，她也來到了他曾經實習過的地方實習。

初梔有種時光倒流回溯的感覺。

和她一起實習的人裡只有她一個是本地大學生，名校海龜有之，學碩士連讀有之，各個簡歷拿出來都是金光閃閃晃著人眼疼的，相比之下，初梔覺得自己能進景恒完全就是瞎貓撞上死耗子，也不知道HR是怎麼相中她的。

大概是因為大三最後的那次參考價值很高的大學生廣告節，她最終拿到了很好的名次。

而蕭翊，據她所知，連獎都沒拿到。

想到這裡，初梔不由得心情舒暢，甚至有點好奇他在卓思發展的怎麼樣了。

初梔覺得也許等一畢業的時候，她就能接到蕭翊和趙玫的結婚邀請電話之類的了。

她坐在會議室裡，一邊傳訊息給初父：『爸，我是怎麼進景恒的啊，你是不是走了什麼後門啊。』

初父那邊秒回：『走什麼後門？我女兒這麼優秀，當然是能力和人格魅力征服了景恒。』

初梔默默地看了旁邊坐著的和她一起實習的同事哥哥金光閃閃的履歷一角一眼，猶豫著自己到底要不要和她爸一樣這麼自欺欺人下去。

自我催眠了一陣子，初梔發現自己做不到，繼續傳訊息：『爸爸，可是跟我一起實習的人家都是碩士、博士什麼的，好像還有個劍橋的呢。』

初父自豪道：『說明我女兒的能力和碩士、博士、劍橋的水準相當。』

初梔：「……」

初梔默默地把手機收起來了。

剛好會議室門被推開，初梔和另一個市場部的被自家主管領走，領了張桌子。

靠窗邊的位子，右手邊是窗，前面是間辦公室，透明的大玻璃，百葉沒拉，隱約看起來和陸嘉珩當年的那間差不多。

辦公室後排巨大的辦公桌後坐著一個男人，微斜著身子坐，白襯衫黑西褲，長腿伸展，腳上一雙皮鞋刷的鋥亮，領帶時尚的雙環結被他打出了一點一絲不苟的感覺來。

初梔的視線停在他身上不過三秒，他抬起頭來。

四目相對，視線相交。

男人笑了一下，輕輕對她點了點頭。

初梔頓時有種被抓包了的感覺，連忙放下手裡的東西，唰地一下站起來，低低地鞠了一躬。

動作幅度有點大，在安靜的辦公室裡有點突兀，引得旁邊坐著的幾個人紛紛側目。

辦公室裡的男人愣了愣，唇邊弧度擴大了。

初梔臉漲紅，頓時尷尬極了，感覺自己像個傻子。

她旁邊一個男人輕笑了聲，他微胖，滑著椅子往後傾了傾，椅背一靠，嘎吱一聲：「小妹妹，來實習的？」

初梔的臉還紅著，此時正縮在自己的小格子裡，恨不得沒人看得見她，聞言側過頭去，乖乖地點點頭：「還有幾個月就畢業了。」

「哪個學校的？」

「A大的。」

「學霸啊，」男人樂呵呵地湊過來，「怎麼樣，我們總監帥嗎？新心動嗎？想泡嗎？」

初梔愣了愣，眨巴著眼：「那個是總監嗎？」

少女白嫩嫩的一隻，不施脂粉乾淨漂亮的一張臉，大眼睛眨呀眨看著他，漆黑鹿眼彷彿會說話，看得人心裡一陣發軟，讓人不由自主想揉揉她的小腦袋。

同事沉寂多年的蘿莉控癖被重新啟動了，差點捧心嗷嗷呼喊好可愛。

他表情一瞬間變得慈愛，悄悄地看了辦公室裡的人一眼：「是啊，我們總監大大葉康寧，三十不到，顏值擔當，單身王老五，就算不是鑽石也算個黃金吧。」

初梔很捧場地：「哇。」

她挺意外的，本來以為在景恒可以做到總監級別的，就算沒謝頂大概也得三、四十歲了。

找到了比較正式的實習工作，初梔奉獻了自己全部的熱情，每天朝五晚九，廢寢忘食。

她家離景恒有點距離，初梔沒考駕照，不會開車，每天早晚高峰都彷彿浴血奮戰的老將軍，地鐵擠得奮不顧身，擠得頭破血流，擠得撕心裂肺。

一個月下來，初梔甚至覺得自己手臂上都練出肌肉來了。

初梔的頂頭老大黃金王老五總監大大葉康寧溫柔隨和，初梔這種生活在公司底層的小實習生沒什麼機會和他有正面接觸，只是她的位子剛好正對著的就是總監辦公室，偶爾她寫東西寫到眼花，一抬眼，能不經意之間和他視線相對。

直到某次，初梔幫主管去送了份文件。

初梔敲門，輕聲輕腳地走進去，聲音細細小心翼翼道：「葉總監？」

葉康寧抬頭：「怎麼了？」

初梔遞了資料夾過去，男人接過，垂頭翻開。

初梔正想出去，葉康寧又抬眼：「妳叫初梔？」

少女被點名了，那種小時候被媽媽叫名字的感覺又來了，她像小倉鼠一樣咬了兩下牙齒，點點頭。

葉康寧笑了：「實習生？」

初梔小心翼翼地再點，一邊回憶著自己這一個月以來是不是做錯了什麼事情。

葉總監溫和道：「最近感覺怎麼樣，忙得來嗎？」

「還好的。」

「辛苦？我看妳每天都挺晚走的。」

初梔抓抓下巴：「也沒有很辛苦。」

葉康寧笑了：「我剛實習時覺得上班簡直難死了，能理解，有什麼覺得棘手的問題多問問同事，也可以問我」

初梔受寵若驚，小雞啄米似的持續點頭，抬眼，大眼睛眨了眨：「那葉總監，我先出去了。」

葉康寧「嗯」了一聲，微微笑道：「去吧。」

初梔像個調皮搗蛋的學生，被教導主任叫到辦公室去問話，聽到這句話如獲大赦，趕緊跑了。

剛出了辦公室門，初梔的手機訊息震動聲響起。

初梔和陸嘉珩上次的對話還是在兩週前，他問過了她實習的事情，初梔興奮地跟他講了一堆，包括特地去了他實習的那家公司。

陸嘉珩當時詭異地沉默了一陣子，沒說話，只是輕輕應了一聲。

初梔沒在意，只想抓緊時間跟他說話，後來想到，總覺得他的聲音怎麼回憶都好像帶著點意味深長的感覺。

此時，他傳訊息過來，內容簡單，只問她在幹嘛。

初梔眨眨眼，像是躲著老師玩手機的高中生，悄悄地瞧了辦公室的方向一眼，又看看主管，偷偷背過身去：『在上班呀。』

那邊回的很快：『幾點下班？』

初梔：『哇。』

『哇什麼？』

『我男朋友竟然開始關心我幾點下班了。』

她一句話打過去，陸嘉珩沒聲音了。

初梔癟著嘴巴，唇角微微下壓，腮幫子鼓鼓的，像是吹了氣的小金魚。

輕輕的「噗——」的一聲，她哼了一聲，重新回到座位前坐下。

雖然葉康寧說了有什麼問題就問他，但是初梔肯定是沒膽問的，同事看起來也都很忙，初梔不太好意思什麼事情都問別人。

但她的學習能力不弱，之前也有一點實習經驗，除了動作稍微慢一點，也沒有遇到太棘手完全無法解決的問題。

當天晚上六點半，初梔終於敲下了最後一個字，哀嚎著把鍵盤一推，整個人癱軟在椅子上。

旁邊窗外是帝都燈火通明的夜景，車流紅紅黃黃的尾燈拉出一條條長龍。

整個辦公室的燈已經關了一半，零星幾個人還沒走，對著電腦螢幕，鍵盤敲得又輕又快。

初梔站起來伸了個懶腰，跟著打了個哈欠，抬手蹭掉眼角的淚，拽了椅背上掛著的外套穿上。

她隨意抬眼，發現葉康寧辦公室的燈還亮著。

初梔之前沒注意過，想起今天他跟她說的，才慢吞吞地反應過來。

他知道她走得晚，那不是說明她每天下班的時候，他都還沒走嘛。

初梔覺得葉總監每天這麼辛苦，還能保持著濃密的髮量和健康的髮際線，簡直是太不容易了。

她理好了東西，穿上外套往外走，路過總監辦公室，葉康寧有所感應似的抬眼，隔著玻璃看著她。

初梔定在了原地，有點猶豫。

這是什麼意思？

難道是他這個上司還沒走，她一個實習生就準備走了，在對她表達不滿？

還是說他今天上午問她那些話的時候，就已經在隱晦的表達這個意思了？

初梔站在原地，一臉期期艾艾，覺得自己的分析越想越有道理，覺得職場真是一個高深莫測的地方啊！

可是她的外套什麼的都已經穿好了，這樣一來，一時間走也不是，不走也不是。

她調整了一下表情，淡定地朝葉康寧點了點頭，腳步一轉，走進了茶水間。

五分鐘後，初梔端著一杯即溶咖啡出來了，重新走回到位子上，鄭重地脫了外套，坐下了。

坐之前，她甚至還堅定地看了他一眼。

那眼神看起來充滿了燃燒的鬥志還有年輕人的激情澎湃，熱烈地朝他傳遞著什麼。

特地穿好了外套背上包包去茶水間泡了杯咖啡，然後又回來繼續加班，初梔被自己打動了。

她有氣無力地癱在桌子上，樂觀的想著這樣也挺好的，至少避開了晚高峰。

初梔是被電話鈴聲震醒的，電話是鄧女士打來的，問她什麼時候回家。

初梔睡得迷迷糊糊的，臉蛋還貼在桌面上，幾張空白的A4紙被她壓在臉下面壓得皺巴巴的。

她接起來，反應了三秒鐘，才反應過來自己現在在哪裡。

抬眼看了看手錶，已經將近八點了。

初梔匆匆地說了兩句話，掛了電話，坐在椅子上揉著眼睛。

手機鈴聲又一次響起，是陸嘉珩。

他那邊這個時候是早上了，初梔站起來，揉了揉睡得有點痠的脖子，接了電話：「喂——」

剛剛睡醒，她的聲音黏黏糊糊的，尾音拉長，一個字吐得像是在撒嬌。

陸嘉珩那邊安靜空曠，頓了頓，低聲開口：『妳在家了？』

「沒呢，我在公司，現在準備走了，」初梔打了個哈欠，側著頭夾著手機套上了外套，「剛剛睡著了。」

『這麼累就早點回去。』

初梔心道我本來早就要回去的，被上司一個令人毛骨悚然的注視硬生生的勸退了啊。

她拿起包包揹上往外走，剛好路過總監辦公室。

葉康寧竟然，還沒走！

初梔清了清嗓子，義正辭嚴：「加班是應該的，我願意為了公司奉獻生命！」

陸嘉珩：『……』

總監辦公室的門沒關，初梔說完，悄悄地看了大佬的表情一眼。

他看著她笑，那應該是挺滿意的吧。

她鬆了口氣，往外走。

電話那頭陸嘉珩也在笑，沉沉的笑聲絲絲縷縷傳進耳裡，好聽得初梔恨不得把手機塞進耳朵。

她真的已經有太久沒有好好地聽過他的聲音了。

初梔一邊走出辦公室，安安靜靜地聽他笑。

半晌，才低低道：「你怎麼這麼開心啊？」

陸嘉珩聲音含笑：『沒什麼，就是覺得，景恒的老闆有妳這樣的員工肯定很欣慰。』

「我還不是員工呢，我只是實習生，轉正還要通過考核的。」

陸嘉珩卻不怎麼在意的樣子：『我的初初那麼棒，什麼樣的考核通不過？』

初梔嚴肅道：「陸先生，我的競爭對手們的履歷都比我的好看，有一個還是劍橋的呢。」

公司裡的人基本上已經走光了，整個走廊空無一人，初梔加快了腳步走到電梯門口，抬手剛要按電梯按鈕，突然被人從後面拉住了手腕。

初梔被嚇了一跳，驚聲叫出聲來，毫無防備被拉了個趔趄，背重重地撞到身後的人胸膛。

那人沒說話，單手扣著她的腰，半抱著她。

電梯門叮咚一聲開了，男人身子一側，抱著她進了電梯。

初梔腦袋裡嗡的一下，一片空白。

兩秒鐘後，她反應過來，像是被抓住了耳朵的小兔子一樣蹬腿拚命掙扎，一邊對著電話大喊陸嘉珩的名字。

電梯金屬門上帶著磨砂的波浪條紋，影影綽綽看不太清楚，只能看到身後男人大致的輪廓。

那頭陸嘉珩始終不說話。

沒人按樓層，電梯就這麼停在那裡。

初梔的心臟猛跳，快要嚇哭了，只感覺到男人有力的手臂從後面環繞著她，穩穩地不讓她動。

鼻息間纏繞著男性荷爾蒙的氣息，又乾淨清冽，混合著一點點洗衣粉的味道，熟悉又獨特。

初梔一愣，微微睜大了眼睛。

直到兩道聲音一齊傳入耳朵，一道順著電流爬過來，另一道近在咫尺，吐息間熱氣染上她白皙的耳廓，「別動，」

他的聲音壓得很輕，低磁熟悉，語氣也輕柔，懶洋洋的，「再動我摸了。」

「……」

「脫了摸。」

晚上八點，公司電梯裡，時間地點怎麼看都不應該是陸嘉珩出現的地方。

然而男人此時抱著他的手臂平穩，氣息熟悉，聲線繚繞於耳際，熟悉到讓人幾欲垂淚。

初梔一隻手還緊緊掐在他的手臂裡，睜大了眼睛看著影綽綽的電梯金屬門，蹬著的兩條小短腿安靜下來，低低喘息：「陸嘉珩？」

男人輕輕笑了一聲：「小女孩現在這麼凶？」

她終於確定是他。

初梔紅著眼，緊繃著的神經和身體一點一點放鬆下來，軟趴趴地任由他攔腰抱著。

她剛剛快嚇死了，心跳到現在都還不太正常，頭皮發麻，甚至已經想像出了無數個畫面。

比如說她遇到的是某個變態殺人狂，可能還是連環作案的那種，最終幾天後，警方在某條河邊發現了她。

初梔低垂著腦袋，像一隻洋娃娃一樣老老實實一動也不動，想著想著，含在眼眶裡的眼淚一股腦冒出來了。

啪嗒啪嗒，砸在男人環抱著她的手臂上。

初梔小嘴一咧，哇地一聲開始哭，聲音不大，聽起來卻難過極了，委屈極了。

陸嘉珩一愣，手裡手機掛斷塞進口袋裡，人放地上，轉了個圈，兩隻手扣著她的腰又把人提起來了，像提著隻貓咪。

小女孩抽抽噎噎地哭，眼眶通紅，眉頭皺緊，小嘴可憐兮兮地癟著，聲音黏黏糊糊地，帶著哭腔罵他：「嗚嗚陸嘉珩你王八蛋……」

「你一回來就嚇我……」

「嚇死我了，嚇死我了……」

「我以為我要死了嗚嗚嗚……」

陸嘉珩有點哭笑不得，托著她的小屁股把人豎著抱在懷裡，手輕輕拍了拍她的背：「瞎說。」

初梔抬手，小胳膊環著他，下巴擱在他肩膀上，一邊抽鼻子一邊往他身上蹭眼淚，抽抽噎噎地：「我以為我遇見變態了。」

陸嘉珩還沒來得及說話，她頓了頓，邊哭邊繼續道：「其實我就是遇見變態了嗚嗚……」

陸嘉珩：「……」

她趴在他身上哭得可難過了，最開始的時候是真的在掉眼淚，到後面哭唧唧地往他懷裡拱，聲音逼真的哭出來，但眼淚早就不見了。

陸嘉珩縱容地抱小朋友似的豎著抱著她，抬手按了電梯，下到地下停車場，叮咚一聲，電梯門開。

初梔還在那邊哼哼唧唧的委屈。

陸嘉珩出了電梯往外走，也聽出來她是在假哭了，垂眼：「再哭我摸了。」

「……」初梔一瞬間就安靜了。

她靠在他肩頭，手臂軟趴趴地垂下去，黏黏糊糊地哼了一聲，小聲的自問自答罵他——

「陸嘉珩是變態嗎？」

「是的。」

「陸嘉珩是不是個王八蛋？」

「就是個王八蛋。」

「……」

陸嘉珩低低笑出聲來：「對我有這麼大的不滿？」

「誰讓你這麼嚇人。」

他掏出車鑰匙，隨手開了車門，將人放在地上。

初梔自動自發地爬上副駕駛座，關門，扣安全帶。

陸嘉珩上車。

砰的一聲，車門關上，陸嘉珩隨手抓了她的包往後面一丟，人傾身靠近，單手托著她的下巴。

初梔剛來得及眨眼，涼涼軟軟的唇瓣貼上來。

唇齒相交，男人的氣息充斥蔓延。

他托著她頭的手摩擦著向後，輕輕揉捏她肉嘟嘟的耳垂，指尖在耳後細膩的肌膚上摩擦。

初梔還惱著，象徵性地推了他兩下，被男人一隻手抓住手腕，引著往前拉，搭到他肩膀上。

看上去好像是初梔環著他似的。

她微仰著頭，感受到男人的舌尖闖入，蠻橫又熱切地攫取她口腔中全部空氣，扯著她的舌尖帶出。

初梔舌尖發麻，帶著輕微痛感，她往後縮了縮，睜開眼來。

同時，陸嘉珩也睜開眼。

漆黑上挑的眼，像是能把人吸進去，大手不知道什麼時候已經滑到胸口，掌心熱度隔著略有些厚度的衣服和外套滲透進去，不輕不重的力度。

初梔睜大了眼，身子繃緊，含含糊糊地「嗚」了一聲，人縮著往後退，想要去抓他的手腕。

陸嘉珩輕輕咬了咬她的舌尖，撤離出去。

陸嘉珩頭一偏，靠在她頸窩，低低地呵出了兩聲，像是在喘息著笑：「我的初初又長大了。」

他的手還落在她胸口，力度不大，卻存在感爆棚。

話音落，五指微動，不輕不重的捏了捏，不知道是在指什麼。

轟的一聲，初梔腦子裡劈哩啪啦炸成煙花，她退無可退，背緊靠在車門上，小臉漲得通紅，眼角也憋紅了，唇瓣被他親得有點腫。

小臉皺著，看起來又要哭了，一副被欺負得很委屈的樣子，白嫩小手抓著他落在自己胸口的手腕推他：「你把手拿開啊！」

陸嘉珩垂眼看著她。

初梔可憐兮兮地咬著嘴唇，身子不自在地扭了扭，耳根羞得通紅。

他低低嘆了口氣：「怎麼無論什麼時候都有種妳還太小的感覺。」

「明明剛剛還在說我又長大了的。」初梔下意識反駁道。

話音剛落，她反應過來。

陸嘉珩眉一挑，似笑非笑看著她：「不用再大了，這樣就挺好。」

初梔惱羞成怒，差點炸毛了，很凶地推開他：「你好煩人呀！」

他直起身來重新靠回駕駛座椅背上，還在笑，懶洋洋道：「再大點我倒是沒什麼意見。」

初梔雙手緊緊捂著臉，只露出通紅的耳朵在外面：「你閉嘴啊！」

陸嘉珩提前了幾個月回國這件事情誰都沒有說，只有程軼知道，因為他要提前到他家去打掃衛生。

陸嘉珩進門的時候，程軼正一臉我靠的表情，手裡拿著個雞毛撣子站在客廳中間玩手機。

聽見開門聲，程軼一抬頭，就看見一臉風塵僕僕的陸嘉珩。

他手裡拖著行李箱進門，垂頭脫鞋，一屁股栽進沙發裡。

程軼爆了一句粗，人走過去：「你他媽下了飛機滾哪去了？你知不知道老子等了你多長時間？」

陸嘉珩睏得睜不開眼睛，卻因為時差問題根本睡不著，他懶懶掀起眼皮來瞥了他一眼：「你不會打電話？」

程軼暴怒，手裡的雞毛撣子直接朝他飛過去咆哮道：「你他媽接嗎？」

陸嘉珩抬手一擋，陪伴程軼馳騁了一下午的雞毛撣子走到了生命的盡頭，啪嗒一聲掉在地上。

他揉了揉眉心，打了個哈欠：「我去公司了。」

程軼倒是真沒想到，有點意外：「你去公司了，怎麼回事啊，一回來就這麼拚的？」

「嗯，接我老婆下班。」

「……」程軼翻了個白眼。

他一屁股坐在茶几上，用很神奇的眼神上上下下打量他，半晌，輕輕嘆了口氣：「阿珩，你這算不算栽了啊。」

陸嘉珩靠在沙發裡，沒說話。

程軼說：「我他媽是真沒想到，你能一個戀愛談這麼長時間，其實你剛出國時，我跟林柏楊打過賭，賭你多久會分手，當時林語驚還讓我做個人。」

陸嘉珩閉著眼睛哼哼了一聲：「那她總算說了句人話。」

程軼沉默了一下，才繼續道：「那天我們出去玩，林語驚喝多了，一個人坐在路邊哭。」

陸嘉珩睜開眼來。

他的手肘撐在腿上，身子前傾，有點好奇地看著他：「我是不太清楚她走這些年都發生過什麼，但是像你們這樣的喜歡，到底是個什麼感覺？」

陸嘉珩看了他一眼：「就是你看到的那個感覺。」

笑是因為這個人，哭也是因為這個人。

只要她一句話，他可以去做任何事。

她要他去死，他都笑著把刀遞給她。

初梔在好幾個小時以後，大腦才接受了陸嘉珩已經回來的事實。

晚上回了家，她洗好澡躺在床上，想到隔著一層天花板和一層地板的房子裡他回來了，仍然有些不可思議。

她翻身抓過手機，想了想，坐起身靠在床頭，從床頭櫃子上摸了耳機過來，打視訊電話給陸嘉珩。

那邊男人接得很快，也已經洗好澡躺在床上，睡衣穿得鬆鬆散散，露出鎖骨和一片胸膛。

他接起來，初梔突然又不知道要說些什麼了。

他身後是淺色調的壁紙，深灰色枕頭，螢幕邊緣露出床頭櫃和檯燈一角，是他家。

兩個人就這麼在視訊裡對視了一陣子，初梔也沒說話。

陸嘉珩側著腦袋看著她笑了：『想我了？』

初梔眨眨眼：「陸嘉珩，小菊花和他男神怎麼樣了？」

『……』

陸嘉珩淡聲道：『初梔，我掛了。』

小女孩「哎呀」了一聲，翻了個身趴在床上，把手機放在床頭立住，手肘撐著床，小手托著臉：「你這次回來就不走了嗎？」

小女孩這麼一趴，睡衣領子垂下來，裡面沒穿內衣，從上面看過去垂下來的兩團若隱若現。

陸嘉珩眼一瞇，眸色沉沉，頓了幾秒，「嗯」了一聲。

「你工作找到了嗎？」

『找到了。』

「那你什麼時候開始上班呀？」

『下個禮拜吧，我要調個時差。』

初梔啪啪地踢腿，腳背拍著床面，領口垂下來的綿軟隨著她動作也不老實的動：「那你——」

『初初，』陸嘉珩閉了閉眼，打斷她。

他垂著眼看著視頻裡的人，舔了下唇珠，低聲道：『妳這是要跟我深夜激情視訊？』

初梔：「……」

初梔目瞪口呆，被他的無恥言辭驚呆了，又像是被推開了新世界的大門，往後蹭了蹭，想了想，又蹭回來，有點好奇地看著他：「怎麼激情視訊？」她抬手，攥緊了睡衣領口，紅著小臉緊張道，「我要……要脫嗎？」

『……』陸嘉珩腦子疼：『別，妳別搞我了。』

初梔拽過了枕頭抱住：「你還想讓我搞你。」

陸嘉珩：『？』

初梔：「你就做夢吧。」

陸嘉珩：『？？』

陸嘉珩倒時差睡不著，初梔捨不得睡，最後聊到睡著，視訊沒掛，斜歪著立在旁邊。

少女半張小臉埋進枕頭裡，長髮散亂，嘴巴壓得歪歪的，長長的睫毛覆蓋下來，睡得又香又甜。

一片寂靜裡，彷彿能夠聽見她平穩又均勻的呼吸聲。

陸嘉珩想挖個洞直接通到樓下，下去幫她把耳機摘了，被子蓋蓋好。

第二天一早，初梔睡醒，一睜開眼就是手機螢幕上男人一張放大了的側臉。

視訊一整晚沒掛，手機只剩下百分之六的電量，陸嘉珩那邊一片昏暗，應該也是剛睡下不久，他安靜地躺在枕頭上，沉穩入睡。

初梔揉了揉眼睛，欣賞了一下子男朋友的英俊側顏，才爬起來掛掉了視訊，爬下床去。

結果準備就緒出門上門，初梔一開門，就看見男人靠站在電梯旁邊，低低垂著頭站。

聽見開門聲，陸嘉珩抬起眼來。

他穿了件襯衫，外面隨便套了件外套，弓著身靠在電梯旁，睏得眼角微紅，輕瞇著眼。

初梔關了房門，走過去，鞋跟踩在大理石地面上，啼嗒啼嗒響：「你怎麼起來了呀？」

陸嘉珩隨意抓了抓睡得有點亂的頭髮，聲音微啞：「送妳上班。」

初梔簡直想打他，抬手抵著他的背往樓梯口推，催他上樓：「你快點回去睡覺，我自己也能去上班，等你時差倒過來再送我。」

陸嘉珩軟趴趴地被她往前推了幾步，突然轉過身來，垂眼，直勾勾地看著她。

初梔被他那眼神看得有點發毛：「你幹什麼……」

他抬起手來，微涼的指尖輕輕順著她的下唇唇線蹭過，落在唇角：「妳塗唇膏了？」

「上班了就是要塗一點呀……」初梔不自在地抿了抿唇，看起來有點小沮喪，「不好看嗎？」

陸嘉珩勾唇，聲音低淡：「好看。」

他說著，手指從她唇角滑落，捏住尖尖的小下巴微微抬了抬，俯身垂頭。

眼看著下一秒就要親上去了，初梔睜大了眼睛，反應很快地抬手，「啪」地一下拍在他臉上，抵著他的臉推開。

索吻遭拒，陸嘉珩微微歪了一下頭：「不能親？」

初梔搖頭：「唇膏會被吃掉的。」

他舔舔嘴唇：「吃掉了再補。」

「那也不行，這個唇膏是林瞳買給我的，你不能親的，」初梔仰著頭，認真的看著他，「誰買的誰親。」

陸嘉珩：「……」

太子殿下第一次索吻失敗，原因是女朋友塗的唇膏不是他買的，一時間又好氣又好笑，還有點鬱悶。

他的小梔子現在已經到了上班塗唇膏的時候了，可是不知道為什麼，陸嘉珩總覺得她還是個小寶寶。

他不情不願地拉著她又磨蹭了一陣子，最後被小女孩半推半拖著趕回家去繼續調時差睡覺。

初梔費盡力氣把陸嘉珩攆回去浪費了一陣子時間，等地鐵的時候又等了一陣子，到公司的時候比平時晚了。

她到的時候，辦公室裡人已經來得差不多了，茶水間裡面人進進出出，不時有人看見她，和她打個招呼。

不知道是不是初梔的錯覺，她總覺得今天大家格外的積極陽光有活力，好像有什麼高興的事情似的。

隔壁幾個文案和策劃正舉著個小鏡子仔細查看自己的妝，小姐姐們站在茶水間門口一邊小聲說話，表情還有點小興奮。

初梔有點莫名其妙，好奇地環視打量了一圈，一邊往座位方向走。

初梔左手邊坐著的是微胖界的顏值扛霸子，兼任辦公室八卦小能手，性別男，愛好性別不明，偶爾宅男偶爾 Gay。

經常空閒期間逛網拍看各種美少女模型，尤其喜歡淩波麗，熱愛粉襯衫。

粉襯衫姓杜，人熱情似火，雖然看起來不太可靠，但是其實正經起來超乎尋常的可靠，能力強效率高，經常幫初栀的忙，也教了她不少東西。

這一段時間下來，初栀跟他混熟了，開玩笑地叫一句杜老師。

她有點奇怪地歪著腦袋，走到自己的小格子前，包包放在桌子上。

脫外套的時候，粉襯衫側過頭來盯著她。

初栀將外套搭在椅背上，心情頗好，垂眼笑瞇瞇地：「杜老師早呀。」

粉襯衫沒說話，意味深長地看著她：「我栀，談戀愛了？」

初栀差點被口水嗆著：「什麼？」

粉襯衫往後一靠，薄薄襯衫下面肚子隨著他的動作歡快地抖了抖：「妳今天看起來春風滿面啊。」

初栀驚恐地看著他，臉紅了：「你你你你才春風滿面，你別亂說啊我還沒畢業呢！」

她下意識地抿了抿唇，有點心虛地抬手抹了一下臉頰。

雖然剛剛在她的嚴厲拒絕下陸嘉珩最後沒親到嘴巴，不過臨走之前他還是不太甘心的親了親她的臉。

想了想，又覺得她完全沒必要心虛的啊，有男朋友怎麼了？

她馬上就要畢業了！

初栀有理直氣壯了起來，一抬眼，就看見粉襯衫笑得春風明媚，小小的一層雙下巴跟著一起歡快的抖動。

杜老師笑呵呵的，怎麼看怎麼覺得這小實習生可愛，他湊近她，指指旁邊的許策劃：「看見了嗎，她在幹什麼？」

初梔伸脖子看過去：「補粉？」

粉襯衫又指指隔壁林設計：「她幹什麼呢？」

初梔又扭身子看：「理頭髮？」

粉襯衫笑瞇瞇：「知道為什麼嗎？」

「為什麼呀？」

粉襯衫故作神祕，也不馬上說，想要吊她胃口的樣子：「好奇不好奇？」

初梔這個小朋友長這麼大，最大的優點就是喜歡捧場，並且捧的自然無比，捧的行雲流水，捧的誠懇非常捧的毫無痕跡，少女真誠的看著他，大眼睛亮晶晶的：「好奇。」

粉襯衫終於滿足了，嘿嘿一笑，湊近了道：「新官上任，據說是——」他頓了頓，食指伸出一根來，指指天花板，「最上頭那位的寶貝孫子，年紀輕輕，還帥得掉渣，真•鑽石級的王老五。」

初梔大驚失色：「葉總監要被走後門的擠掉了嗎？」

粉襯衫白了她一眼：「目光能放長遠一點嗎？那是未來老大呢，哪能回來只做個總監。」

初梔老實地道：「可是我覺得總監已經很大了呀。」

「那是對我們來說，人家以後是要統治景恒王國的男人，」粉襯衫也不知道從哪掏出了一面小鏡子，理了理他沒剩幾縷的頭髮，轉頭看向初栀，「哥哥帥嗎？」

捧場王初栀毫不遲疑地拍馬屁：「帥死了，像劉德華。」

粉襯衫甩了甩瀏海，掐著嗓子，嬌滴滴道：「妳覺得這鑽石級是個 Gay 的可能性有多大？」

初栀：「……」

下午例行週會，據粉襯衫說，自從葉總監上任，市場部變成了全公司每週開會次數最多的部門之一，總監大大心情好了開一開，心情不好開一開，每週還得有個大的，邀請上下游關聯部門共同參加，並且其他關聯部門開會他也會派人過去，獲得第一手資料。

初栀作為打醬油的小透明，秉承著都行都好都可以的原則，例會上專注於縮在角落裡安靜如雞記筆記，聽著她的競爭對手們——碩士、博士、海龜們熱情滿滿唾沫橫飛地發言表述想法。

兩相對比，初栀自愧不如，鑲金海龜日常侃侃而談，第三次抨擊當今國內企業集團經營模式，分析了景恒現階段的發展方向的局限性，並且對此進行了深刻的研究，認為應該先從市場部做起，改變現階段一成不變的迂腐現狀，向國外的企業模式學習。

初栀覺得人與人真是不一樣，這位鑲金邊的海龜論文和報告寫得一定很好，對事業澎湃激昂的熱情和他的學歷完全成正比。

就是有點愛做夢。

一場演講結束，初栀嘆為觀止，咬著筆放下筆記本，抬手啪啪鼓掌。

滿室寂靜，初栀的掌聲顯得格外清晰。

數十道視線唰唰唰地朝她看過來。

她孤零零地拍了兩巴掌，被這麼看著有點不好意思，抓抓下巴，訕訕地放下了手。

葉康寧也從長長的會議桌那頭看過來，彷彿上公開課的時候的老師，點了她的名：「妳覺得呢？」

初梔第一次在例會上被老大點名，有點緊張地吞了吞口水，大眼睛眨呀眨，小心翼翼軟聲道：「我覺得有夢想挺好的……」

一時間，會議室的寂靜被打破，不少人忍不住笑。

粉襯衫聲音最大，坐在初梔旁邊呵呵地笑出聲來，看起來十分不厚道。

海龜精英男從小到大從沒受過如此奇恥大辱，他此時覺得自己受到了極大的、不可饒恕的侮辱，臉漲得通紅，憤怒地扭過頭來看了她一眼。

初梔被他凶巴巴的眼神瞪的縮了縮脖子，悄悄地縮回椅子裡。

葉康寧輕輕咳了一聲，壓下笑意：「我也覺得，對待工作有這種熱情挺好的。那今天就先這樣吧，下個禮拜新總經理上任，大家也都熱情點。」

原本還只是大家私下傳來傳去，現在官方宣布，整個會議室裡的女人們全都騷動了，散會三三兩兩湊在一起邊說話邊往外走。

初梔慢吞吞地整理了桌上的文件，覺得這場面和在學校裡女同學們研究校草的時候十分相似，只不過學校裡她們研究的校草是她男朋友，現在是個沒過三十五歲的年輕鑽石王老五。

女性生物真是無論什麼年齡段都有共通之處，比如對帥哥感興趣。

對有錢的帥哥更感興趣。

「可是萬一他長得醜呢，都說是據說了，哪有那麼多有錢的帥哥啊，說不定他長得像加西莫多呢，那她們不是白期待了嗎？」晚上初栀下班，坐在陸嘉珩車裡跟他吐槽今天的八卦。

陸嘉珩把著方向盤的手頓了頓，側過頭來：「加西莫多？」

初栀點點頭：「就是《巴黎聖母院》裡面的那個。」

他挑了挑眉，有點好笑的看著她：「妳覺得他有那麼醜？」

他來接她下班，順便帶了好吃的給她，初栀一手拿著個叉子叉披薩吃，腮幫子像個小倉鼠一樣一鼓一鼓的的。

她把食物咽下去，才不緊不慢道：「都是騙人的，這肯定是騙局，先用帥哥上司上任來欺騙我們，讓女人們為了表現出自己的優異來積極工作，讓男同事們感受到壓力和差距也玩命加班，然後到時候來了個醜八怪。」

陸嘉珩：「……」

「這種套路我已經摸透了，就是萬惡的資本主義絞盡腦汁用這種邪門歪道壓榨，」初栀扭過頭來看著他，小臉上寫滿了得意洋洋，「是不是覺得我說得很有道理。」

「……」

陸嘉珩輕輕笑了一聲，語氣愉悅：「妳說得好有道理。」

因為新老大要上任，整個禮拜，辦公室裡緊張期待的氛圍濃烈，而這種濃烈的氛圍，在星期一新老大上任當天達到了頂峰。

初梔雖然是實習生，但是其實也沒怎麼跑過腿，每天的活動範圍也窄，直到當天她去財務部送文件，才發現不僅是市場部，整個公司這種氣氛都很明顯。

從財務部回來，初梔垂頭翻出手機，正準備傳訊息給陸嘉珩，沒注意前面。

鞋跟踩在大理石地面上聲音清脆，初梔餘光瞥見前面有人迎面走過來，她匆匆側身，堪堪躲過去才沒撞上。

初梔連忙道歉，抬起頭來。

對方也拿著手機，垂頭看他。

男人看起來四十多歲的樣子，保養得很好，穿著筆挺的西裝，戴著副眼鏡，面容看起來嚴肅，又有點僵硬。

他身後跟著祕書，剛剛拿著文件在跟他說話，此時也頓住，抬頭看著她。

初梔側頭，和身後那祕書視線相對。

兩個人同時愣了愣。

初梔覺得她長得有點熟悉，好像在哪裡見過，但是又想不起來。

初梔皺著眉，又想再看她兩眼認一認人，又覺得一直盯著人家看實在不太好，匆匆地最後道了歉就走了。

三個人擦身而過，初梔往前走了兩步，又忍不住回頭瞧。

女祕書穿著職業套裝，背影婀娜，一雙大白腿又長又細，細高跟鞋走得穩穩的。

初梔「啊」的一聲，後知後覺認出她來。

女祕書，細腰，大長腿。

幾年前陸嘉珩實習的時候，來送咖啡給他的那個姐姐。

初梔搖頭晃腦地回了市場部，一邊傳訊息給陸嘉珩：『我看到情敵了！』

陸嘉珩倒了一個禮拜時差，今天剛好上班第一天，看起來好像不太忙的樣子，竟然秒回了：『？』

初梔：『大白腿！大白腿！你的大白腿女祕書！』

陸嘉珩：『？？』

初梔咬著舌尖哼哼了兩聲：『你上次實習的時候送咖啡給你那個，這個女祕書的腰好像又細了耶。』

陸嘉珩沒再回。

初梔等了一陣子，還是沒等到回覆，剛好走到辦公室門口，她抬頭看了一眼葉康寧玻璃屋子一樣的辦公室，乖乖地把手機揣進口袋裡，才走進來。

葉康寧人正在打電話，剛巧抬起頭來。

四目相對，葉康寧直勾勾地看著她。

初梔被他盯得有點發毛，縮了縮肩膀，輕輕對他點了點頭，往自己辦公桌那邊走。

葉康寧放下手裡的電話，突然站起身來，走到辦公室門口，拉開玻璃門，低聲叫她：「初梔，進來一下。」

葉總監極少主動叫人，他的聲音不大，微沉，存在感卻強，一聲出來，坐在旁邊的鑲金邊海龜側過頭來看了她一眼。

初栀回過頭來。

她有點茫然地乖乖走進總監辦公室，關上門，乖乖地站在桌前：「葉總監。」

葉康寧看著她，帶著一點審視的味道，不說話。

初栀被他看得有點手足無措，不知道自己又犯了什麼錯誤，從早上一到公司開始仔仔細細的回憶了一遍，也依舊一點頭緒都沒有。

葉康寧往後一靠，神色莫辨看著她。

過了兩分鐘，葉康寧才緩緩開口：「陸總讓妳上去一趟。」

初栀一時間沒反應過來，一臉傻愣愣的表情看著他：「啊？」

如果說之前被葉康寧叫到辦公室裡去是被老師點名了，那麼現在初栀有一種被校長點名了的感覺。

電梯一層層向上，一直升到頂樓，「叮咚」一聲，電梯門緩慢開了。

初栀緊張極了，站在電梯裡一動不動，看著電梯門開了一陣子，又闔上。

初栀哆哆嗦嗦地掏出手機來，傳訊息給陸嘉珩：『我被校長點名了！』

陸嘉珩：『？』

初栀按了電梯開門按鈕，蹭出去，靠在電梯旁邊：『嗚嗚嗚我現在在公司頂樓，我馬上要見到凱西莫多了，我好緊張。』

『他為什麼要見我啊，我又不認識他。』

『我做錯什麼了？我什麼都沒幹！』

『他想幹什麼，他到底想幹什麼，為什麼叫我！我只是個實習生！』

『陸嘉珩，我害怕嗚嗚嗚你救救我，他找我幹嘛呀……』

她傳了一連串，陸嘉珩那邊才慢悠悠地回了一句：『他可能想潛妳。』

初梔瞪大了眼睛，手一抖，手機差點掉地上。

緩了好半天，她哆哆嗦嗦地打字：『好，我會為了你守身如玉的。』

初梔打完字，手機揣進口袋裡，沿著走廊一路往前走，一直走到最裡面一間辦公室。

她站在門口，閉了閉眼，深吸口氣，一臉視死如歸，抬手敲門。

安靜片刻，隔著厚厚的木門，裡面低低傳來一聲，悶悶地，聽不太真切：「進來。」

初梔猶豫了片刻，手搭上金屬門把，舔著嘴唇，下壓推門。

門有點重，她兩隻手有點吃力地推開，站在門口不敢再往前。

初梔像個做賊的，輕手輕腳往前走了兩步，視線小心地環視了一圈。

門正對著巨大落地窗，窗紗垂著遮住天光，窗前沙發造型簡約。

裡側巨大辦公桌後空無一人，初梔眨眨眼，往前走了兩步，回手關上門。

喀嗒一聲輕響過後，身後又有輕微的聲音接著響起，像是杯子碰撞桌面發出的輕微響動。

初梔轉過頭去。

門後牆角一塊凹陷處擺著個巨大的酒櫃，酒櫃前站著一個人。

初梔的目光所及之處是男人剪裁合身的西裝褲，塞進西褲裡的襯衫，工整打著領帶的領口。

再往上是滾動的喉結，流暢削瘦的下顎線，以及——

一張無比熟悉的臉。

昨天晚上還見到的男人，此時站在她新上任的老大的辦公室裡面。

初梔的大腦空白了兩秒鐘，愣愣的仰起頭來看著他，像個小傻子一樣「啊」了一聲。

陸嘉珩一邊走到她面前，一邊抬手懶洋洋地扯了扯領帶，動作漫不經心，有點小性感。

初梔吞了吞口水。

陸嘉珩注意到她的小動作，眉梢一挑，垂著眼直直地看著她，搭在領帶結上的手指微頓，故意放慢了動作，緩慢悠長地繼續扯開。

領帶扯鬆，他的手指探上襯衫領口，不緊不慢解開上面兩顆釦子。

襯衫布料微微垂下去，他指尖扯著拉開一點，白皙的頸部肌膚隨著他的動作一寸寸露出來。

「……」

初梔的耳朵紅了。

陸嘉珩低低笑了聲，垂手，輕柔開口：「不是說要為了我守身如玉嗎？」

他傾身彎腰，垂頭靠近，桃花眼微揚：「怎麼，這就把持不住了？」

陸嘉珩剛開始的想法其實挺簡單的，也沒想那麼多，他不怎麼習慣穿正裝，只是覺得打著領帶稍微有些悶。

結果一看初梔的反應，好像還有奇效。

小女孩面紅耳赤的看著他，白嫩嫩的小耳朵尖通紅，微微仰著頭，瞅瞅他，又移開視線，遊移一下子，又抬起頭來，忍不住看。

陸嘉珩從來沒見過她被他美色誘惑到的樣子，一時間興致高漲，微傾著身湊近她，單手捏上襯衫第三顆鈕釦。

他的手指修長，骨節分明，皮膚是帶著冷感的白，手背依稀可見淡青色的脈絡紋路。

西裝外套沒穿，傾身動作間白襯衫拉出紋理褶皺，第三顆鈕釦被解開，男人流暢頸線下鎖骨露出。

緊接著是胸膛。

初梔又吞了吞口水。

陸嘉珩輕笑了聲，舔著唇，手指下移，停住。

他的襯衫半敞，黑眼直勾勾地看著她，聲音低柔，似哄似誘：「還看嗎？」

初梔瞪大了眼睛，看著他，停了三秒，兩隻手抬起，「啪」地捂住了眼：「不看了不看了……」

不是沒見過他這個樣子，之前他剛起床，兩人視訊的時候也見到過了。

只是從來沒見過他在她面前脫。

也沒見過真人這個樣子。

距離近到初梔甚至感覺自己能看清他的肌肉紋路，皮膚質感。

一舉一動，襯衫帶起的褶皺，低淡的呼吸和他的氣息，好像都能讓人臉紅心跳男色這個東西，有些時候好像確實是有點邪門。

初梔捂著眼睛，有點羞恥的想。

半晌，陸嘉珩沒了聲音。

初梔清了清嗓子，嚴嚴實實合著的指縫悄悄地，一點一點分開，從食指和中指之間的縫隙偷偷摸摸地往外看了一眼。

正對上一雙漆黑微揚的桃花眼。

陸嘉珩似笑非笑地看著她。

初梔：「……」

初梔唰地又把指縫闔上了，後退了兩步，靠著酒櫃旁邊的牆面站著，結結巴巴地：「陸陸陸嘉珩，現在在公司呢，你把衣服穿好……」

陸嘉珩又笑，邊笑邊直起身來。

衣料輕微的摩擦聲音響起，過了一陣子，安靜了。

初梔小心翼翼地，慢吞吞撬開手指，一雙大眼睛從指尖露出來看著他。

她臉上的紅暈還沒消下去，視線不由自主地落在他的脖頸處，襯衫下面的釦子已經扣好了，只留領口兩顆，衣領微微往下堆著，領帶鬆鬆垮垮象徵性繫在領口，配合著他那身慵懶輕佻的氣質，有種奇特的淫靡感。

禽獸衣服穿好了，終於變成了衣冠禽獸，此時西裝褲白襯衫，人模狗樣地站在她面前。

剛剛那一下初梔還沒來得及反應陸嘉珩就開始脫，此時終於反應過來。

她轉圈又看了一圈整個辦公室，除了他以外確實沒有第二個人了。

陸嘉珩今天開始上班，新老大也上任。

還有剛剛葉康寧好像也說了一句陸總。

初梔當時沒反應過來，現在想起來，怎麼那麼巧都姓陸。

而她這幾天，還跟他吐槽了一大堆，什麼沒人性的資本主義壓榨，什麼掛著羊頭賣狗肉欺騙員工慘無人道，什麼其醜無比加西莫多。

初梔有點心虛，悄悄地垂頭，靠著牆邊老老實實地站著，不說話。

半分鐘安靜，陸嘉珩道：「怎麼了？」

初梔舔舔嘴唇，微微鼓著腮幫子抬起頭來，眨著眼看著他：「你是我新上任的老大啦？」

陸嘉珩側頭勾唇：「不是，妳是我老大，我只是個加西莫多，是萬惡的資本主義壓榨。」

初梔仰著個小腦袋，一副小討好的樣子看著他。

陸嘉珩也沒反應，就這麼垂著眼。

她今天穿著件藕色雪紡襯衫，闊腿褲，露出小半截纖細腳踝，腳上一雙小皮鞋，中跟設計，款式簡潔。

長髮俐落地梳了個高馬尾，髮梢帶著一點自然捲，瀏海長長了，跟著鬢角的一點碎髮一起軟軟地分向兩邊。

胸前一個工作牌，上面一張一寸照片，旁邊寫著名字和崗位。

位置不偏不歪，剛剛好垂在胸前正中間，勾勒凹陷的美好弧度出來。

這是陸嘉珩第一次正經地看見初梔在公司裡的樣子。

自家小女孩像是石中璞玉，像是綻放在晨露中的花，此時稚嫩和青澀褪了小半，讓人看著心裡五味陳雜又心癢難耐。

半晌，陸嘉珩磨了磨牙，低聲開口：「妳以後在公司別戴工作牌了。」

初梔瞪大了眼睛看著他，覺得他這個要求簡直不可思議：「你是想讓我每天被主管罵八百遍，實習薪水扣個精光，最後提前被趕出公司嗎？」

她說完，陸嘉珩似乎還很認真的思考了一下：「那妳可以直接來當我的祕書。」

初梔才想起來，剛剛在電梯門口，他回給她的那句『他可能想潛你』。

初梔瞬間態度就端正了，十分認真地看著他：「陸嘉珩，你不要天天想著讓我吃白飯，我自己也養得起自己，」她想了想，又繼續道，「你如果哪天不想工作想吃白飯了，你就跟我說。」

陸嘉珩挑眉：「妳就養我？」

初梔一本正經道：「我就給你做思想工作。」

「……」

初梔是被陸嘉珩通透過葉康寧叫上來的，不敢待太長時間，說了幾句話急忙忙地就要下去。臨走之前，初梔自以為兇神惡煞地把陸嘉珩逼到角落裡，似乎是想 cos 小太妹，像是一隻臉上寫滿了「我超凶」的小貓咪，嚴肅地威脅警告他在公司裡不許把兩個人的關係暴露出去。

陸嘉珩覺得很委屈，他這個地下男朋友從女朋友大一開始直到現在，幾年來見不得光。

小陸總悶悶不樂不開心了三秒鐘，靠在門板上任由小女孩門咚，看著她小短的手臂吃力地撐在門板上，人靠得很近，仰著小腦袋看著他。

他垂眼，忽然道：「妳不愛我。」

初栀被他這突如其來的一下打了個措手不及，來不及反應，微張了嘴沒說話。

「妳不喜歡我。」

他的聲音很低，有些悶，細細分辨還有一點點不易察覺的委屈，乖乖地垂著頭，像個大小孩。

初栀呆了，好幾秒鐘才回過神來，看著他那副樣子有點愣，連忙急急道：「我沒有不喜歡你呀。」

陸嘉珩俯身，高大一隻彎下來，腦袋乖乖地擱在她肩頭，黑發散下來，幾縷蹭到初栀脖頸，有點癢。

「初初，我好幾年都見不得光。」陸嘉珩悶悶道。

初栀想到那種毛絨絨的大型犬類動物，親人又愛撒嬌，一不開心就跑到主人身上趴著，毛絨絨的大腦袋往人肩膀上一隔，開始耍無賴。

初栀手足無措。

他們戀愛談了幾年，她身邊的人好像真的沒有知道的。

唯一知道這件事情的林瞳，還是自己撞見的。

她突然有種十分對不起他的感覺。

可是在公司裡，這種事情怎麼能大肆宣揚。

她原本選擇來這裡實習只是因為他在這裡實習過，所以她也想來，好像這樣，她又能離他更近了一點。

雖然這個人當時一個區區實習生就有獨立的辦公室，可是初梔最多也只是以為他家裡在這家公司有認識人什麼的，哪裡想到過這是他們家的。

初梔心裡覺得愧疚極了，好像陸嘉珩跟她談這幾年戀愛受盡了委屈，她抬手小心翼翼地摸了摸他埋在自己頸間的腦袋。

上次扮演這樣的角色，好像還是兩個人沒在一起的時候，他某次生病，家裡又沒有暖氣，大晚上敲響了她家的門。

自那以後，他就一直是縱容著她的那一個。

初梔是第一次摸他的頭髮，沒有想像中男人髮質的硬感，他的髮絲有點軟，手感異常的好。

初梔小手落在他頭頂揉揉又抓抓，上癮似的玩了一陣子。

公司裡肯定不行，初梔想了想，決定從別的地方彌補給他。

「陸嘉珩，過兩天你要不要跟我朋友一起吃個飯。」她軟聲開口，也有點拿不定他到底願不願意。

他依然低垂著腦袋，沒動，也沒說話。

初梔不知道他到底是不願意，還是依然不開心。

她皺著眉費盡力氣地想了一陣子，想不出個所以然來，乾脆放棄了。

頓了幾秒，她深吸口氣，揉著他頭髮的手指頓了頓，停住了。

陸嘉珩被女朋友順毛順到一半，從未有過的待遇簡直美得鼻涕泡都要冒出來了，開心到想哼歌，結果小女孩動作突然停了。

他以為她不耐煩了，剛想要抬起頭來，腦袋一空，靠著的纖細肩膀往後撤了撤。

陸嘉珩心下一緊，以為她真的生氣了。

正要哄，面前的小女孩突然抬起手臂，一隻把在他肩頭，另一隻輕輕扯住半鬆的領帶往下拉。

陸嘉珩本來就是俯著身的姿勢，還沒站直又被她拉下來，她輕輕踮起腳尖，柔軟嫣紅的唇印上他的。

一秒、兩秒、三秒。

陸嘉珩整個人定在了原地，一動不動。

她第一次主動吻他。

而在她剛剛輕輕揉著他頭髮哄他的時候，陸嘉珩以為不會有更好的事情發生了。

幾秒鐘後，他回過神來，垂下眼睫。

小女孩看起來緊張極了，死死地緊閉著眼，濃密的睫毛扇子一樣覆蓋下來，皮膚細膩瓷白，薄薄的眼皮上甚至能看見淺淺的血管紋路。

她扶在他肩膀上的纖細小手輕輕顫抖，拉著他領帶的手指也有些僵硬，掌握不太好力度，就那麼拉著往下拽，讓他不得不跟著她的力度低垂著頭顱。

像是她最虔誠的信徒，任她牽引，任她擺佈。

她簡單乾淨，蜻蜓點水似的一個吻，就能瞬間點燃他心底全部的灼熱和渴求。

陸嘉珩最終答應了她在公司裡兩個人的關係保密，用和她朋友一起吃飯作為交換條件。

男人得了便宜還賣乖，倚靠著酒櫃站，垂眼看著她：「那如果我在公司太想妳了，忍不住想要見妳怎麼辦？」

第一次主動完又被大野狼撈著啃了一頓的小白兔睜著還水光瀲灩的眼，撇撇嘴：「不怎麼辦，忍著。」

「忍不住。」

「拚命忍呀。」

「我可以去看妳嗎？」

「不可以。」

「那實在太想妳了怎麼辦？」

初梔被他鬧得又羞又無奈：「陸嘉珩，你煩不煩呀。」

陸嘉珩舔舔唇，柔聲哄著她：「就偶爾看一眼，當做去瞭解工作進度的，我假裝不認識妳。」

初梔想了想，勉為其難妥協：「那好吧。」

結果禍從口出。

初梔好半天才從頂樓下來回辦公室，甚至已經做好了接受葉康寧的注視的準備。沒想到玻璃房子裡面空無一人，總監大大根本就不在。

初梔一邊暗暗地鬆了口氣。

倒是粉襯衫很關心她，椅子一轉，腦袋從格子後面湊過來，顫抖著雙下巴好奇地看著她：「妳跟我們海龜吵架去了？」

初梔一愣：「什麼？」

粉襯衫笑呵呵看著她，理解地拍拍肩膀：「妳前腳剛從葉總監辦公室出去他後腳就走了，他剛回來妳也回來了，還瞞著杜哥哥，沒事啊，放心吧，我肯定是站在妳這邊的啊。」

初梔一臉茫然：「我為什麼要和他吵架呀？」

「因為你們是競爭對手，因為妳上次例會上讓我們海龜精英受到了奇恥大辱，」粉襯衫掰著手指頭，「妳沒注意他那以後看妳的眼神都刀光劍影的嗎？」

初梔真的沒注意到。

每天跟上安排任務的進度就已經很費力了，哪有那個閒置時間去注意別人對自己的注視是充滿愛意還是充滿敵意的。

她一臉茫然的樣子看著他，粉襯衫正準備教育教育她，告訴她職場險惡，調研主管突然蹬蹬蹬地跑進來，拍了兩下，清嗓子。

所有人的注意力都被吸引了過去，調研主管站在門口，平日裡一張終日鬱鬱寡歡的晚娘臉完全不見了蹤影，容光煥發，氣色紅潤，溫柔又和善：「等一下新上任的陸總要過來視察，瞭解一下市場部的工作進度和推廣計畫，大家都注意一點。」

瞬間，整個辦公室裡騷動一片。

初梔：「……」

初梔慢吞吞地抬起頭來，看了一眼手錶。

她才下來十分鐘不到，屁股都還沒坐熱。

第十四章　不巧

景恒的市場部很大，分幾組，廣告、公關等等各司其職。

初栀現在實習的崗位是品牌策劃，兼任打雜的。

實習生大多是這樣，部門裡什麼雜事也都需要做，所以一般是累成狗擔當。

而關於新老大要下凡來微服私訪這件事，按照調研主管的意思就是，大家不用太做作，表現得自然一點，優秀一點，要讓陸總看到景恒員工的基本素質。

雖然這本身就挺做作的。

初栀坐在椅子裡，撐著下巴看著許策劃又偷偷摸摸掏出小鏡子開始補妝，看起來沒什麼積極性。

和她一樣淡定的，還有鑲金邊海龜。

海龜其實長得挺帥的，一百八十公分高的個子，一張剛正不阿十分正直的臉，濃眉星目，總之就是一看就是積極向上的未來小樹苗。

只不過這根小樹苗常年都保持著下巴四十五度角上揚，黑眼向下瞥，或者用眼白看人，用鼻腔一聲不屑又輕蔑的「哼」作為回答。

日常口頭禪是「在英國——」「我國現在這個樣子——」「在英國就絕對不會這樣——」「我國人可真是——」

巴拉巴拉。

因此，這位高學歷海龜在辦公室裡其實人緣不怎麼樣，平時只有初梔會熱情地和他說話。

小樹苗的表情看起來對國內這種官僚主義的追捧挺不屑的，輕輕哼了一聲，也不顧周圍的騷動，頭也不抬地啰嗒啰嗒敲鍵盤。

他們對著坐，中間隔著磨砂玻璃隔斷，初梔能看到他露出來的腦門和兩道粗黑的眉。

初梔想起剛剛粉襯衫說的，時隔幾天又想起之前在會議室那次。

她當時只是隨口一說，沒什麼惡意，現在想想，當著那麼多的人那麼說，好像確實不太合適。

再仔細想想，這海龜好像連著好幾天，連鼻孔都不願意瞧她了。

初梔恍然大悟了，正琢磨著哪天找個時間，確實應該跟他道個歉或者請他吃個午飯喝個下午茶什麼的，發著呆的功夫，陸嘉珩走進來。

黑髮，桃花眼輪廓狹長，開扇的雙眼皮，唇瓣削薄紅潤，唇角微勾。

他套上了西裝外套，領帶也已經繫好了，白襯衫釦子一直扣到最上面的一顆，整個人看起來輕佻也禁欲，矛盾又和諧。

初梔看見紅唇鮮豔的許策劃和旁邊女孩子交換了一個眼神，那眼神和在學校的時候，學姐、學妹們來跟他要手機號碼的時候的眼神一模一樣。

所以說讀書的時候小女孩們討論的校草是她男朋友，實習上班了以後同事們討論的年輕鑽石王老五也是她男朋友。

初梔撐著下巴，神遊天外。

再一抬眼，陸嘉珩已經走到她面前。

他遮了光，陰影打下，初梔抬起頭來。

辦公室裡寂靜，悄無聲息，所有人的視線都往這邊看過來，神情各異。

初梔坐在位子上，仰起頭，手指抓著桌邊。

陸嘉珩眉一挑。

初梔瞪大了眼，表情看上去有點驚恐，緊張的看著他。

靜了片刻。

調研主管湊近了兩步：「陸總，這是新來的實習生，才來沒多久。」

「實習生？」他始終垂著頭看著她，聲音低，沒什麼情緒，看著她的眼神也淡，像是在看一個陌生人。

初梔一愣。

陸嘉珩長眼下移，和她視線岔開，順著她鼻樑嘴唇下巴尖滑到脖頸，最後落在她胸口的工作牌上。

那上面有她的照片，姓名，還有實習的工作崗位。

陸嘉珩微微傾身，保持在合適的距離湊近了點，吐字淡，尾音卻軟，輕柔的聲線無論是說什麼都像是在說情話。

「初梔，品牌策劃——」他緩聲一字一字念，微頓，抬眼看著她，「既然是實習生，為什麼不是『實習品牌策劃』？」

初梔被他搞得一愣一愣的，有點沒反應過來。

陸嘉珩唇微勾，直起身來，居高臨下看著她：「工作牌摘了，過兩天重新弄一個。」

初梔：「……」

初梔本來以為工作牌這個事他已經放棄了。

結果沒想到原來在這裡等著呢。

連著一個禮拜，小陸總新官上任三把火，市場部串了兩、三回，搞得整個公司裡雌性荷爾蒙亂飛，到處都是混合在一起的香水味。

初梔在報廢了兩個工作牌以後，終於忍不住在下班的時候把某個人按在駕駛座上狠狠咬了好幾口，才得以保住第三個。

第二天上班，小陸總下巴上多了兩個ＯＫ繃。

作為此時的景恒最受歡迎、關注度最高的人物，這一變化還是很多人注意到了的，公司內部聊天軟體八卦了一整個上午。

被一群美麗女白領談論了一上午的ＯＫ繃，可以說是非常有面子的ＯＫ繃了。

會議室。

陸嘉珩人一進去，就有兩兩三三的人，起身和他打招呼。

他掐著時間來，長桌上人已經坐滿了，陸老爺子坐在主位，旁邊坐著陸泓聲，另一邊的位子空著。

三年前，陸嘉珩第一次踏入這間辦公室的時候，還只能在最外側祕書旁邊的角落裡隨便拉張椅子，連咖啡都沒有。

陸嘉珩黑睫微斂，視線掃了一圈，在陸泓聲臉上停了兩秒。

男人也正看著他，神情有些難看。

陸嘉珩勾唇，眼一側，看著陸老爺子，點了點頭。

陸老爺子抬手：「來了，坐吧。」

陸嘉珩走到他旁邊的空位子上坐下，手臂搭在椅子扶手上，上半身向後靠了靠，神情懶散。

頓了頓，他微微直起身來，翻開面前的文件。

三年前他走的時候，陸泓聲相中了臨市郊區一塊地，不知道從哪裡得來的消息，聲稱之後那邊會作為經濟區重點開發，商業價值極高，地產策劃寫了幾份，熱情高漲。

一時間那塊地價格一路往上飆，水漲船高。陸老爺子也不知是什麼心思，對這事完全持放任態度，任由陸泓聲卯足了勁折騰，最後以高出正常地價幾倍的價格拍下了那塊地。

結果直到現在，當初說好的作為經濟開發區重點開發的消息半點也沒有，風聲都沒聽到。

陸泓聲一塊地憋在手裡，至今沒有結果。

一波未平一波又起，陸嘉珩提前從美國回來了。

其實他又何嘗不是早就察覺到異常，他當年那麼急著想要做出成績，也是因為陸老爺子動了讓陸嘉珩繼承的心思，本來花天酒地的少爺召回來來公司實習，一時間有些心急。

結果弄巧成拙，祖宗又回來了。

也難怪陸泓聲最近面色不善，每天都愁眉苦臉，好像又瘦了不少。

陸嘉珩指節扣在會議室桌面上，聽著各個部門彙報工作進度，陸老爺子有意放慢了速度，讓他適應著。

會議結束，等到人差不多走光了，偌大的會議室裡除了他只剩下陸嘉珩和陸泓聲。

陸老爺子話鋒一轉，頭微偏，還是問到了陸泓聲手裡那塊地。

陸泓聲臉發白：「我問過住建部那邊朋友，說是今年應該會有消息，到時候那邊地價至少翻個三倍，現在還有不少人來找我想從我手裡買下來。」

陸老爺子聽著他又說了一陣子，始終沒說什麼，最後點點頭人走了。

陸嘉珩自始至終一動也不動，也不說話，懶洋洋地癱在椅子裡。

此時會議室裡只剩下兩個人，他單手撐著下頦，似笑非笑看著他，拖腔拖調道：「其實我是建議你現在趕緊賣給他們吧，省得到時候賠到你連褲子都不剩。」

陸泓聲臉色愈發難看，側頭看他，眼一瞇：「你覺得自己多上了兩年學就有能耐教我了？我在景恒幾十年了，不用你教！你就這麼跟你爸說話？」

陸嘉珩沒什麼反應，不緊不慢地站起來，整了整因為坐姿而有點亂的西裝，垂著頭，漆黑的眼直勾勾看著他，眸色幽幽，眼底有滲人的冷漠：「我覺得你還是再去找人問問清楚，別是被什麼假消息騙了，地價炒這麼高，最後也只有你一個冤大頭信。」

初梔和林瞳她們約了週六，畢設論文交完以後初梔多數時間就都會回家去住，平時實習休息日準備答辯，幾個小女孩各忙各的許久沒見，這次又是初梔主動約她們出來，一時間大家都很熱情積極的回應她了。

幾個女孩子約了中午見面，看了電影逛了街，又吃了甜品，坐在甜品店裡面研究晚上吃什麼，最終決定去吃日料。

初梔手裡捏著小叉子，面前一份剩下小半的草莓冰，插了顆草莓塞進嘴裡，含含糊糊道：「確定吃日料了嗎？」

林瞳興致勃勃：「就吃日料吧，天天火鍋燒烤，我們這次吃點高雅的。」

初梔抓起手機，一邊啪啪打字傳訊息，一邊垂著眼點點頭：「那我叫人來接我們。」

顧涵笑嘻嘻地說：「妳叫計程車啊，不用啊，念南不是開車嗎，讓她今天別喝酒了，給我們當司機吧。」

初梔眨眨眼：「不是計程車呀。」

林瞳哼哼了兩聲：「她叫她男朋友過來。」

顧涵：「？？？？？？？？？」

薛念南：「？？？？？？？？？？」

顧涵撲騰著站起來了，眼睛瞪得大大的，指著初梔妳妳妳了半天：「初小梔，妳行啊，妳什麼時候談戀愛的！都不跟我們說！」

初梔還沒來得及說話，林瞳繼續道：「她大一的時候。」

顧涵憤怒了，啪的一聲拍上桌板，旁邊的人紛紛看過來，她視若無睹，就差咆哮了：「初梔！我們要畢業了妳才告訴我們！絕交！」

林瞳抱著手臂，一臉「活該吧，活該吧」的表情。

初梔被她吼得小肩膀一縮，委屈兮兮地：「我也不是故意要瞞著妳們的呀，剛開始沒找到合適的機會，後來他出國了，就更沒機會提起來了，妳們也沒問過我呀……」

顧涵深吸了口氣，冷哼了一聲，仍是不解氣，探身過來捏著初梔的小臉拉了好半天才鬆手，重新興奮起來了，又一拍桌，頗有點大姐大的氣勢：「等一下把妳男人叫來！吃什麼日料，燒烤攤見，啤酒都備備好，涵姐姐來會會他。」

她說話的同時，甜品店門口清脆的門鈴聲音響起，男人穿駝色風衣，站在門口環視了一圈。

林瞳坐在面對門的位子，第一個看見他。

上次見到陸嘉珩還是在兩年前，兩年不見，男人氣質發生了明顯的變化，氣場極強，帶著某種散漫的威壓，只站在那裡就能輕易吸引別人視線。

而顧涵還在那邊跟初梔高喊著：「老娘今天不把妳男人放倒就是孫子。」

陸嘉珩已經在店裡不少人的注視下走過來，在她們桌邊站定。

一桌四個女孩子齊刷刷抬起頭來。

顧涵反應了幾秒，認出他來，表情略有些驚奇：「粉水壺學長，好巧啊。」

陸嘉珩垂眼，先是看了初梔一眼，而後側頭，看著顧涵，微微頷首。

初梔像隻小鴕鳥一樣，也不說話，低低垂著頭，抓這勺子胡亂攪拌著面前的草莓冰。

陸嘉珩垂眼，看到她這副樣子微微勾起唇角。

他站在桌邊，抬起手來，揉了揉初梔的頭髮，懶聲道，「不巧，我是她男人。」

店是陸嘉珩選的，最終還是吃了日料。

如果說三年前，顧涵還敢和初梔開開玩笑什麼的，比如我選擇天才學長，比如我不看好粉水壺啊，那麼她現在就完全安靜如雞了。

室友和校草從大一戀愛談到大四，臨近畢業才知道是一種什麼樣的體驗。

顧涵覺得有些傷心，甚至想去論壇發個文章什麼的。

幾個人桌前坐定，陸嘉珩去接電話，人一走，顧涵幽怨的眼神直勾勾看著初梔。

初梔也有點心虛，被她瞧的直縮脖子，乖乖地垂著腦袋，小聲認錯：「妳別生氣了，我錯了。」

「別說了，妳跟本沒拿我當朋友。」顧涵哀怨看著她，舉起了手機，「我已經去論壇上發文了，妳去搜搜看，標題就是『室友室友和校草從大一戀愛談到大四，臨近畢業才知道是一種什麼樣的體驗』。」

溫好的清酒上桌，初梔雙手捧著遞過去，一臉討好，笑嘻嘻看著她：「顧總，喝啤酒。」

顧涵眼一瞇：「來交個杯？」

說交就交，初梔捏了兩個小杯過來，一人一杯倒好，人站起來。

兩人隔著桌子傾身靠在一起，初梔手臂短，有點吃力，兩個人距離拉近，手腕相交，初梔還有點不好意思。

因為顧涵吆喝著要跟陸嘉珩拚酒，幾個人也吃吃逛逛一下午都不怎麼餓，乾脆就選了家居酒屋，這家的清酒口味偏甘，初梔喝完，小杯子放桌上，吧唧了一下嘴，細細感受了一下。

她第一次喝清酒，覺得比啤酒好喝多了，啤酒又苦，為數不多的幾次啤酒喝得她每次都只想打嗝。

三杯過後，陸嘉珩人回來了，跟著回來的是幾杯冰啤酒。

顧涵和林曈都是小人來瘋，剛剛幾個人一小壺清酒下肚，她起了興，一杯冰啤酒推到陸嘉珩面前，嚴肅道：「學長，你不厚道，我們初小梔這種瑰寶級女生，你不聲不響就騙走了，一騙還好幾年。」

陸嘉珩接過，指尖蹭過冰啤酒掛著水氣的杯壁，水珠滾滾滑落。

他輕笑著頷首：「是我的錯，該罰，這杯我先乾了。」

顧涵：「……」

林曈：「……」

薛念南：「……」

顧涵覺得這個場子找不回來了，她最高紀錄是八瓶啤酒，雖然沒斷片但也差不多了，她已經覺得自己算半個豪傑，結果這粉水壺學長上來就要乾一杯，看起來和她們根本不是同個level。

初梔捧著杯梅酒，捏著吸管戳裡面的冰塊玩，看熱鬧似的看著陸嘉珩咕咚咕咚一杯就乾了。

他微仰著頭，脖頸拉成俐落的垂線，喉結隨著吞咽滾動。

冰啤酒杯壁上有水滴滴落，順著他脖頸流淌，一路蜿蜒著向下，滑進襯衫領口。

有種恣意放肆的性感，讓人唾液腺不知不覺就又活躍起來。

都說男人抽菸的時候最帥。

這麼看起來，喝酒的時候明明也很帥。

初梔臉有一點點熱，不知道是不是剛剛喝的幾杯清酒的效果。

她鼓著臉頰垂下眼去，筷子放下，偷偷摸摸地揉了揉耳朵。

陸嘉珩一杯見底，空杯往旁邊桌上一推，抬眼，笑了一下，面不改色淡定地又拉了一杯到面前。

還沒等他端起來，顧涵極其識時務地雙手一舉，老老實實認慫：「姐夫，我投降。」

陸嘉珩笑，抬手揉了揉初梔的腦袋：「別，這小東西不是妳們寢室最小的嗎？」

林瞳被閃瞎了眼，只覺得他一句『小東西』都像是在餵她們吃狗糧。

顧涵戰戰兢兢：「那，妹夫？」

初梔聽不下去了，小聲發言：「我覺得，還是叫學長吧。」

從居酒屋出來已經是晚上，顧涵和林曈勾肩搭背地高聲齊唱歌，初梔在旁邊上躥下跳地拍手叫好，像個音樂會的指揮家一樣抬著手臂畫三角。

只有薛念南清醒著，她提前打了電話，薛父開了車來接她們，連哄帶拖地把兩個女生弄上了車，薛念南看著陸嘉珩懷裡的初梔：「阿梔交給你了。」

陸嘉珩「嗯」了一聲，看她上車。

顧涵依舊沉浸在情傷裡，至今沒能成功爬出來，上車之前，突然停住了，歌也不唱了，轉過身來，看著陸嘉珩。

她個子高，又踩了很高的高跟鞋，陸嘉珩人站在馬路上，她踩上旁邊人行道，兩個的身高竟然相差無幾。

她這麼一動作，周圍幾個人都停住了。

顧涵紅著眼睛，還有點大舌頭。

「粉色水壺。」她叫了他一聲。

陸嘉珩沒說話。

顧涵抬眼，眼眶通紅，喝得有點醉，臉也紅：「我的阿梔就交給你了。」

她一字一頓地，滿身酒氣，看著他的眼神卻很深：「你要是敢把他弄丟了，老娘第一個弄死你。」

陸嘉珩抿了抿唇，輕聲應道：「我就是把全世界都弄丟了，也不會丟了她。」

薛父的車開走，陸嘉珩垂下眼來，看著懷裡的小女孩。

初梔乖巧的靠在他懷裡，看起來完全不知道剛剛發生了什麼血雨腥風，小腦袋垂著，掰著手指頭背《弟子規》。

軟軟糯糯的聲音，帶著醺意，含含糊糊地，一聲一聲：

「冬則溫，夏則清……」

「晨則省，昏則定……」

「後面是什麼，是什麼……」

她揉了揉眼睛，又嘀嘀咕咕地說了些什麼，然後自己把自己逗笑了，小肩膀顫著咯咯地笑。

陸嘉珩失笑，覺得她喝醉了的時候還挺乖的，就這麼老老實實地，自己和自己玩。

他抬手，捏了捏她的小臉蛋：「小酒鬼。」

初梔仰起頭來。

水潤的大眼看著他，眼尾微紅，神情迷茫。

他抬手，刮了刮她皺起的鼻尖：「回家了。」

陸嘉珩喝了酒，不能開車，車子就丟在那裡，兩個人搭車回去。

夜晚燈光璀璨，陸嘉珩陪著初梔坐在計程車後座，她縮在他懷裡，全程都不老實的動，自己一個人嘀嘀咕咕地說話，然後咯咯笑。

像個小傻子。

計程車裡空調開得很強，初梔本來就覺得身體裡有火在燒似的，現在更覺得熱，坐了一下子，不老實地開始拽外套。

陸嘉珩拉著她的外套不讓她動，緊緊抱在懷裡按好。

初梔難受極了，像條小泥鰍似的拱來拱去，想要擺脫他的桎梏，未果，她不開心地撅著嘴，仰起腦袋看他。

陸嘉珩垂眼，抱著她的手臂收緊，故意壓著嗓子：「妳乖一點，不然不要妳了。」

初梔原本還很不高興的表情，大眼睛瞪著他，聞言，茫然了十幾秒，變得委屈了起來。

她委屈地仰著頭看著他，紅潤唇瓣一癟，眼眶濕漉漉，下一秒，晶瑩的淚含了一圈：「陸嘉珩……」

陸嘉珩心軟得酥酥麻麻的。

初梔叫他，可憐兮兮地，眼一眨，就有淚水滾落。

她掉著眼淚胡言亂語：「我教你念弟子規，你別不要我……」

「……」

陸嘉珩有點哭笑不得，他嘆了口氣，抬手，食指指節輕輕蹭掉她眼角的淚，托著人放在自己腿上抱在懷裡：「我逗妳玩的，要妳要妳，初初寶貝這麼乖。」

初梔眨著眼，側頭蹭他手心撒嬌，又抬臂環住他的脖頸。

腦袋在他胸口蹭了一陣子，又重新抬起頭來，發紅的眼直勾勾看著他。

窗外街燈和車燈的光線染進她眼裡，璀璨晶亮。

陸嘉珩抿唇和她對視，沒人動。

她的手臂驀地下壓，勾著他脖頸向下，人坐在他腿上直往上竄，小脖子梗著，吻他的唇。

陸嘉珩措手不及，被她嚇了一跳。

她唇瓣滾燙，吐息帶出酒氣，笨拙地親他，往裡探索。

陸嘉珩側頭，一手扣著她的肩膀，頭往後退了退，拉開距離。

兩人分開，初梔茫然地看著他。

計程車上，司機視線有意無意從後視鏡掃過。

陸嘉珩沉著眼，從後視鏡冷冰冰地看了他一眼。

司機匆匆收回視線。

陸嘉珩抬手，按著她後腦，將她一顆小腦袋扣到自己肩頭：「趴一下，馬上到家了。」

「我不要。」初梔嘟囔著，不滿地梗著脖子跟他較勁，要抬起來。

他力氣大，她費了好大力氣依然被按得嚴嚴實實，初梔快氣死了，對著他頸側「啊嗚」一口就咬下去，不鬆開。

陸嘉珩「嘶」了一聲，揉揉她的頭髮，低聲哄她：「初初，別咬，我很疼。」

初梔小狗似乎是也聽進去了，慢吞吞地，不情不願鬆了口，兩秒鐘後，溫溫軟軟的舌尖抵上之前咬的地方，安撫似的滑過。

陸嘉珩渾身一僵，抓著她後腦的五指收緊。

她埋在他頸間，黑漆漆的小腦袋一刻都不老實，蹭來蹭去，親吻順著頸側一路向上，沿著下頦，停在耳後的皮膚。

她親一下子，就停下來，在他耳邊黏黏糊糊胡言亂語地嘟囔，傻乎乎地笑，說夠了，唇瓣就又貼上去，笨拙地胡亂咬。

陸嘉珩單手扣在她腦後按著，視線直直看著前面。

不到一個小時的車程，像是過去了一個世紀。

計程車一停，陸嘉珩從皮夾裡隨手抽了張鈔票遞過去，也不等找錢，直接抱著人開了車門下車。

夜晚風帶著涼，初梔縮了縮肩膀，抬起頭來，兩條小短腿晃了兩下，自動自覺地順從盤上他的腰。

陸嘉珩抱著她上電梯，她唇瓣從耳側尋到嘴唇，像隻嗷嗷待哺的雛鳥。

叮咚一聲，電梯門緩緩打開。

陸嘉珩單手摸出鑰匙，開門，閃身進去。

「嘭」的一聲響，房門被撞上，緊接著是碰撞上門板的悶響。

陸嘉珩單手托著她的背，防止她被撞疼，重重地把人壓上門板。

被她溫水煮青蛙似的，慢條斯理地玩了一路。

慢吞吞地，卻更磨人。

神經都快崩斷了。

陸嘉珩抱著她轉身進屋，往臥室走。

月光順著窗傾瀉，光線瑩潤幽微，深灰色的床單之上，少女平躺在上面，皮膚白得通透，長髮散開。

像被送上祭壇的祭品，又像來吸他氣血，迷他心智的妖。

他垂頭。

酒精發酵，初梔的意識朦朧又模糊，一遍一遍叫著他的名字，「陸嘉珩……」

他啞聲：「我在。」

陸嘉珩雙手撐住床面，抬起頭來，親她濕潤的眼角。

她叫他的每一聲，都像是勒在他心臟上的弦，緩慢地，一寸寸地收緊。

她是罪孽，也是唯一的救贖。

夜色深濃，臥室裡寂靜。

陸嘉珩重重地喘出口氣。

沒有哪一刻，比現在更加難忍，衝動更加強烈。

可是她醉著。

她不清醒。

他希望他們之間是她在清醒狀態下的真實意願，想看她抱著他，親吻他，好看的眼睛裡滿是他，感受著他，哭泣著叫他名字的模樣。

陸嘉珩閉了閉眼，睜開，隨手抓了床單一角擦了手指，垂頭，親掉她眼角滑落的淚：「好了，初初好乖……」

初梔小口小口喘著氣，之前哭了一陣子，肩膀止不住的抽動。

陸嘉珩翻身，拽了被子過來，將她整個人裹住抱在懷裡，拍著她的背，一下一下的順。

她縮在他懷裡一下一下地小聲抽泣，整個人被包得嚴嚴實實的，只露出一張臉，睫毛緊閉著顫抖，呼吸緩慢地恢復平穩。

陸嘉珩抱著她，側身靠坐在床頭，伸手拉開了旁邊的床頭燈，垂眼。

睡著了。

她唇瓣被他咬破了，上面沾著一點乾掉了的血液，眼睛哭得有點腫，一副被欺負得慘兮兮的樣子。

他抬手把她被角往下拉了拉，脖頸和胸口上面有乾涸的血。

陸嘉珩有點懊惱，輕手輕腳地將她放在床上，翻身下床掀開簾子走進客廳，從櫃子裡翻出醫藥箱。

小女孩沉沉地睡，他坐在床邊，抽了醫用棉簽和消毒藥水，沾濕了棉花棒點上去。

消毒藥水沾到傷口上有刺痛感，初梔在睡夢中難過地縮著身子，嚶嚀著動，手臂卻被被子裹在裡面，動不了。

陸嘉珩下顎緊繃著，捏著棉花棒的力氣很重，手背的筋骨一根根凸出來，下手卻輕，小心翼翼地消毒，撕了個ＯＫ繃斜著貼上去。

初梔皺著眉，側頭蹭了蹭枕頭，吧唧著嘴嘟囔了一句什麼。

陸嘉珩將醫藥箱推到一邊，走進洗手間，溫水浸了條毛巾出來，動作輕緩把人從被子里弄出來，幫她擦掉身上的東西。

毛巾抵上腿心，她癢得咯咯咯地笑，眼睛迷迷糊糊地睜了個縫，虛虛看了他一眼，小腦袋一扭，往他懷裡拱啊拱，香香地繼續睡過去了。

他被她折磨了整個晚上，她卻像個小沒良心的，睡得安穩。

陸嘉珩恨得直磨牙。

等她下次清醒的時候，他一定、一定讓她哭到話都說不出來。

初梔這一覺剛開始睡得還算是安穩。

後來，她做了個比較悠長的夢。

夢境剛開始的時候還是很正常的，她坐在一個游泳池邊，腳伸進游泳池裡踢著水玩，一回頭，一個只穿了條泳褲的男的朝她走過來。

這男人的身材真是太好了，胸肌、腹肌、二頭肌，往下是溝壑很深的人魚線。

長得也帥，眼珠漆黑，狹長的桃花眼上挑，薄唇勾起。

裸男朝她懶洋洋笑了，修長的手指勾住泳褲邊緣，就要往下扯。

泳褲少俠要變成真裸男了。

夢裡的初梔尖叫了一聲，撲通一聲，掉進了游泳池裡。

現實裡初梔嚇醒了。

她唰地睜開眼，撲騰著坐起身來，驚魂未定。

視線沒聚焦，直勾勾地看著前面十幾秒的時間，才緩慢地回過神來。

此時大概是清晨，天濛濛亮，陽光穿透厚重的窗簾縫隙，很淡。

臥室昏暗溫暖，隔斷後是嚴嚴實實拉著的簾子，隔開了臥室和客廳的空間。

初梔反應了三秒，才意識到這是陸嘉珩家。

頭有點疼，她揉了揉太陽穴，垂頭，身上穿著白色的棉質T恤，裡面沒穿內衣，柔軟的布料刮蹭著左邊的胸，一陣尖銳的痛感。

初梔拉著T恤衣領子，往裡看。

她身上全是痕跡，左胸上貼著個OK繃。

初梔：「……」

初梔：？？？？

她睜大了眼，唰地拉高被子，猛地側過頭去。

陸嘉珩側身躺在旁邊，人已經醒了，撐著頭面無表情的看著她。

初梔哆哆嗦嗦地，嘴唇煞白，瞪大了眼睛看著他：「陸陸陸嘉珩……」

她茫然地坐在床上，思緒有點渙散，這畫面訊息量太大，她一時間有點捋不清。

男人沒說話，依然沒什麼表情，漆黑的桃花眼沉著，昏暗的光線下看不清他表情情緒。

過了兩秒，他才低聲開口：「頭疼？」

初梔懵懵懂懂地看著他，依然沒從此時的狀況裡反應過來，聞言，下意識點點頭。

陸嘉珩唇角一勾，「哦」了一聲：「活該，以後再喝啊。」

初梔：「……」

初梔：？

不知道為什麼，她總覺得陸嘉珩的眼神有些哀怨。

可是他看起來也還挺好的。

初梔上上下下掃了他一圈，他穿著睡衣，只占了個邊躺，側身撐著腦袋沒什麼表情看著她。

相比來講，她才比較慘。

衣服這樣，身上這樣，胸還破掉了，被貼了ＯＫ繃。

初梔一點都不想知道它是怎麼破的。

她又側頭，看了看陸嘉珩。

哪能這樣。

雖然對象是他好像也是可以的，但是——太親密了。

那麼那麼親密的行為，這種事情。

在她毫不知情的時候，在她都不確定自己是不是準備好了的時候，就已經發生過了。

初梔呆愣看著他，唇微張，眼眶紅了。

連帶著整個人都紅了，她通紅著臉，唰地拉高了被子，人鑽進去，再重新蓋上，整個人蜷成球，鼓鼓囊囊的一團在被子裡。

陸嘉珩愣住了。

他停了停，坐起身來，抓著被子想拉開：「初初——」

初栀在裡面死死拽住被角，嗚嗚叫著打斷他：「幹嘛！幹嘛！你別跟我說話！」

她一邊拽著，一邊把四周一圈都死死壓住，像隻縮進殼裡的小烏龜，一動也不動地將自己裹起來。

陸嘉珩隔著被子，伸出一隻食指來，輕輕戳了戳：「捂得這麼嚴實，妳悶不悶。」

初栀不理他，被子又拉得緊了一點，一點反應都沒有。

他抬手，又戳了戳。

這次，裡面終於傳出來了一點點，低低的抽泣聲。

陸嘉珩愣住了。

完全沒想到她會這麼不開心，還哭上了。

他深吸口氣，壓著嗓子柔聲道：「初栀，妳先出來。」

初栀裹著被子，在裡面扭來扭去，不出聲，光吸鼻子。

陸嘉珩就看著那被子鼓鼓的一團，在裡面扭一下又停一停，再扭一下，無聲的抗議著。

他無奈嘆息：「我昨天什麼都沒幹。」

初栀頓了頓，悶悶出聲：「你騙人，」

她昨晚哭得太凶了，現在嗓子都有點啞，帶著一點鼻音：「我又不傻，我都，我都這樣了，你還給我貼了OK繃，你怎麼不給我綁個繃帶！」

她的聲音帶著一點孩子氣的控訴，委委屈屈地，陸嘉珩沒忍住笑：「本來想，把妳勒平了怎麼辦，而且家裡也沒有繃帶，」

「……」

陸嘉珩淡定道：「不過妳的意願這麼強烈，那我今天就去買捲繃帶讓妳試試？」

「……」

初梔惱羞成怒，氣到蹬腿，整個人在被子裡轉了個圈，用屁股對著他，小腿伸出來一條，白嫩腳丫踹他：「你閉嘴！王八蛋！」

她這個動作難度指數還挺高。

陸嘉珩側了側身躲開，抓住她的腳踝：「那個是我沒控制好，但是我昨天最後是自己解決的，真的，我真的什麼都沒幹。」

初梔把腳抽回去，也不說話了。

他抬手，輕輕拍了拍被子裡面的小團團：「對不起，妳如果不願意，我以後什麼都不做，好不好？」

好幾分鐘後，初梔才慢吞吞地，轉回來，從被子裡探出一個小腦袋。

她小臉通紅，大眼睛亂滾，看看他，又移開視線，又看看他，小聲道：「我沒有不願意，也跟最後不最後沒有關係……」

陸嘉珩垂眼看著她。

她又不敢看他了，羞恥的低低垂著腦袋：「我只是覺得這種，這種事情……」那些亂七八糟的詞，她說不出來，好半天才囁嚅道，「那種地方怎麼能看……你還……」

還咬破掉了。

太難以啟齒，她說不下去了。

陸嘉珩靜靜地看著她，突然笑了。

太害羞了。

以後一直這麼害羞要怎麼辦。

他舔舔嘴唇，手撐著床面傾身靠近，故意道：「很漂亮，初初哪裡都很漂亮，和妳一樣可愛。」

這種話他就這麼平靜地說出來了，初梔要爆炸了，臉紅到滴血，大了眼睛瞪著他，抬手就要捂耳朵。

陸嘉珩動作比她更快，雙手扣住她的手腕，拽著人把她從被子裡拉出來。

昨晚的畫面歷歷在目，他眸色暗暗，嗓音微啞，「所以一不小心，就咬破了。」

初梔雙手被他抓著，臉色徹徹底底漲了個通紅，一覺睡起來，眼睛甚至還有點腫。

陸嘉珩含著笑深深看著她，兩個人對視了半分鐘，初梔從男人漆黑的眸子裡看見了自己。

頭髮睡得亂糟糟的，剛剛又在被子裡拱了一圈，亂得像是頂了個小雞窩，可能是因為昨天宿醉的原因，整個人看起來都有點萎靡不振的感覺，薄薄的眼皮腫起來了小眼泡，眼底也有淡淡的青色黑眼圈。

初梔驚了，盯著他的眼睛直直往裡面瞧，臉上羞惱的紅還沒褪去，新的好奇心就全部燃起來了。

她盯著他，眨著眼：「陸嘉珩，你的眼睛好清楚啊。」

陸嘉珩沒聽懂，微微挑了挑眉：「什麼？」

初梔撐著床面俯身靠過去，腦袋湊得近近的，整個人看起來像是要鑽進他眼睛裡面了一樣。

她睜著眼，指指他眼睛：「從這裡，能看到我在裡面，看得好清楚。」

陸嘉珩：「……」

初梔的表情看上去新奇又感興趣，像是發現了什麼好玩的事，津津有味地，竟然還咯咯地笑了，笑了一陣子，她又皺起眉頭來：「不過陸嘉珩，我看起來真是太醜了。」她跟他形容了一遍，「宿醉以後人都會這麼醜嗎？」

陸嘉珩拖腔拖調地「哦」了一聲，看著她近在咫尺的一張小臉。

眼睛紅紅腫腫的，皮膚白白嫩嫩的，還泛著紅，黑眼晶亮。

他舔舔嘴唇，故意道：「不是，只有妳宿醉以後格外的醜——」

陸嘉珩頓了頓，剛要說：「所以妳下次不要再喝那麼多酒了。」

初梔警惕地抬起眼來，看著他：「你還見過誰宿醉以後的樣子？」

陸嘉珩：「……」

被套路了。

等初梔從外套口袋裡翻出手機，已經是一個小時後，她洗了個澡，衣服一件件從外到裡散落了一地，她一件一件撿，撿到內衣，耳尖紅得滴血。

從外套裡掏出手機，上面十幾個未接來電和一堆訊息，幾條是薛念南，剩下的全是初父的。

初梔：「……」

初梔手裡捏著個蕾絲邊內衣站在臥室門口，上一秒還通紅的臉此時一寸一寸，血色全部褪盡。

初梔小臉煞白，哆嗦著手指蹲在床邊，完全慌了神。

忘了和初父打招呼了。

夜不歸宿。

初梔哀嚎了一聲，陸嘉珩端了杯牛奶走進來，垂眼看她：「怎麼了？」

初梔仰頭，表情看起來快哭了：「陸嘉珩，我要被我爸打死了。」

陸嘉珩一頓。

初梔繼續道：「他打了三千通電話給我，我昨天晚上沒回家忘記跟他說了。」

陸嘉珩抿抿唇，將手裡的牛奶遞給她：「拿著。」

初梔乖乖接過來，看著他抬臂抽過她的手機，坐在床邊。

初梔以為他打算跟他爸攤牌，緊張地吞了吞口水，端著牛奶杯站起來在他旁邊坐下，看著他翻到薛念南的電話號碼，打過去。

陸嘉珩淡定又平靜：「初梔家裡人打了電話過來。」

「嗯，好。」

「麻煩妳了。」

頓了頓，他側頭，看了她一眼：「沒事，她醒了。」

初梔：「……」

陸嘉珩掛了電話。

全程沒用五分鐘，初梔目瞪口呆地看著他把手機遞給她：「好了，妳的手機沒電，昨天晚上和室友在一起，一個小時後回家。」

初梔接過手機，眨著眼看著他：「我以為——」

「以為什麼？」他挑眉。

「以為你要和我爸爸坦白了，」初梔清了清嗓子，「叔叔您好，我是初梔的男朋友，昨天晚上初梔跟我在一起，所以沒回家。」

陸嘉珩似笑非笑：「我倒是挺想的，自己家女兒醉成那樣和男朋友單獨過夜，妳爸爸可能會把我從十七樓直接丟下去。」

他俯身靠近，食指伸出，戳了戳她的額頭：「妳要是我女兒，我就把妳按著打一頓。」

初梔瞪他，上半身往後撤了撤：「你有暴力傾向嗎？」

她一動，身上白T恤的布料就刮到立起的左胸傷口，疼得她小臉都皺在一起，含著背縮了縮，抬手拽著胸口的布料拉起來。

她抬頭，哀怨又羞惱的瞪他：「陸嘉珩，你是屬狗的嗎？」

接吻要咬，幹什麼都要咬一咬。

陸嘉珩舔了舔嘴唇笑了：「我屬狼。」

初梔踢了拖鞋，氣得坐在床上抬腳踹他，又被他死死地抓住腳踝，她被他抓著胡亂蹬腿，又怕手裡的牛奶撒了，不敢動作太大。

上半身往後一靠，衣服又碰到。

痛感尖銳，初梔眼眶都紅了。

陸嘉珩見狀，抿了抿唇，放開她：「很疼？」

她紅著眼瞪他，表情可憐兮兮，眼睛濕漉漉的。

陸嘉珩單手撐著床靠過來，另一隻手抓著她身上T恤就要往上掀。

他的衣服大，她可以當裙子穿，站起來的時候都到膝蓋上了，此時坐在床上稍微短一塊，蓋在大腿中上的位置，他一掀，露出白嫩的腿根和一點蕾絲邊緣。

初梔嚇傻了，啪地按住了他的手：「你你你幹什麼！現在白天呢！」

陸嘉珩抬眼，鎖著眉：「我看看。」

「……」

初梔紅著臉憋了半天，罵他：「你變態！」

他的手被她死死按著，捏著衣料壓在白皙腿根，明明是微涼的手指，卻彷彿帶著灼人的溫度，燙著她不敢動。

陸嘉珩聽話地收回了手，垂頭，柔聲哄她：「那妳自己掀起來，讓我看看，乖。」

這麼難以啟齒的話，被他說的平靜又理所當然。

初梔擺脫了他的掌控，腳跟蹬著床單火速退到床邊，甚至想把手裡的半杯牛奶都潑到他臉上。

他換了衣服，穿著長袖和休閒褲，袖口一圈一圈捲到手肘，小臂的肌肉線條流暢結實。

反觀她，身上還掛空檔穿著他的大T恤。

初栀爬下床，手裡半杯沒喝完的牛奶放到床頭櫃子上，光著腳踩在地毯上，腳尖踩在一起蹭了蹭，小聲說：「你先出去，我要換衣服。」

陸嘉珩揚眉，懶洋洋往後靠了靠，單手背到身後去撐著床面，看起來沒有要出去的意思：「妳換，摸也摸了，咬都咬過了，還有什麼好——」

「……」

初栀不等他說完，直接拽過床頭枕頭批頭蓋臉地砸他：「陸嘉珩你是不是流氓啊！王八蛋！」

一個小時候，初栀下樓，沒有任何意外地，被初父嚴厲的罵了。

初栀從小到大，初父甚至一句重話都沒說過，這次也是一樣，說是罵，其實也是無聲的——安靜客廳裡，初栀垂著小腦袋站在茶几旁邊，初父坐在沙發裡，看著她，眼神哀怨又悲傷。

半晌，他嘆了口氣，聽起來有一種蒼老的疲憊：「算了，女兒長大了，不愛爸爸了，和朋友出去玩留宿都不和爸爸說了。」

做了壞事以後的愧疚感和心虛混雜在一起，初栀覺得自己罪該萬死，良心受到了譴責：「爸我錯了，我再也不這樣了……」

初父眼睛偷偷摸摸地抬了抬，依然很憂傷：「是爸爸不好，管妳管得太嚴了，妳都快畢業了。」

初栀快哭了：「爸嗚嗚嗚……」

鄧女士在旁邊嘎嘣嘎嘣看戲似的嗑瓜子：「是啊，快畢業了，這女兒太乖了也不好啊，大學這麼好的時光怎麼就沒談過戀愛呢？」

初梔眨眨眼，抬起頭來，小心地看了看爸媽，低聲道：「其實——」

初父冷笑：「大學裡的小屁孩有什麼好談的？你看看現在那些小男生，一個個跟竹竿似的掐不出二兩肉來，一看就弱不禁風娘們兮兮的，一點男子漢的陽剛都沒有！來一個我打一個！」

「……」初梔閉嘴了。

隔天週一，初梔沒等陸嘉珩，早早出門自己去了公司。

她出門比平時早，到的時候公司裡沒什麼人，電梯前只有一個人站在那裡，初梔走到一半，剛好開門。

她趕緊快步小跑過去，抬手攔了一下門，關了一半的電梯門又重新開了。

初梔抬頭，正對上裡面的人。

是上次她送文件的時候，不小心在走廊裡撞到的那個。

上次他身後還跟著陸嘉珩那個小祕書呢。

初梔眨眨眼，拉了拉包包，按了辦公室的樓層數，靠旁邊站了站。

電梯紅色的阿拉伯數字樓層數一節一節往上攀，陸嘉珩的電話打過來。

初梔忍不住笑，有種小朋友惡作劇成功了的幼稚成就感，接起來，「喂」了一聲。

聲音聽起來就很輕快，陸嘉珩頓了頓：『妳在哪？』

初梔笑嘻嘻地，又斂了斂笑容，一本正經：「我在公司了，新的一週新的開始，提前來上班是我的態度。」

陸嘉珩「哦」了一聲：『我剛剛在妳家門口等了好久妳沒出來，我就敲門了。』

初梔滯住了。

她張了張嘴，吞吞口水，不安地問：「那你還完整嗎？」

陸嘉珩應該也料到她先跑了，人已經在路上了，背景有汽車鳴笛聲。

他意味不明笑了一聲：『等一下妳親自檢查一下我完不完整。』

初梔的電話聲音不大，電梯裡太安靜，讓她不由自主覺得他說話的聲音會被別人聽見。

初梔下意識抬起眼來，看了電梯裡面的第二個人一眼。

那男人也正垂著眼，看她。

初梔愣了一下。

對視兩秒，初梔移開了視線。

她有點不自然，不知道為什麼，總覺得他的視線裡帶著一點點探究，還有一點說不上是什麼的東西，讓人渾身上下不舒服。

她隨便跟陸嘉珩說了兩句，匆匆掛了電話，抬頭瞥了男人按的樓層數一眼。

也是頂樓。

初梔愣了愣。

電梯門剛好開了。

她來不及去想，出了電梯往辦公室走。

身後傳來皮鞋的鞋底踩上大理石地面的聲音，出了電梯間踩上地毯，變得輕軟。

那男人跟著她出來了。

初梔甚至能感覺到，他的視線還落在她身上。

她深吸了口氣，微仰著頭，往辦公室走。

辦公室裡還沒來幾個人，調研主管在和海龜說話，初梔進來，打了聲招呼。

調研主管眼一抬，看見她身後的人，表情瞬間變了變，手裡文件闔上，喊了聲：「陸副總。」

初梔：「……」

初梔：？？？

景恒到底有多少個姓陸的高層？

她回過頭去，有點發愣。

調研主管站在她身後，手裡拿著文件，捲成捲，輕輕戳了戳她的背。

初梔反應過來，趕緊出聲問好。

這位看起來四十多歲，保養得很好的陸總淡淡「嗯」了一聲，不知道是哪裡戳了他的敏感點了，臉色變得比剛剛還要難看了一點，沒說話，只是看著她。

初梔垂著眼，不自在地抿了抿唇。

她剛到，還沒來得及戴工作牌，男人皺了皺眉，忽然道：「妳叫什麼？」

初梔抬起眼來，老實道：「初梔。」

他瞇著眼，看起來有點高深莫測：「我以前是不是在哪裡見過妳？」

這就很驚悚了。

妳實習的公司副總，看起來四、五十歲的老男人，在公司裡對你說出了俗套的搭訕金句。

這也太刺激了。

初梔四下張望了一圈，調研主管剛被銷售部的人叫走了，此時辦公室門口只有他們。

她吞了吞口水，低垂著頭，悄悄地小聲道：「副總，我有男朋友了……」

陸泓聲：「……」

當天下班，初梔非常嚴肅地，一本正經警告了陸嘉珩一遍：「陸嘉珩，你對我好一點，我現在超搶手的。」

陸嘉珩在開車，聽了也沒看她，看著前面懶洋洋「嗯」了一聲：「怎麼搶手？」

「我今天早上來上班被搭訕了，有人想跟我搞辦公室戀情呢。」

陸嘉珩側頭看了她一眼，不鹹不淡「哦」了一聲，除此之外沒有什麼過激反應。

初梔等了一陣子。

他還是沒有聲音。

初梔湊過去了一點：「你怎麼沒有反應呀？」

陸嘉珩：「我要有什麼反應？」

初梔想了想：「比如說危機意識。」

陸嘉珩淡定道：「沒事，我女朋友不喜歡那種太直接的。」

「……」

「陸學長，」初栀眨眨眼，提醒他，「你當時也很直接的。」

陸嘉珩輕輕挑眉：「我直接嗎？」

「你都跑到我家裡來了。」

他輕輕笑了聲，拖腔拖調地：「學妹，我那是生病了，有一點校友愛吧？」

初栀點點頭：「燒到四十度，如果有下次，我一定幫你打消防電話。」

陸嘉珩：「……」

兩個人開出公司一段，陸嘉珩接到程軼打過來的電話。

程軼這個人，讀書的時候非常不認真，但是性格好，為人處世都比陸嘉珩和林柏楊他們好得多，腦子聰明，經濟頭腦也是家族遺傳，這兩年事情做得有模有樣。

程少爺升級成程小副總，去年年底買了個會館，翻新裝潢了一番，前兩天剛剛才正式開張。會館打著高端、私密性強的招牌，電話裡，程軼跟陸嘉珩誇上了天，什麼所有食材全是當天空運來的，什麼連廚師都玻利維亞皇家主廚挖角過來的。

說到一半，陸嘉珩懶得聽了，直接把手機塞給初栀。

初栀把手機拿在手裡，按了擴音，於是程軼的大嗓門在車廂裡迴盪。

程軼那邊毫不知情，還在說：『殿下，來不來啊？你他媽自從從美國回來以後你自己說我們見過幾面？吃過飯？在一起好好聚過一次？殿下你不能這樣啊！老子可是你過命兄弟啊，沒有功勞也有苦勞吧？知道你現在有小寶貝了，有老婆了，但你不能重色輕友成這樣啊？來吧！來吧！

太子殿下！老臣這麼多年可是和你一起吃一起拉一起被窩裡放屁爆爆米花的交情啊！』

初梔：「……」

陸嘉珩：「……」

初梔驚了，微張著嘴，有點呆滯的轉過頭去看向陸嘉珩：「爆米花這樣也爆得開的嗎？」

陸嘉珩：「……」

拗不過程軼苦苦哀求，陸嘉珩最終答應他等一下過去。

他原本是想帶著初梔一起，但是初梔之前剛夜不歸宿犯下大錯，這兩天都要夾著尾巴做人，每天乖乖地準時回家做爸爸、媽媽的貼心小棉襖，陸嘉珩把她送到家門口，開車走了。

程軼也不算是完全在吹牛，會館的確私密性很好，在市中心中心花園旁邊一棟獨棟洋房，U型別墅，花園裡是巨大的雕像噴泉，陸嘉珩車子開到花園門口漆黑鐵門前，被保全攔下來。

他靠坐在車裡，打了個電話給程軼，沒兩分鐘，程軼出來接他。

陸嘉珩下車，鑰匙隨手丟給泊車員，跟著程軼進去。

程軼一見到他就往後瞧，瞅啊瞅，看了半天，也沒見車上第二個人下來。

他簡直驚奇了：「我的梔子妹妹呢，沒來啊？」

陸嘉珩瞥他一眼。

程軼高舉雙手：「對不起，你的你的，你的梔子妹妹。」

陸嘉珩收了視線，輕輕哼了一聲。

程軼受不了地翻了個白眼，開始破口大罵，完全沒了剛剛電話裡的溫柔，一邊帶著他往裡走一邊恨恨道：「回來這麼長時間老子只他媽見到你一面，還是他媽要幫你打掃衛生去的，陸嘉珩你真沒良心啊，你的心肝跑到哪裡去了？」

陸嘉珩手插在外套口袋裡跟著他往前走，懶洋洋笑：「在我老婆那啊。」

程軼：「呸！秀你媽！小爺一點也不嫉妒！八竿子有撇沒有就你老婆？陸嘉珩你要點臉。」

陸嘉珩垂著頭，也不在意，隨口問：「什麼活動？」

「批門陸嘉珩重色輕友有了老婆忘了爹大會。」

陸嘉珩轉身就要走。

程軼趕緊過去狗腿子：「哎哎哎哎，殿下，您去哪啊，這不是逗您玩嘛。」此時兩人上了電梯到三樓，鋪著長絨地毯的走廊裡寂靜，暗色壁紙上大幅油畫，十六十七世紀的風格，色調濃郁。水晶燈璀璨，燈光略顯昏黃，裝潢風格奢靡而浮誇。

四下無人，程軼和他並排往前走，走到最裡側走廊盡頭一個房間，推門而入。

相對於外面的那種裝潢，裡面這房間甚至可以稱得上是「寒酸」了，簡潔的套件，外面一張巨大辦公桌，沙發柔軟，里間除了一張大床以外沒別的東西。

忽略掉床上一件半透明的蕾絲情趣內衣的話。

陸嘉珩掃了一眼，眉梢一挑，轉過頭來：「幹什麼？找我來圍觀你和女人被窩裡炸爆米花？」

「是新款，陸少喜歡這款？明天也搞一套給你。」程軼笑嘻嘻地說，走到桌邊抽了份文件遞給他。

陸嘉珩抬手接過，垂眸。

是臨市經濟開發區建設規劃方案。

他沒說話，翻開來看。

程軼隨手端起桌上的茶喝了兩口：「新經濟重點區在江北，你老爹買的那塊地廢了，其實那旁邊有大學城，本來也可以了，但是翻了那麼多倍買下來，血虧，」他抬手，指指陸嘉珩，「住建部那邊的消息是你找人放給他的吧，你真他媽狠，那不是你們家錢啊！我想想都心疼。」

陸嘉珩垂著眼看手裡的文件，慢悠悠地一頁頁翻過去：「他花越多越好，就怕他不花，他這幾年賠的錢也夠多了，不差這一次。」

程軼假惺惺地打了個哆嗦：「你們家老爺子是什麼意思啊，一回來就給你這麼大個官當，這說不過去吧？老子泥坑裡滾了兩年還他媽是個副的呢。」他側頭，「算是個下馬威？」

「如果單是我爺爺那不就簡單多了，也要讓董事會鬆口，」陸嘉珩翻完放回到桌上，撐著桌邊背著身一靠，看起來悠哉又閒散，「他和那個小明星怎麼樣了？」

景恒在娛樂圈也有涉足，這些年陸泓聲身邊的小明星、小模特兒也是沒怎麼斷過，只是他始終安安靜靜的，不聲不響無聲無息，也不知道家裡那個到底是不知道還是睜一隻眼閉一隻眼。

程軼繞到桌後，拉開抽屜，從裡面翻出來一個信封來：「你說的是哪個？老哥，你都走了兩年了。」

陸嘉珩撕開信封，抽出照片來，看了兩張：「江北那塊地什麼時候拍賣？」

「下個月。」

陸嘉珩抬起眼來，看了他一眼，沒說話。

程軼冷笑三聲：「陸少，您天天跟您嬌滴滴的小少奶奶你儂我儂好不自在，什麼事都讓我去幫您忙活？」

陸嘉珩眉眼微揚：「怎麼是小少奶奶，那是我的小祖宗。」

程軼：「……」

因為知道陸嘉珩今天晚上和朋友出去玩，初梔一直沒傳訊息給他。

一直到差不多晚上十點多，她磨磨蹭蹭地洗完澡從浴室裡出來，才接到陸嘉珩的電話。

初梔拿著手機去關好了門，接起來。

他那邊應該還在車上，語氣懶散：『要睡了？』

初梔踢掉拖鞋上床，趴在床上：「沒呢，剛洗好澡，等一下睡。」

陸嘉珩安靜了一下，似乎是看了看手錶：『十點多了，平時這個時候妳都要睡了。』

他輕輕笑了一聲，聲音壓低，『在等我？我們家寶寶看來現在沒有我的晚安睡不著了啊。』

初梔腦袋砸進枕頭裡蹭了蹭，很小聲應了一聲：「嗯。」

那邊又安靜了，只能聽到他靜靜的呼吸聲。

過了幾秒，他才開口，聲音裡含著笑：『我以為妳會否認，然後惱羞成怒罵我一頓。』

初梔原本還覺得沒什麼，被他這麼一說，她反而覺得有點奇怪，乾脆匆匆轉移話題：「你結束了呀？這麼早。」

『我到家就要快十一點了。』

初栀一本正經道：「我看電影和電視劇還有小說裡說，你們這種有錢人家的公子哥，一般這些集體活動都是分好幾個階段的，不到天亮都不會回家。」

陸嘉珩似乎覺得有點好笑：『妳怎麼那麼多想法，我這種有老婆的沒有這種說法。』

這下，初栀真真正正臉紅了。

她摳著床單，聲音小小：「你別耍流氓啊，我還不是你老婆呢。」

陸嘉珩沒說話，過了幾秒，突然叫她：『初栀。』

他很少叫她全名。

初栀從枕頭裡抬起腦袋來：「幹什麼呀？」

他聲音很輕，壓低了聲線說話的時候有柔軟的沙質：『想見妳。』

初栀掰著手指頭，「我們分開也就五個小時，而且這麼晚了，我又要偷偷摸摸溜出去嗎？你看過香港電影嗎？」她說的還挺起勁的，「感覺就像那種出軌偷情。」

陸嘉珩低低笑了：『那不是挺刺激的嗎？』

初栀：「……」

初栀家的作息時間一向是很有規律的，初父和鄧女士都是早睡早起養生卦，初栀自從上了大學以後睡覺的時間晚了不少，但是一般也都在差不多十一點多的時候，十二點前。

所以等陸嘉珩的時候，初栀已經開始有點睏了。

直到差不多快十一點，他才到家。

初栀做賊似的房門開了個縫，往外瞧了一圈。

房子裡黑漆漆的，廚房吧檯的小夜燈開著，初父和鄧女士的房間房門緊閉。

客廳裡沒人，初栀捏著手機，拉開房門，輕手輕腳地踮著腳尖穿過客廳，走到玄關門口。

她提心吊膽，小心翼翼地壓下門把，輕輕開了防盜門。

走廊裡面聲控燈亮著，初栀站在門口，柔軟的羊毛拖鞋踩上門框，手放在牆邊，伸頭往外看。

陸嘉珩靠在旁邊牆邊，雙手插著口袋，上身微弓，長腿交疊，微垂著頭。

他聽見聲音，微微側過頭來。

初栀眨著眼，半個身子藏在門裡，只露出小腦袋和脖子看著他。

陸嘉珩沒說話，初栀也沒說話。

她這樣斜歪著身子有點痠，撐了一下子，另一條腿也邁出防盜門，站直了身，聲音低低道：「看夠了嗎？」

陸嘉珩垂著眼，勾唇：「看不夠。」

他直起身來，往前走了兩步，身上外套脫下來，伸臂靠近，剛想幫她披上。

房子裡開門聲響起。

初栀人一僵，根本來不及反應。

拖鞋踩在地板上的聲音很輕，緊接著是誰走過來的聲音，玻璃杯放上小吧檯，輕微一聲響。

初栀汗毛都立起來了，僵在門口，轉過身去。

初父手裡端著個水壺，站在餐桌旁邊，看著她。

初梔心跳如雷，一下高過一下，手腳發軟。

她身後，陸嘉珩的大衣外套還舉著。

初父：「妳站在門口幹什麼？」

初梔吞了吞口水，哆哆嗦嗦結結巴巴：「我我我我下樓丟個垃圾。」

初父沒說話，微微歪了歪頭，視線落在她身後陸嘉珩身上，看起來挺好奇：「他也下去丟垃圾？」

「……」

初梔：「他夜跑……」

初父：「……」

午夜十一點，初梔家裡燈火通明，客廳沙發上，初父坐在長沙發正中間，鄧女士坐在他旁邊。單人沙發上，陸嘉珩正襟危坐，初梔縮著小肩膀離他坐得遠遠的。

四人安靜了幾分鐘，初父眼睛一斜，看向初梔，上下掃了一眼：「回去把衣服穿上。」

初梔垂頭。

她穿著長袖睡衣和睡褲，釦子扣到領口，嚴嚴實實，實在不知道哪裡需要換了。

初梔不敢反駁，乖乖地「哦」了一聲，慢吞吞站起來。

一步三回頭，不安地看著陸嘉珩，不情不願往房間裡蹭。

她回房間火速套了件長毛衣外套，急匆匆地出來。

客廳裡依然沒人說話，初父側著身，面無表情高深莫測地看著陸嘉珩，陸嘉珩也不避不讓和他對視，神情看起來頗為淡定。

初梔感覺自己緊張到快要吐了，生怕下一秒初父就直接掀了桌子揍他一頓。

她臉色蒼白站在沙發後面，朝鄧女士投過去一個求助的眼神。

鄧女士視若無睹，悠哉地盤腿坐在沙發上，端起茶几上的水杯，品茶似的喝了口涼白開。

就在初梔覺得自己真的要吐出來了的時候，初父開口了。

語速很慢，和他平時說話的時候好像也沒什麼區別，甚至聽起來有點悠哉的感覺：「小夥子，經常夜跑？」

陸嘉珩：「……」

初梔：「……」

初梔：？？？

初梔驚呆了。

陸嘉珩似乎也有點沒反應過來，人愣了愣，沒有見過路子這麼野的老丈人，一時間有點措手不及。

他很快反應過來，頓了兩秒，淡定道：「還行吧，偶爾去。」

初父歪著頭，神情看起來甚至有一點點和藹的味道，只是一雙眼仔細瞧，全是戒備和防範。

像是防範小偷一樣盯著他，好像一眼看不住，陸嘉珩就會從她們家偷走什麼東西似的。

初父不動聲色：「你是不是上次上門來賣被套那個？」

初梔：「……」

陸嘉珩也不動聲色：「叔叔，我是把被子撿上來的那個。」

初父：「住在樓上？」

陸嘉珩：「嗯。」

初父：「多大了？」

陸嘉珩：「二十四了。」

初父：「我看你這小孩長得俊，有女朋友沒有？叔叔介紹一個給你？」

陸嘉珩：「……」

初梔聽不下去了。

這兩個人就這麼你一句我一句，初父問什麼陸嘉珩就答什麼，問題卻都問不到點子上，搞得初梔覺得自己神經都崩得緊緊的，生怕火山下一秒就爆發了。

她深吸了口氣，乾脆破罐子破摔自暴自棄，兩步從沙發後面繞過來，擋在陸嘉珩面前。兩隻手臂大大張開，像小朋友們玩老鷹捉小雞的時候保護雞崽子的老母雞。

陸嘉珩錯愕。

她雄赳赳氣昂昂地擋在他面前，十秒鐘後，突然肩膀一塌，泄了氣的小皮球似的，小腦袋也垂下來：「爸爸，這是我男朋友……」

初父一臉憂傷地看著她，目光有點恍惚，有點惆悵，有點悵然若失。

好半天，他長長的嘆了口氣：「男朋友？」

初梔低垂著頭，不說話，被初父那視線瞧得好像自己犯了滔天大罪。

鄧女士那邊已經呤嚓呤嚓嗑上了瓜子，看見初父這副矯情樣子忍不住翻了個白眼：「初雲飛你能不能別跟小女孩似的？你女兒大學快畢業了，再不找個男朋友我都看不過去。」

初父一反常態完全沒和她鬥嘴，幽幽地看著初梔，視線一轉，又看向陸嘉珩，那副表情就像是寶貝被別人搶走了的大小孩。

初梔長這麼大，第一次見到他這樣，有點不知所措。

她手指指尖緊緊拽著自己衣服袖口，也跟著有些難過，小聲叫他：「爸爸……」

初父沒說話，十分憂鬱的看著她。

良久，他長長地嘆了口氣：「喜歡他？」

初梔低著腦袋沒說話。

初父不太死心，賭著氣，有點小心，吃醋了似的：「我女兒明明小的時候還說長大以後也不嫁人，不談戀愛，陪著爸爸，結果我一個沒看住，就被亂七八糟的男人騙跑了。」

初父說著，看向陸嘉珩，眼裡閃著怨毒的光。

第一次見到他的時候，初父覺得這小夥子長得挺帥的，還有點他年輕時候的風采。

現在這麼一看，初父覺得自己真是識人不清。

那眼睛，那嘴唇，那小白臉，一臉風流薄情花心相。

他女兒這種小單純，肯定不是他的對手，以後還不知道會被怎麼欺負。

初父腦海中閃現出一百種讓他在帝都待不下去的方法。

陸嘉珩覺得，如果眼神能夠具象化，他現在應該已經千瘡百孔了。

他脊背挺得筆直，眉眼端的嚴肅周正，平日裡那點散漫的輕佻全數斂去，薄唇抿著，氣質也跟著發生變化。

他聲音微壓，鄭重而沉：「叔叔，我是真心喜歡初梔的。」

初父冷笑了一聲：「你喜歡有什麼用？我女兒當然我最瞭解，」他說著，側過頭來，看向初梔，「妳喜歡他還是喜歡爸爸？」

初梔想都沒想，秒答道：「爸爸！」

初父露出了今天晚上以來的第一個笑容，看起來有點竊竊自喜。

四十多歲的男人，露出這種幼稚的表情，卻一點都不顯得違和。

「……」陸嘉珩再一次確定了初梔的性格到底像誰。

話題進行得差不多，已經十一點半了，初梔每天上班起的也早，早就睏得睜不開眼。

剛剛精神緊張，沒什麼感覺，此時眼看著初父態度有所軟化，緊繃的神經放鬆下來，睏意也跟著上來。

初父擺擺手，趕她回去睡覺，擺明一副要和陸嘉珩單聊的意思。

初梔不安地看了陸嘉珩一眼，小聲道：「爸，他明天也要上班的……」

初父就又憂傷了：「爸爸明天也要上班，妳怎麼不關心？」

初梔不敢說話了，痛快的滾進房間。

她心機地開了個門縫，整個人貼在門板上聽。

客廳裡悄無聲息，過了差不多兩分鐘，初父才開口：「加個聯繫方式？」

初梔：「……」

陸嘉珩也沉默了一下，應了聲好，然後就又沒人說話了。

客廳裡，只剩下訊息的提示音滴滴答答此起彼伏的響。

「……」初梔有點沒反應過來。

這兩個男人現在，面對面坐在沙發上，然後加了好友，開始用訊息交流？

初梔覺得男人的世界可真是不一樣。

她火速撲回到床上，摸過手機來，也傳訊息給陸嘉珩：『你們在用訊息交流？』

陸嘉珩過了一會兒才回：『嗯。』

『為什麼呀？』

『不知道，怕妳偷聽？』

初梔咬著嘴唇，依然有點不放心。

之前她幾次旁敲側擊提到這方面的事情，看著初父的那副樣子，初梔完全不誇張的覺得，如果她真的領個男朋友回家，初父絕對會把他的腿打斷。

她翻了個身，平躺在床上，雙臂高舉著手機繼續問：『我爸跟你說什麼了？』

等了兩分鐘，陸嘉珩那邊回復：『他約我明天下班打架。』

初梔：「……」

初梔手一抖，手裡的手機沒拿住，「啪嘰」一聲，正正好好拍在臉上，重重砸上鼻樑。

第十五章　這位小朋友

五月份，論文終稿定下，初梔開始準備答辯。

北方的五月天乾物燥，烈日高掛，霧霾和沙塵都嚴重，又是風又是沙，出門一趟回來就從一個水嫩嫩的白淨小女孩變成埃及法老。

初梔在景恒待了也有幾個月，陸嘉珩之前也都每天早晚送她上下班，本來初梔還覺得陸嘉珩這個新老大挺閒的，至少每天下班時間變正常了，比他實習的時候那時要輕鬆多了。

結果鄧女士生日那天，初梔上樓送蛋糕給陸嘉珩，自從初父知道了兩個人談戀愛以後，初父承擔了每天早晚接她上下班的工作，在公司裡兩個人隔著十幾層樓層，各忙各的，飯都沒一起吃上幾頓。

初父和他時有碰面，是一點好臉色都沒給過。

雖然初梔是真的挺好奇，那次見面以後，初父到底和他有沒有沒約架，不過陸嘉珩一直不跟她說，被問得緊了，就吊兒郎當不正經地痞兩句。

此時，初梔終於有了一個正當理由，蹦著高不顧初父反對意見執意送蛋糕給他，陸嘉珩早就配了鑰匙給她，初梔手裡端著個小盤子進他書房，才發現男人正戴著副眼鏡，坐在電腦桌前聚精會神。

他書房的門沒關，初梔站在門口，探頭進去。

他甚至都沒看見她，手裡捏著滑鼠，輕輕的啈嗒啈嗒聲音，電腦螢幕的瑩白光線映在鏡片上。

初梔愣了愣。

她本來還以為他都可以準時下班，回家喝喝茶看看電影什麼的。

她垂頭，有點猶豫的看了手裡的蛋糕一眼，想著要麼直接放茶几上，怕打擾到他。

再一抬頭，陸嘉珩也已經抬起了頭，視線越過筆記型電腦看著她。

初梔眨眨眼，站在門口沒動。

家裡突然就這麼無聲無息多出個人來，陸嘉珩沒什麼反應，手臂伸直搭在桌沿，背往後靠了靠，抬手，勾了勾手指：「過來。」

初梔端著個小蛋糕走過去，蛋糕放在他電腦旁邊，人站在桌邊：「我媽今天生日。」

陸嘉珩「嗯」了一聲：「我知道，我送了禮物了。」

初梔不可思議地瞪著他：「你知道？」

「嗯。」

「你怎麼知道的？」

陸嘉珩笑了聲，沒答。

初梔心裡不平衡了，依然不依不饒，雙手撐著桌沿微微傾身，瞪大了眼看他：「陸嘉珩，你還記得我第一次過生日的時候嗎？」

陸嘉珩挑眉。

「你不記得！那天你都不知道是我生日！還是我偷偷提了蛋糕上來找你的！你對我媽怎麼比對我好啊？」

他坐著，她站著，初栀的海拔終於比他高了，此時男人微揚著下巴看她，小女孩鼓著腮幫子，一臉不平地看著他。

陸嘉珩又笑，抬手捏了捏她的臉：「都要畢業的人了，怎麼還跟個小朋友似的。」

初栀撇撇嘴，決定不給他吃蛋糕了，抽了盤子到自己面前，捏著上面的小叉子切了一塊插起來，塞進嘴巴裡。

她隨意抬眼瞥見他的電腦螢幕，上面報表密密麻麻的數字，看得初栀眼疼。

她坐在桌邊，側著身，端著蛋糕盤子：「本來你天天和我一起下班，我都以為你現在可以不加班了的。」

陸嘉珩的視線重新扭回去，他身上襯衫還沒換，領帶解了，釦子開著兩顆，側臉的線條從鼻樑到喉結流暢英俊，手指虛虛搭在鍵盤上。

他一副沒怎麼把注意力放在她身上的樣子，專注盯著螢幕：「嗯，因為想跟妳一起回家。」

初栀眨眨眼，叉子咬在嘴巴裡：「可是你現在都當老大了。」

陸嘉珩放下滑鼠，指尖跳躍在鍵盤上敲字：「所以說，沒有哪個老大是比員工清閒的。」

「所以你從回家開始到現在就一直坐在這裡嗎？」

陸嘉珩不置可否。

初梔就當他默認了。

她突然想到什麼，突然靠近，表情有點嚴肅：「陸嘉珩，你晚飯吃了嗎？」

陸嘉珩手下動作停了，終於側過頭去。

她就坐在辦公桌邊，桌子高，她一雙小短腿懸著晃，壓低身子靠過來看著他，手裡舉著的小叉子上還插著塊蛋糕。

陸嘉珩傾身，單手抓過她捏著蛋糕叉子的那隻手的手腕，拖到自己面前，就著她的手吞了她叉子上那塊小蛋糕。

生日蛋糕上面帶著奶油，一點綿軟的白色奶油沾到他唇角，陸嘉珩沒在意，放開她的手，注意力重新放在工作上，舌尖伸出來，一勾，漫不經心將唇角奶油舔掉，捲進口腔。

這男人無論做什麼事情，說什麼話，看起來都像是在無聲的勾引。

初梔吞了吞口水。

她的心臟砰砰砰地跳，像是被蠱惑到了一般，手裡的盤子放到桌下，單手撐在他電腦旁邊的桌面。

他餘光瞥見她壓過來的手，再次側過頭來。

初梔直勾勾地看著他，烏溜溜的鹿眼忐忑又緊張，忍不住又吞了吞口水，舔舔嘴唇。

陸嘉珩緩慢地挑起眉梢，人沒動。

女生低垂著眼，長睫覆蓋，盯著他紅潤的唇片，一點一點，傾身靠近。

兩人幾乎是鼻尖貼著鼻尖的距離，初梔紅著臉，感覺自己心臟快要從嗓子裡蹦出來了。

她不敢抬眼，就那麼保持著咫尺距離，停了半秒。

一般這種情況，他都會主動了。

可是這次，男人卻自始至終都不動，只是看著她，不急不慢地等。

初梔深吸口氣，小腦袋往上一貼，柔軟的嘴唇飛速地，又輕又快在他唇瓣上啄了一下，然後很快抬起頭來。

她微微紅著臉，垂著頭，手指扣在桌邊摳了摳，又覺得有點意猶未盡。

她抬起眼來，悄悄地看了他一眼。

陸嘉珩輕輕笑了一聲，人終於捨得動了，他隨手把筆記型電腦微微往前推了點，手臂伸過去，掌心貼在她頸後，還沒使力。

門鈴聲響起。

清脆的叮咚聲，緊接著是敲門的聲音，外面的人似乎連門鈴都不耐煩按了。

兩個人同時頓了頓，陸嘉珩抽手，初梔跳下桌子，連跑帶顛地跑出書房，手抵著防盜門順著貓眼往外看。

初父抱著臂站在門口。

初梔：「……」

她打開房門，初父站在門邊：「妳送個蛋糕送這麼久？」

陸嘉珩剛好出來，他的眼鏡摘了，一看見外面站著的人，很乖地問了聲好。

初父盯賊一樣盯著他，一把拉過初梔，轉著圈前前後後瞧了個遍，確認無異，才又瞥了一眼陸嘉珩：「哼。」

初梔：「……」

六月初，初梔答辯通過，即將畢業。

在此之前很長一段時間裡，她跟陸嘉珩即使是在同一個公司，還是上下樓鄰居，每天抬頭不見低頭見，也依然根本說不上幾句話。

她忙得整個人意識混濁了，每天寫文案，想創意，嘗試著從網頁的專題優化策劃方案開始練手，雖然基本上都是廢稿。

學校那邊又要準備論文答辯，每天晚上上床已經是深夜，腦子比身體疲憊。

即使這樣，無論她幾點傳訊息給陸嘉珩，他都會回。

他好像每天都有做不完的工作，也永遠比她睡得晚。

而且這個人，都不吃晚飯的。

初梔發現以後，開始了晚上吃完飯偷偷摸摸送上去給他，把他從書房裡拽出來盯著他吃完，再被初父上門拽回去的日常。

畢業典禮那天，初梔和主管請了假，前一天晚上回到學校去。

她們寢室裡的東西早就收拾得差不多了，幾個女孩子商量著最後在一起睡一晚，原本是打算去初梔家，後來覺得離學校太遠，乾脆酒店開了房間，兩張一百八十公分的床拚在一起，瘋了一整晚，直到淩晨才歪歪扭扭地滾在一起睡著了。

初梔還沒來得及跟陸嘉珩說她哪天畢業，還是他自己來問的，詳詳細細，就差精確到幾分幾秒了，初梔報了時間，覺得他的意思就是一定會來了。

第二天早上，小女孩洗了個澡，敷了個面膜，鄭重又嚴肅地坐在酒店桌前，頭髮全都別在後面，面前立著一面小鏡子，準備畫一個驚天地泣鬼神的妝。

可惜，她不太會化妝。

大三、大四的時候，初梔開始多多少少會化一點妝，可惜水準有限，她的皮膚本來就好，近看跟剝了殼的蛋白似的，小臉上滿滿的膠原蛋白，底妝什麼的從沒塗過，更別說眼影什麼的了，也就畫個眉，塗個唇膏。

於是，等林瞳起床，睜著朦朧的睡眼坐起來，看著初梔哭喪著臉看著她的時候，實實在在被驚到了。

小女孩畫了眼影，藍色和綠色的眼影混合在一起蹭在眼皮上，螢光閃閃的白色抹在眼下，棕色眼線粗粗的，整張臉看起來比牆壁上的塗鴉畫還鮮豔。

林瞳傻了：「妳是想今天跟陸學長分手？」

初梔：「……」

十分鐘後，初梔拿了卸妝的東西把臉上的化妝品全都洗掉，重新坐在桌前。

林瞳把顧涵從床上提起來，兩個人興奮地摩拳擦掌躍躍欲試，一人站一邊，拿著各種工具各種化妝品在初梔臉上搗鼓起來。

等幾個姑娘出了門退房已經是兩個小時後，幾個人緊趕慢趕才趕上時間，一進禮堂，初梔就開始四下找。

沒看見人。

她們朝廣告二班那邊的位置走，體育股長第一個看見她們，手舞足蹈地打招呼：「我們班花姐妹花們！想不想哥哥啊！！」

周明坐在旁邊，看見她們過來，視線落在初梔身上，微微愣了愣。

初梔現在心思都在別的地方，到處搜尋著找陸嘉珩沒太注意他。

幾個人落座，初梔剛好坐在周明旁邊。

初梔上次看見他已經過去挺久了，男生看起來成熟了很多，他本來也是那種陽光活潑型的，經常和體育委員兩個人一起皮，此時卻抿著唇，漫不經心地聽著別人說話，看起來有些心不在焉。

初梔坐下，偌大的禮堂裡沒有發現陸嘉珩身影，也收回了注意力，這才注意到周明一直在看著她。

初梔側過頭去，和他打了聲招呼。

她跟蕭翊的事情之前一直沒跟別人說過，還是後來某次閒聊，她跟林瞳她們說了，也囑咐了她們要保密，只以後注意點這個人就好。

但是這件事情跟周明沒什麼關係，即使他跟蕭翊關係要好，初梔也不會遷怒。

男人看著她，眼神卻有些躲閃，欲言又止的樣子。

初梔眨眨眼，心思還有點飄，不時注意著手機有沒有消息過來，也沒太在意。

畢業典禮開始，長官們講完話，往年畢業學長、學姐們回母校開始演講，然後由他們來給今年的優秀畢業生頒獎。

初梔正看著校長唾沫橫飛，坐在她旁邊的周明開口，聲音很低，只有他們能聽得清的音量：「之前有次，妳跟蕭翊一起去卓思實習，後來是不是出什麼事了？」

初梔愣住了，側過頭去看他。

他的臉色真的很難看，目不轉睛地盯著她。

「蕭翊跟你說了什麼？」

周明仰頭，靠在靠背上：「他什麼都沒說，前天我們出去喝酒，想畢業前最後聚一聚，他喝了很多，就說了好多亂七八糟的話，一下子跟妳喊著說對不起，一下子又說他沒做錯什麼的，說世界就是這個樣子，他能有什麼辦法，他不這樣也根本沒辦法擁有現在的東西。」

「後來，一個女的來接的他，那女的我之前也見過他們一起，蕭翊說是他上司。」周明頓了頓，臉色有點難看，看著她的目光也變得小心了起來，生怕自己說錯了什麼一樣：「初妹子，我比妳大一歲，這幾年大家一起玩得好，我也真是一直把妳當半個妹妹看，也是看著蕭翊真是從高中就開始注意妳，才瞎開你們玩笑，後來你們去了同一家公司實習，我真的挺高興的，以為這小子終於要修成正果了，後來開學以後感覺你們鬧得僵，我也沒多想，以為是相處了一個假期覺得不合適分手了。」

周明頓了頓，「結果那天聽他這麼一說，我就覺得，他是不是那時做了什麼混帳事傷了妳？」

初梔才聽明白他的意思。

他以為實習那段時間，她和蕭翊在一起了，後來蕭翊為了他那個女上司，把她甩了。

初梔一時間有點哭笑不得，又不知道該怎麼說，只連忙擺手：「沒有，我沒跟他在一起過，」她抬手，抓了抓下巴，「當時確實是發生了一點事，但是過去很久了，我不太想提，你可以直接去問他，我們沒什麼感情糾紛，我那時候也已經有男朋友的了。」

周明驚了：「妳有男朋友？誰啊。」

初梔還沒來得及說話。

長官們不知道什麼時候已經發言完畢，主持人上臺，又下臺。

她另一邊，林瞳開始不斷，不斷地用手肘戳她。

初梔正跟周明說話，剛開始沒馬上理，結果林瞳越戳越重，越戳越重。

初梔對話被打斷，不得不扭過頭去看她：「怎麼啦怎麼啦？」

她話音剛落，臺上的人說話了。

「各位學弟、學妹們，恭喜你們今天畢業，我是早你們兩年畢業的金融系的陸嘉珩。」

即使在這樣的場合裡，他的聲音依然是懶散的，含著一點點漫不經心的笑意，通過麥克風響徹整個禮堂。

初梔：「……」

周明那邊還在問：「妳男朋友是誰啊，我認識嗎？」

初梔扭過頭來，看著前面臺上站著的男人。

禮堂很大，她們的位置不算太前，隔著很遠的距離，看不太真切。

初梔眨眨眼：「你現在就看著他呢。」

初梔這個人，腦迴路一直都有點神奇。

她小的時候成績好，國中畢業，老師讓她做優秀畢業生代表演講，初梔很興奮的答應了，畢業典禮當天脫稿上臺，開始嘮嗑。

剛開始還挺好的，後來語不驚人死不休，初梔展開論題，和下面的同學們展開了天馬行空的歡樂交流，比如國中幾年學校不合理規章制度，還有收這麼多學費也沒看怎麼建設，連餐廳伙食都沒有改善，是不是錢都被貪沒了。

那屆畢業典禮學生們聽了都說好，老師們持反對意見，導致初梔很多年都不敢回初中看老師。

所以高中，老師再讓她演講發言，初梔拒絕了。

到大學，初梔大學學習十分認真，但絕對算不上刻苦，人外有人天外有天，有更多的人比她刻苦一千倍一萬倍，雖然她的成績也不低，但是優秀的人比比皆是。

比如今年的優秀畢業生代表，蕭翊同學。

所以初梔看著此時站在臺上的陸嘉珩，心情有些複雜。

她覺得，就算地球毀滅，火山噴發，兩極冰川融化淹沒所有板塊，都沒有陸嘉珩會回母校演講驚悚。

陸嘉珩這個人從裡到外無論怎麼看都不怎麼適合這種學術氣氛濃郁的嚴肅場合，氣質上就會讓人忽略掉，他讀書的時候，其實也算得上是個學霸這件事。

莫名的，初梔有點小自豪。

臺上那人聲線特別，周圍也有不少女孩子的聲音，初梔的聲音壓得低，周明也沒聽清，「啊」了一聲。

初梔沒說話，目不轉睛地盯著臺上的人。

他沒怎麼打扮，黑西裝白襯衫，沒打領帶，多了一點恣意隨性。

戴了眼鏡，那股子懶散輕佻的勁兒又被壓下去不少，帶上了一點書卷氣息，像個文質彬彬的禽獸。

禽獸的演講挺低調的，輕描淡寫的吹了幾句牛逼，為各位學弟學妹們獻上了美好祝福，人模狗樣的時候有種莫名的帥氣：「你們現在是最好的年紀，有熱血和拚搏的衝動，有驕傲和放肆的衝勁。都說人需要打磨，要讓自己變得圓滑，要把稜角磨平，要從義無反顧變得冷靜淡然，人們把這叫做成長，好像從多邊形變成球就是每個人長大的標誌。你們離開校園，進入社會，總要學會向這個世界低頭是沒錯，我也不知道兩年、三年、四年後的你們都會變成什麼樣子，但是至少現在，你們還是多邊形的，你們就應該尖銳又放肆張揚的度過，即使會有碰撞，會有艱難挫折，但只要未來的某天，你們想到當時的自己，是拚搏和奮鬥，是熱血沸騰，那麼這些碰撞磨礪就都是值得的。」

他頓了頓，淡笑了一下，「我雖然也沒比你們大幾歲，但是我現在都覺得自己老了，我女朋友天天說我頭髮一天比一天少。」

上一秒還聽紅了眼一股熱血攀升覺得自己已經準備好一番闖蕩的初梔啞然了好幾秒，小聲嘟嚷：「我才沒有天天說你頭髮少……」

周明依然沒聽清：「什麼？」

「沒什麼。」

陸嘉珩那邊還在說：「而且湊巧，我女朋友也是今天畢業，現在坐在下面。」

禮堂裡掌聲雷動，起哄的聲音也此起彼伏，尖銳的口哨聲，有人高聲喊著「是誰啊！」「讓她上臺來！」

初梔：「……」

他遠遠地站在臺上，表情看不太真切，只依稀分辨得出似乎是含著笑。微側著頭，視線遠遠地望過來，好像是在看著她的方向，又好像沒有。

初梔心跳像鼓點，咚咚鏘鏘地奏響了搖滾樂。

初梔覺得那鼓聲響徹了整個禮堂，又彷彿只有她一個人能夠聽見。

他今天戴了眼鏡，不知道這眼鏡的效果是不是跟兩百倍的狙擊槍一樣的，也許他能夠從那麼遠的距離看清她的臉，連帶著看清她心跳聲奏出的搖滾樂來。

初梔亂七八糟地想。

臺上的人還在繼續搞事情：「我出國前，在機場跟她說，等我回來我們就訂婚吧。」

背景音抵達了新的高潮。

禮堂裡哄聲不斷，他的聲音透過麥克風和音響被擴得無限大，細緻得彷彿能從細微的電流聲中聽得清他嗓音中的每一點震顫，連帶著她的指尖都開始發顫。

初梔第一次覺得學校禮堂的音響設備這麼尖端。

「她說不要。」陸嘉珩繼續道。

於是尖叫變成了哄笑，有男孩子大聲笑：「學長，你到底行不行啊！」

陸嘉珩也不在意，低垂著眉眼輕輕笑了一聲，耐心地等著他們笑了一陣子，抬手，食指伸出抵上唇畔：「噓。」

噪音漸小，他才緩聲開口，目光看著下面，又彷彿只是看著某一個人，

「恭喜畢業。」

一切結束，初梔和林瞳她們一起走出禮堂。

整個校園裡到處都是穿著學士服的畢業生，三三兩兩，聚在一起聊天拍照。

顧涵還在旁邊回憶剛剛陸嘉珩上臺的時候的場面，她一臉自以為溫柔帥氣其實麻得人一身雞皮疙瘩的笑容，深情款款看著初梔，聲音裡也滿含著愛意：「——恭喜畢業。」

初梔：「……」

林瞳忍不住笑：「說是恭喜畢業，其實他是想說點別的，恭喜畢業等於我愛妳或者嫁給我吧——這類的，就是不知道這麼說初梔會不會害羞得直接鑽到椅子下面去喲。」

顧涵還有點遺憾：「其實我本來以為他會深情告白一下的，結果沒想到女主角連臉都沒露。」

「妳不懂，這種場合下，人群之中我望向妳，只有我和妳知道的帶著隱祕感的甜，比妳那種大張旗鼓秀恩愛的玩法刺激多了。」

幾個小女孩嘰嘰喳喳地往外走，也是那天，初梔以為自己會是最後一次看見蕭翊。

男生個子很高，柱子一樣站在禮堂門口，他今天作為優秀畢業生演講，也看得出準備得十分充分了，只不過在陸嘉珩之後，那樣學術又一板一眼的演講就不由得顯得有點刻板無趣。

林瞳她們三個先走，初梔和蕭翊並排往學校主幹道走，起初幾分鐘，沒人說話。

初梔不知道蕭翊為什麼又叫她，她其實覺得已經沒什麼好說的了。

最開始的時候，初梔腦子裡有很多想法，想揭穿他的謊言，想把自己的東西搶回來。

後來時間長了，她就突然覺得這些事情挺沒意思，有些委屈的事遇到了，當時沒有解決掉，事後就總覺得力度好像丟了一半。

同學四年最後弄了個魚死網破，兩個人鬧得風風雨雨，給別人看了戲。初梔脾氣一向如此，什麼事情都去的很快，而且自從她發現了蕭翊和趙玫的關係以後，不知道為什麼，她反而平靜了。

就好像是多了某種朦朧的自我認可感，或者一點莫名其妙的骨氣。

六月天熱，法國梧桐鬱鬱蔥蔥，天光被嫩綠的葉碎了滿地。

還是蕭翊先說話。

他有些熱，摘了學士帽，看著前面開口：「恭喜畢業，妳今天很漂亮。」

初梔沒說話，側頭，有些莫名其妙的看著他。

自從上次的大學生廣告節她得了獎，他們沒再說過話。

今天，他卻拉著她說了很多，無關痛癢的，回憶過去的，展望未來的。

兩人穿過林蔭，他才終於進入正題：「畢業典禮上那個陸學長說的女朋友，是妳吧。」

初梔一頓，終於抬起頭來，認真地看了他。

蕭翊的表情很淡，帶著點笑，眼神放的遠，像在回憶：「我記得他，大一那時，他跟在你屁股後面聽了好幾個禮拜的課，還送過——」他想了想，「一捧蘋果？」

初梔：「……」

優秀畢業生代表的記憶力就是好。

初梔深吸了口氣，終於開口：「班長，你到底有什麼事。」

蕭翊答非所問：「妳拒絕了他的求婚嗎？」

初梔乾巴巴：「這是我的事情吧……」

「為什麼拒絕了，他不是景恒的繼承人嗎？」他突然笑了，虛空比了個手勢，「所以妳看，集團繼承人——」指尖一轉，又指向了自己，「和窮人家小孩的差距就在這裡，連女生都搶不過。」

初梔終於覺得有點不耐煩了。

她也摘了學士帽拿在手裡，仰起腦袋來，甚至有點驚嘆的看著他：「你覺得你們的差距是在家庭背景上嗎？」

蕭翊笑著：「還有長相嗎？」

「也不是這麼說，你們兩個不是同個類型的呀，」初梔搖了搖頭，很認真的說，「陸嘉珩是個男人，但是你，我看不出來哪裡像了。」她頓了頓，又繼續道：「不僅不像，臉皮還很厚，我覺得你是不是完全不知道羞恥心是什麼東西呀？」

蕭翊僵在原地。

此時兩個人已經走到林蔭盡頭，再往前是教學樓主幹道，路邊停著輛車。

陸嘉珩站在車邊，一抬眼，就看見她。

兩個人隔著遠遠的距離對視，穿著學士服的女孩子跳起來興高采烈地朝他揮手，像個小兔子一樣蹦蹦跳跳地跑過去，黑色的學士袍衣擺翻飛，軟軟的長髮編了個漂亮的魚骨辮，髮梢隨著她跑過來的動作竄到胸前，在陽光下泛著一點點細碎的絨毛。

跑到一半，她被身後的人叫住。

她轉過身去聽他說話，幾秒鐘後，又重新轉過身來，朝他跑過來。

陸嘉珩就靠站在車邊，笑著等著她走近。

小女孩今天化了很精緻的妝，一眼看上去有種驚豔感，肌膚瓷白，打了一點腮紅，看起來健康紅潤，這段時間準備答辯和工作熬出來的一點點淺淺的黑眼圈被遮住了，眼線畫出去一點點，把圓潤的鹿眼勾著微微上挑，帶了一點媚氣。

她站在他面前，一抬眼，塗了睫毛膏的長睫毛像刷子，忽閃忽閃的，很開心地看著他。

陸嘉珩挑眉：「打扮得這麼漂亮，打算勾引誰？」

初梔四下瞧了一圈，悄悄地伸出一根食指來，勾了勾他的手指，往前拉了拉。

他垂眼，下意識彎著食指，看著她細白的指尖勾著他：「幹什麼？」

初梔笑嘻嘻地：「勾引你呀。」

他頓了頓，化被動為主動，勾著她往前拽了拽，拉近距離，俯身垂頭湊到她耳畔：「那剛剛偷偷摸摸地瞧什麼？怕被正牌男朋友捉姦？」

初梔面不改色心不跳：「挺怕的，但是你對我的誘惑要稍微大那麼一點點。」

陸嘉珩輕輕笑了一聲，空出手來揉了揉她腦袋：「小東西畢個業膽子也變肥了？」

她趕緊往後躲了躲，生怕他弄亂了今天早上林瞳幫她編的魚骨辮，人拉開一點距離，只握著他一根手指晃：「你等一下是不是要回公司了？」

「嗯，不過可以再待一下。」

初梔想了想，搖搖頭：「你回去吧，不然你工作做不完，又要熬夜到很晚。」

陸嘉珩還沒來得及說話，初梔已經很乖地打開了後座車門，鑽進去：「我可以偷偷去陪你嗎？」她高舉雙手，「我對天發誓，我一聲都不會出，我就想看看你工作的時候的樣子。」

「……」

陸嘉珩單手扶著車門框，垂眼，看著車裡坐著的小人：「初梔，舉雙手是投降。」

初梔：「……噢。」

「還有個事。」

「唔？」

「妳剛剛跟那男的一路一起過來，聊什麼聊這麼開心？」

初梔想了一下，才意識到他指的是什麼，她眨眨眼：「哪有很開心。」

「都看見我了被那男的又叫回去，他跟你說什麼了？」

她靠在車座裡，慢吞吞道：「他說——再見。」

陸嘉珩眼一瞇，神情看起來頗為危險：「妳還打算跟他再見？」

「沒有的，我罵他了，」小女孩看起來還挺興奮的，「我第一次罵人，罵得可凶了，超帥！」

陸嘉珩懶洋洋哼笑了一聲：「怎麼是第一次？妳不是天天罵我？」他拖腔拖調道，「陸嘉珩王八蛋、陸嘉珩變態、陸嘉珩神經病。」

初梔：「……」

畢業典禮結束，第二天是週末，初梔得以在家裡休息兩天。

週一一早，她準時到公司。

初梔雖然已經畢業了，卻還不是正式員工，要等到月底通過考核以後才能夠轉正。

畢業那天，蕭翊特地把她叫回去，說她和陸嘉珩的事情他會保密，還跟她說了再見。

初梔一直搞不懂這人的舉動到底有什麼意義，畢竟在她看來，他們以後都不會有什麼見面的機會了。

直到週一早上，她人一到辦公室，就看見坐在隔壁市場部會議室裡正在和葉康寧說話的蕭翊。會議室的玻璃門開著，葉康寧和產品主管都坐在裡面，蕭翊旁邊坐著的女人則是趙玫。

初梔愣了一陣子，第一反應是蕭翊拖家帶口帶著趙玫從卓思跳來景恒了。

她回到自己辦公桌前，側身問旁邊粉襯衫：「葉老大這是什麼活動呀，那兩個是新員工嗎？」

粉襯衫就喜歡別人問他問題，鍵盤一推，熱情地湊過來：「不是，卓思妳知道嗎？公關廣告圈挺有名的公司，團隊好像很厲害，據說是副總牽的線，想跟我們公司建立個長期合作關係。」

景恒的市場部向來以強勢著稱，市場總監脾氣極差，一言不合大發雷霆，每天不發個三、五次火都不會吃午飯。

這是葉康寧前面那位的作風。

到了他這，葉總監每天和風細雨，好像沒什麼情緒波動似的，笑著看你的時候一雙眼卻總給人一種毛骨悚然的感覺，語速慢，做事情不急不緩，效率卻絲毫不差。

幾乎業內所有廣告公司都很喜歡和景恒合作。

現在的甲方多數脾氣讓人不敢恭維，稍微有點知名度的企業集團都是趾高氣揚，隨便一個剛畢業一、兩年什麼都不懂的年輕人電話裡就能噴人噴得口沫橫飛，而在這一點上，景恒作為甲方的素質幾乎是挑不出一點毛病，就算有什麼意見或者需要修改的地方他們的溝通也是條理清晰客客氣氣的，讓乙方感受到足夠的尊重。

而且，他們很少比稿，基本上認定了一家就是一家，沒有長期的合作夥伴，隨時都可以發現挖掘到最新鮮的公司和創意。

所以陸泓聲這次的長期合作引薦，葉康寧其實持保留意見，並且之前，他們其實已經聯繫過一家廣告公司。

這就代表著卓思現在是走後門來，準備橫插一腳。

雖然景恒和另一家目前也還暫時沒談妥。

趙玫是一個很會公關的人，也看得出他的疑慮，她沉著得體，臉上的笑優雅又從容：「我們卓思在廣告圈五、六年也是有一定名氣的，團隊水準不謙虛地說，絕對可以排在業內前幾名，能力上是有保障的，絕對不會自己砸自己的招牌，葉總監如果實在不放心，我們也接受比稿。」

祕書送咖啡進去，會議室的門被打開又關上，初梔鍵盤一推，看向粉襯衫：「一般這種會放在大清早來談嗎？」

「不會，可能是想儘早搞定了，」粉襯衫低聲道，「這事是副總牽的線，妳可能還不瞭解，知道陸總和副總都姓陸嗎？」

初梔搖搖頭，隨即一愣，眨眨眼：「景恒是所有的老大都姓陸嗎？」

「不是啊，只有這兩個，還有最大頭的那個。」

初梔臉白了。

她還記得上次在辦公室門口遇到的那個男人，主管也叫他陸副總，當時初梔覺得這個人雖然相貌英俊，但是莫名的總給人一種很彆扭的感覺，看起來不是特別正經那種。

再簡單一點說，就是從氣質上看起來就給人一種很熱衷於職場性騷擾的猥瑣感。

初梔哆哆嗦嗦地扒著桌邊：「那兩個是父子嗎？」

粉襯衫翹著蘭花指，怪聲怪調道：「妳這個小鬼精靈。」

「……」初梔小臉煞白，絕望驚恐的閉上眼睛。

那邊粉襯衫還在說：「坊間傳聞他們的關係一直不好，兒子從美國回來以後直接擠掉了老子的位子，不過這也是喜聞樂見，陸泓聲這幾年在公司裡面評價其實算不上高，感覺他運籌能力不太行，但是畢竟這麼多年，董事會什麼的和上面應該也還是有點人脈，之前公司裡只有他一個人，現在他兒子回來了，緊張了唄，急著開始搞事情了，有錢人的世界反正我們是不會懂的。」

初梔已經聽得嘆為觀止了：「我感覺你挺懂的。」

粉襯衫：「吹牛誰不會吹，聽得多了也就多多少少知道了唄。」

初梔點點頭：「那我們葉老闆是站在哪邊的呀？」

粉襯衫不答反問：「那妳站哪邊？」

初梔想說你這不是廢話嗎？

她頓了頓，很沒有誠意地說：「我選擇帥的。」

坐在她對面的海龜聲音很大，很清晰的冷哼了一聲。

幾個小時後，會議室裡的人終於出來，卓思這次一共來了三個人，產品主管將他們送到辦公室門口，初梔探出頭去悄悄瞧了一眼。

剛好對上蕭翊的視線。

兩人對視了幾秒，趙玫的視線也剛好轉過來。

她看見初梔，有些訝異：「初梔？」

初梔僵了僵，察覺到辦公室裡數到視線一起投到自己身上。

主管混跡江湖多年，多會察言觀色的人，一眼看出她眼底一閃而過的驚訝厭惡和一點點類似於妒忌的神奇情緒，順著她的目光看過來，看見初梔。

主管覺得納悶，一個是剛畢業的實習生，一個混跡職場多年的女高管，怎麼看怎麼都不覺得這兩個人會有什麼交集。

產品主管笑呵呵：「趙經理認識？」

趙玫笑笑，轉身往外走：「嗯，以前在卓思實習過，」她頓了頓，狀似無意，「發生了一點點小不愉快，小女生嘛，可能脾氣稍微大了點。」

她看起來像是隨口一提，也不欲多說，產品主管也沒問，把人送到電梯口，回來，多看了初梔兩眼。

初梔有點不安，被粉襯衫拍拍椅背：「怎麼回事啊，妳認識的？」

初梔抓抓頭髮，這件事情她其實也不怎麼想提，只乾巴巴道：「我大三的時候在卓思實習過一段時間。」

粉襯衫聳聳肩，繼續忙手頭的事情去了。

直到下午開會，葉康寧把早上的事情跟他們說，他沒答應，但是畢竟卓思業務實力過硬，也拿出了誠意，又有陸泓聲牽線，最終決定先問一下另一家廣告公司躍馬的意見，如果對方也同意比稿，那麼再三方詳談。

無論如何，初梔又覺得這件事情做的好像有點不厚道，又覺得自己的想法太單純了。

她是學廣告的，也有一點在廣告公司實習的經驗，她當然知道，做廣告的有多麼討厭比稿。

比稿會出現各式各樣的問題和差錯，而一般情況下，但凡最終出現問題，多數都是乙方會吃虧。

躍馬相比卓思來說沒那麼高知名度，時間也短，最開始只是一個小小的工作室，但是貴在小而精，經手的案子極具創意感和個性，近一年多的時間裡勢頭很猛。

沒兩天，躍馬那頭來消息，也同意了比稿。

卓思那邊都說了不介意比稿，挑釁和自信就差貼腦門上了，這個時候躍馬如果甩手不幹，就好像多了那麼點不敢比的味道，怎麼想都會有點小不爽。

初梔頓時有種廣告人不爭饅頭爭口氣的感覺。

當天晚上吃晚飯的時候，初梔和陸嘉珩說起這件事情。

陸嘉珩當時正在看書，幾乎頭都不抬，初梔拿筷子末端戳戳他的手背，他就機械地吃一口，等了一下子，再戳戳，他再吃一口。

就這麼如此反覆，初梔終於火了，筷子一丟：「陸嘉珩，你要吃飯還是看書。」

陸嘉珩這才抬起頭來，瞧著她：「怎麼火氣這麼大，不開心？」

「誰不開心了，」初梔癟癟嘴，「好不容易今天我爸媽沒在家和你一起吃個飯，你能不能理理我啊，我在跟你說正經事情呢。」

陸嘉珩「嗯」了一聲，「我聽著呢，哪有什麼厚不厚道的，妳當過家家？我們是甲方，當然想挑最好的，而且和另一家廣告公司也還沒敲定，只是有這個意向而已。」

他把書闔上，提筷夾了片醬牛肉塞進她嘴裡，「最近陸泓聲手上沒什麼東西了，也只有一個娛樂公司，還有臨市那麼一塊地，過段時間城建局批文下來就沒聲音了，他以為那邊是新經濟開發區，其實就是一塊炒上天的破地皮，掀不起什麼浪花來。」

初梔從他的字裡行間完全感覺不到這個人是作為「父親」這個角色被他所承認的。

她沒見過陸嘉珩和他父親面對面的時候是什麼樣子，但是只要想到，就覺得非常難過。

都說父母和家庭是一個人最堅實的港灣，如果這些都沒有了，那麼許許多多一個人無法支撐的困難日子到底要怎麼度過。

初栀心裡有點酸，卻也沒表現出來，只是依舊很擔憂的樣子，甚至覺得有點無法理解：「如果你輸了，你爸爸到時候真的會一分錢都不給你嗎？」

「可能不會，而且就算他一分錢不給我，我自己也能賺，但是那不一樣。」

初栀眨著眼，重點放在了「我自己也能賺」上面：「你還挺自信的。」

陸嘉珩似笑非笑：「反正養妳是夠了。」

他稍頓，筷子提著懸在米飯上方：「怎麼，擔心我變成窮光蛋？」

初栀夾了根青菜，嚼完吞進肚子，很認真的搖搖頭：「沒事，真的變成窮光蛋我養你。」

她的那副樣子又正經又可愛，圓潤的眼亮亮的看著他，引得他輕輕笑了一聲，也沒當真：「行啊，那我在家當個吃白飯的。」

初栀那邊已經又提起筷子了，各種各樣的菜往他盤子裡夾，兩個人在他家，陸嘉珩出國這兩年也學會了幾樣菜式，加上初栀從社區門口副食店買的醬牛肉、滷雞翅什麼的，兩個人湊了四、五個菜，倒也還算豐盛。

她一邊夾菜給他，一邊嘮叨，又跟小鸚鵡附身了似的：「陸嘉珩，工作忙歸忙，以後該吃飯的時候你好好吃飯行不行啊，我感覺你最近又瘦了。」

他吃飯很快，沒多久一碗飯下肚，側過頭：「我天天被妳追在後面投餵，怎麼可能瘦了。」

初栀抬眼，空出來的一隻手捏著他下顎，轉來轉去，上上下下地看：「黑眼圈又重了，鬍子今天早上也沒刮，」她露出嫌棄的表情，捏捏他的臉，「刺手，陸嘉珩，你不刮鬍子，你好髒哦。」

陸嘉珩挑著眉，意味深長又有點小不爽的哼哼著笑了兩聲，筷子往桌上一擱，脊背後靠，腳踩著地，椅子往後蹭了一點：「來。」

初梔咬著根豆芽，抬起頭：「唔？」

他拍拍大腿：「自己坐上來。」

初梔的豆芽掉到桌子上。

她紅著小臉，吧唧兩下嘴，小聲道：「幹什麼呀……」

陸嘉珩不緊不慢道：「不是嫌我髒？跟妳玩點髒的。」

「……」

初梔咽了咽口水，做了十幾秒的心理準備，眼睛一閉，也放下筷子，人唰地站起來。

陸嘉珩原本還佛爺似的張著腿靠坐在椅子裡，被她這一下驚了，剛想坐直身子，初梔那邊已經走到他旁邊，細腿一邁，直接跨坐在他身上。

他癱著往下滑了一點，她就剛好坐在他的敏感部位上。

陸嘉珩本來只是隨口逗逗她，沒想到她真的過來了，陸少爺受到了驚嚇，單手扣著她的腰，往後蹭了蹭坐直身子，讓她人往下滑，坐在了他腿上。

這姿勢初梔的腿著不了地，就這麼晃著，細白小手臂一抬，攬上他的脖頸，咬唇紅著臉，仰著腦袋瞧他。

陸嘉珩垂眼看她，眸光微虛：「小丫頭畢業了，膽子一天比一天大？」

初梔勾著他脖頸的手臂緊了緊，她有點緊張，腿也跟著夾了夾，手臂已經開始發抖了。

可是她依然梗著脖子，一副完全不認輸「我今天就是要搞點事情」的樣子。

初栀舔舔嘴唇，嘀嘀咕咕地：「還能再大一點……」

她說著，勾著他仰起頭，整個人往上竄，親他嘴唇。

最開始，還是她主動，啄米鳥似的，一下一下輕輕地啄，唇瓣貼一貼又移開，再貼一貼。

陸嘉珩由著她玩，好一陣子，他終於忍不住，牙齒咬合磨了磨，抬手按在她的腦後，另一隻手推開餐桌上的碗。

最後初梔被他壓在餐桌上交換了一陣子的口水，男人才低低笑著側過頭去，埋在她頸間：「有進步，現在會呼吸了。」

初梔紅著臉，蹬著腿踹他，又被他一把握住腳踝，捏著往上推。

膝蓋彎曲折起，大腿向身子貼過去。

初梔羞恥，低叫了他一聲：「陸嘉珩！」

他不為所動，捏著她的腳踝繼續往上壓，聲音裡全是不懷好意：「膽子還肥？」

她急忙道：「不肥不肥。」

「還故意惹我？」

「不惹了不惹。」

陸嘉珩終於滿意了，放開她直起身來，扣著腰提下餐桌，按回在椅子上，把剛剛被他推到裡面去的飯菜重新挪回來，自己也坐下，吃完了的空碗往前一推，翻開書。

初梔還沒反應過來，依然紅著臉呆愣愣看著他。

陸嘉珩從書裡抬起眼來，又把雞翅、醬牛肉什麼的都推到她面前，筷子尖端輕輕敲一下她的碗：「看什麼，快點吃，吃完下去睡覺。」

「……」

初梔臉又紅了，強裝鎮定：「陸嘉珩，我爸媽今天應該很晚很晚才會回來。」

他垂頭，繼續看書，假裝聽不懂：「別怕，有你猜陪著妳，實在害怕就打視訊給我。」

「……」初梔覺得自己最近好像突然之間連臉皮都不要了。

怎麼回事啊，他們的角色為什麼好像突然之間顛倒了。

以前明明都是他這樣的。

可是她現在都畢業了，她也不是小孩子了。

算了，臉皮有什麼用。

臉皮有什麼用！

初梔脹著臉，深吸口氣，也不敢看他，緊緊閉著眼，破罐子破摔一臉視死如歸。

一開口，聲音卻細得像蚊子一樣：「我是說，我今天可以很晚很晚走……」

他抬眼：「那妳剛剛躲什麼？」

「餐……餐桌上……」

他終於輕輕笑了一聲：「不行。」

她愣愣地：「啊？」

陸嘉珩懶洋洋地捏著書又翻了一頁，看起來隨意又淡然：「妳明天要上班，我需要妳一整天的時間全都空給我，二十四小時那種，」他抬起眼，輕飄飄看了她一眼，「不然不夠。」

初梔：「……」

廣告公關圈有一句話，所有比過稿的公司回去都將它奉做真理名言，恨不得拉橫幅鑲相框掛在公司門口以此為戒——我再比稿我就去吃屎。

加班加點免費工作，熬到頭髮掉了一把又一把，最後告訴你您這個我覺得不OK，拜拜了喲。

而直接被其它廣告設計公司扒下來抄襲當做自己的這種事情更是比比皆是數不勝數。

陸泓聲知道這件事情以後，親自來市場部表達了不滿。

在他看來，卓思是他推薦的公司，根本沒有比稿和猶豫的必要，這簡直就是在看不起他。

陸副總覺得自己受到了侮辱和輕視，臉紅脖子粗在葉康寧辦公室裡嚷了一通，葉康寧溫和地看著他，從始至終只有一句話：「卓思那邊已經同意了。」

陸泓聲也沒辦法，最終憤然離去。

卓思看起來完全一副早有準備的樣子，而躍馬不知道是不是因為初生牛犢不怕虎，拚勁很足，同意了和卓思比稿。

三方第一次溝通時間定在下週一上午十點，躍馬的人比約定的時間提前了很久，葉康寧領著進會議室，他站在會議室門口停了停，視線投過來，把海龜和初梔都叫過來了。

他一擺手，初梔就屁顛屁顛跑過去，仰著腦袋等吩咐。

葉康寧笑了一下：「去拿筆和紙，等一下進來聽。」

初梔就乖乖折回去，捏了個本子回來，很是小心地進了會議室，悄聲在海龜旁邊坐下。

海龜看著她那副劉姥姥進大觀園似的樣子很是嫌棄的翻了個白眼，椅子不動聲色地往旁邊移了移。

躍馬那邊來了兩個人，為首的男人此時低垂著頭，正在跟他旁邊的同事說話。

他的語速很慢，聲音低，隱隱約約地傳過來一點。

初梔不知道該怎麼形容那個聲音。

就好像是一塊順著耳膜滑進去的冰片，平淡寡冷，帶著銳利的冷感。

似乎是注意到初梔這邊看過來的視線，他突然停住了話頭，抬起頭，一雙長眼看過來。

初梔愣了愣。

陸嘉珩的眼睛也是細長的，略微上挑，瞳仁漆黑，凝視妳的時候像是整個人都趴在耳邊說著情話，含了綿綿情意。

這人的眼型和他稍微有點像，內凹外翹，眼神卻寡冷，瞳色很淺。

只是一眼，他重新垂眸，聽葉康寧跟他說話。

初梔想，這個世界上的帥哥還真是氣質比長相更抓眼一點，陸嘉珩他爸爸也很帥，但卻讓人覺得很猥瑣。

等了一陣子，蕭翊和趙玫才姍姍來遲。

趙玫一進來就笑：「不好意思，我們沒遲到吧，路上稍微有點塞車。」

初梔抬眼，看了一眼手錶。

人家也確實沒遲到，九點五十八，掐著時間來的，還早了兩分鐘呢。

初梔在心裡默默吐槽，結果下一秒，陸嘉珩也跟著進來。

她張了張嘴巴，餘光瞥見蕭翊看過來的視線，又闔上。

景恒集團主要以商業運營，CBD建設和地產開發為主，近些年來開始進軍互聯網以及影視娛樂方向，這次的案子也是地產方向。

初梔從來沒見過陸嘉珩開會的時候是什麼樣子的，而這次的事情初梔跟他說的時候感覺他也沒什麼熱情。

此時他隨意拉了椅子坐在桌邊，懶洋洋往後一靠，斜歪著身子，漫不經心的樣子。

陸嘉珩是學金融的，關於前端開發方面初梔根本沒期待他能有什麼瞭解，她很懷疑的看著他，等著他能放出什麼屁來。

結果下巴都驚掉了。

男人全程不緊不慢，話也不多，但邏輯卻很清晰嚴謹，細節部分一環一環的摳，提出來的問題往往直擊要害，柔軟懶散的聲線緩慢舒服，拋出的每一個點卻都很尖銳，讓人很容易就會跟著他的節奏走。

卓思那邊除了蕭翊能偶爾插上兩句話，基本上一片安靜無聲，只有躍馬的那位冷漠先生跟他有來有往，不相上下。

直到散會，兩個男人對視一眼，初梔甚至感覺到這兩人眼底蹦出了什麼火花。

不知道為什麼，初梔突然想起了那位闊別已久的小菊花，他提起自己那位心上人的時候，也是這種火花帶閃電的眼神。

初梔打了個哆嗦，收拾東西起身，最後一個走出會議室。

她剛把東西放在自己桌上，聽著辦公室裡的女生們又開始沸騰著亢奮了，一道道如狼似虎的目光投向她們的新目標，躍馬那位頭兒身上。

此時冷淡先生正在跟陸嘉珩說話，陸嘉珩很高，差不多有個一八七、一八八的樣子，那男人跟他的身高不相上下，兩個類型截然不同的帥哥站在一起，跟拍電影似的。

許策劃就又沸騰了，拉著一邊新來的設計女生：「對不起，我不愛陸總了，比起這種一看就很騷的我還是喜歡這種高冷禁欲的。」

「這是躍馬那邊來的老大吧？」

「不是老大吧，好像是那邊老闆的朋友，臨時過來幫幫忙。」

「我剛剛在門口聽見他跟小陸總說話啊，姓顧。」

「好的，標準的男主角姓，希望大家下個月來參加我跟顧先生的婚禮。」

幾個女孩子躲在格子後面小聲笑，笑到一半，就看見隔板上面冒出來一顆毛絨絨的腦袋，大眼睛眨呀眨地看著她們，軟聲問道：「妳跟顧先生的婚禮我也能去嗎？我也喜歡高冷的，我就去湊個熱鬧。」

許策劃：「……」

許策劃打了個哆嗦，突然覺得怎麼周圍空氣有點冷呢。

再一回頭，就看見她下個月的結婚對象不知道什麼時候已經走了，一看就很騷的正站在旁邊，微挑著眉，懶洋洋道：「上班期間交頭接耳。」

三秒鐘後，所有人都飛速回到了自己座位前，悄無聲息。

初梔也老實地縮回去了。

後來一連好幾天，陸嘉珩跟初梔說話都不太熱情，初梔傳訊息給他，或者晚上見面和視訊的時候，他也是言簡意賅，惜字如金，能說一個字就不會說兩個字。

剛開始的時候，初梔還覺得是他忙得累了，後來終於發現那裡不對。

某次晚上下班，陸嘉珩送她，兩個人在車上，初梔終於忍不住問他：「陸嘉珩。」

「嗯。」

「今天夜景還挺好的。」

「……」

初梔清了清嗓子，繼續道：「你看這些路燈，亮得多熱情。」

「……」

「就像男朋友對他的女朋友。」

「……」

等了十幾秒，初梔忍不住了，哭喪著小臉不開心地轉過頭來，表情看起來還有點氣、有點沮喪。

陸嘉珩終於側過頭來，看了她一眼。

初梔也不說話，鼓著腮幫子，氣呼呼地看著他。

陸嘉珩輕挑了下眉：「怎麼？」

「我要出軌。」

「？」

「我的戀情最近進入了倦怠期，我要去找一個對我熱情的男朋友。」

陸嘉珩看起來依然挺淡定的，一副不為所動的樣子，「哦」了一聲，輕描淡寫道：「我也是沒辦法，我老婆之前說喜歡高冷的，我要盡力討她歡心，不然萬一被一腳踹了怎麼辦。」

「……」你非得這麼小心眼是嗎？

托上次那位冷漠先生的福，和辦公室裡幾個女生愈發親近，以前因為她經常一個人獨來獨往，位子離得遠不說，她們也有既定的圈子，所以初梔跟她們的關係一直是不溫不火。

直到那次以後，她們從偶爾一起吃個午飯到現在基本上每天中午都會站在旁邊催著初梔一起，前後也不過幾天的時間。

這樣的情況也維持了差不多三天，事情又發生了變化。

初父之前出了趟差，警惕已經放鬆了不少，再加上工作好像也有點忙，最近的一段時間初梔都是和陸嘉珩一起上下班，某天早上她一進辦公室，就不斷的有視線投過來看她。

那種注視，和之前的又截然不同，帶著鄙夷、探究、嫉妒和各種各樣複雜的東西。

初梔茫然地回到座位上，包包放到一邊，一抬頭，就跟對面的海龜視線對上。

海龜帶著日常冷笑，鄙夷地看著她，冷冷哼了一聲，聲音很大，響亮的半個辦公室的人都能聽見。

初梔愣了愣。

海龜這個人平時就有些憤世妒俗，雖然一直都是拿鼻孔看她，但是也不至於惡劣到這種程度。而現在，她看她的眼神，簡直稱得上是厭惡了。

初梔一轉頭，對上粉襯衫悄悄看著她的視線。

她側頭側得快，粉襯衫還沒來得及收回目光，兩個人視線撞上，再移開好像就有點不好了。

粉襯衫嘆了口氣，表情有點無奈地看著她，四下看了一圈，壓低身子，朝她勾了勾手指。

初梔偷偷摸摸地湊了過去。

粉襯衫沒說話，只點開電腦螢幕下方縮小了的企業郵件。

初梔捏上滑鼠，探頭過去看，上面是一段文字，再往下是照片。

滑鼠滾輪一下一下的翻，初梔大腦轟的一聲，指尖冰涼，渾身的血液迅速冰凍凝結，思維呆滯了幾秒。

郵件裡很多照片，午休時間公司附近餐廳隱蔽的角落，公司地下停車場，男人車門前，初梔背靠著車門，身子微微後傾，陸嘉珩單手撐著車門框，俯身垂著頭跟她說話。

兩人之間的距離和姿勢看起來曖昧又纏綿，明眼人一看就知道是怎麼回事。

下面還有東西，初梔手指僵硬著往下滑，只看見密密麻麻的一些字，還沒來得及分辨，粉襯衫一把搶過滑鼠，把介面縮下去：「別看了。」

初梔還盯著螢幕，唇瓣發白。

粉襯衫聲音壓得很低，近在耳畔：「今天早上我一開郵箱，就收到這個東西，應該是群發，寄件者不認識，不知道是誰。」

初栀沒什麼反應。

粉襯衫以為她受了太大刺激，也有點心軟，不由得放軟了語氣：「我說小妹子，妳是不是惹到誰了啊？」

初栀緩慢地抬起頭來，看他：「下面寫什麼了？」

粉襯衫沒說話，摸了摸鼻子，他低垂著頭，雙下巴看起來更豐滿了：「反正不是什麼好話，妳別看了。」

郵件是用公司內部一個員工郵箱發的，而那個員工前段時間剛好辭職了，人早就不在公司。

郵件裡有初栀和陸嘉珩在一起的各種照片，配字情感飽滿，劇情跌宕起伏，具體講述了某勢利眼女人看起來冰清玉潔純潔無辜，其實背地裡為了錢和工作不惜爬上了公司年輕管理的床。

甚至還打了碼掛出了幾個月前和她一起面試的幾份簡歷，其中有幾份看起來確實比初栀的要豪華不少。

就連初栀自己看完都有種恍然大悟的感覺，怪不得她當時能進景恒進的那麼順利。

此時兩個人正在陸嘉珩的辦公室裡，她用他的電腦看郵件，雖然一路上來收到了很多注目禮讓人簡直寸步難行，但是既然全公司的人都已經知道了，初栀也就沒什麼好顧慮的，大大方方被陸嘉珩牽著上去。

她滑著滾輪往下翻，動作停了停，側過頭去：「陸嘉珩，我面試通過這件事情真的是因為你嗎？」

陸嘉珩的皇位被占，抱著筆記本坐在旁邊沙發上，挑眉：「不是，我當時都還沒回來。」

初梔若有所思：「難道是我的人格魅力征服了面試官嗎？」

陸嘉珩：「……」

他沉著眼盯了她良久，也不知道在想些什麼，過了十幾秒，突然笑了：「妳不怕嗎？」

初梔眨眨眼：「怕什麼？」

「郵件，」他筆記本放在茶几上，人往後靠了靠，靠進沙發裡，依舊盯著她，「被曝光了這件事情，妳不怕嗎？」

還是以這樣的方式。

滿口胡言，絞盡腦汁地抹黑她，滿滿的惡意都快撲面而出了。

陸嘉珩微瞇著眼。

初梔看著他的表情愣了愣，推了椅子站起來，走到旁邊坐下。

她的動作很輕地拽了他的手過來，放在自己腿上，然後用自己兩隻手包住。

他的手比她的要大好多，她甚至兩隻手都包不過來。

陸嘉珩垂眼。

她的手看起來瘦，手指細細的，手背上隱隱約約有一點點骨骼的紋路，卻極柔軟，軟綿綿的兩團包著他的手，沒骨頭似的，觸感溫熱。

聲音也軟，語速很慢，不急不緩地：「剛開始的時候其實有一點點慌，但是後來也覺得好像沒什麼了，身正不怕影子斜，我又沒做壞事情，為什麼要害怕啊，談個戀愛怎麼了，我又不是為了這份工作才跟你談戀愛的，也不是因為別的原因喜歡你，我喜歡你就是因為你是你呀，你沒錢我也喜歡你，長得醜也喜歡你。」

她指尖輕輕摩擦著他虎口處的肌膚，「我最開始的時候想來景恒就是因為你在這裡實習過，所以我也想來，想在你實習過的地方實習，在你工作過的地方工作，因為那個時候你離我好遠好遠，我們隔著半個地球，我就總覺得這樣能稍微離你近一點。」

「後來不想公開這件事情，也是希望能夠等我能力得到肯定以後，至少也想要撐過實習期，拿到轉正的機會，不想到時候被別人說，啊，你看，原來她是因為這個才轉正的啊，老闆家屬嘛——這種話，我也希望我能夠被肯定，只是因為我這個人。」

初梔低垂著頭，想起他剛剛在她辦公室裡的樣子，抓著他的手緊了緊。

他剛進來的時候，看起來是真的怒火沖天，唇線抿得很緊，一副極力壓抑著的樣子。

她當時真的挺怕他發火的。

初梔從來沒見過陸嘉珩發火的時候是什麼樣子，唯一的一次是他們在一起的那天，陸嘉珩讓她在包廂門口等著，自己關了門進去了。

初梔抬手，傾身靠前，雙手環住了他的腰，頭埋進他腹間，小貓咪似的蹭了蹭。

他身上有很好聞的味道，熟悉的，帶著一點點雄性氣息和乾淨的清冽，像是柑橘混合薄荷葉。

陸嘉珩垂著睫，抬手揉她毛絨絨的腦袋。

他低低垂頭，唇瓣貼著她柔軟的髮絲，良久，才低聲叫她：「初初。」

初梔沒說話，抱著他腰的手臂緊了緊，腦袋跟著蹭了蹭，算是回應。

「結婚吧。」

初梔：「……」

初梔唰地抬起腦袋來，張著嘴巴，仰頭看著他：「啊？」

他依然垂著頭，長睫低低壓壓，聲音很輕，帶著一點點沙啞重複道：「結婚吧。」

初梔整個人都是一副放空的樣子，完全沒反應過來。

陸嘉珩睫毛垂著，遮住眼底的全部情緒，吐字清晰而緩慢，又輕又靜，每一個字都像是已經在心裡滾過很多遍了一樣：「我的家庭關係不太和諧，沒有媽媽了，有一個同父異母的弟弟，妳見過。我爸很混帳，不是好丈夫，也不是個好父親，我也從小沒感受過什麼父愛，剛開始的時候可能會不知道該怎麼做好一個丈夫，妳給我一點點時間，也給我一次機會。」

他低弓著身，伸臂將她抱住：「初初，妳嫁給我吧，我什麼都給妳。」

初梔慢吞吞地緩過神來。

她被他抱進懷裡，保持著剛剛的姿勢，一動也不動地看著他。

男人的皮膚很白，黑短髮下白皙的耳朵泛著一點點紅，異常的明顯，薄唇抿著，看起來有些不安的緊繃。

初梔鼻尖泛酸，突然抬手捧住他的臉，仰頭吻住他。

長睫闔下，眼眶濕漉漉的水汽順著眼角溢出，含糊了聲音：「好，結婚吧。」

陸嘉珩屏住了呼吸，眼睛微微睜大了一點，小心翼翼地看著她。

初梔抱著他，眼睛胡亂在他肩膀上蹭了蹭：「你以後就有媽媽了，也有爸爸，爸爸是很溫柔的人，雖然看起來對你好像有點凶，但是你們接觸一段時間以後，他就會很喜歡你。你父親是你父親，你是你，你以後會成為全世界最好的丈夫，最最好的爸爸。」

她抬頭，捧著他的臉，輕輕親親他，又拉開一點距離：「我嫁給你，我們交換，我有的也都給你。」

郵件事件發生以後，初梔八風不動，每天繼續上班，假裝沒看見那些對她的注目禮。只不過據粉襯衫所說，公司裡面的傳言已經從「那個靠小陸總上位的狐狸精」變成了「那個把陸總迷得團團轉的狐狸精」。

粉襯衫對她表達了敬佩之情，並且尊敬的稱她一聲——老闆娘。

雖然初梔根本沒感覺出來這兩個狐狸精到底區別在哪了。

直到第三天，初梔還沒完全恢復過來的時候，第二封郵件準時傳到企業郵箱。

沒有照片，只有詳細的文字敘述，內容是初梔大三在卓思實習的時候的「抄襲事件」。

一波未平一波又起，這一次，初梔的反應比之前的「勾引門」要強烈許多，與之前截然不同，這件事情簡直是她順暢人生中遇到的第一個坎，是她心裡很長一段時間都無法拔除的刺。

初梔看到以後整個人猛地竄起來，手邊杯子摔到柔軟的地毯上，咖啡灑了一地。

她手上也灑了不少，剛泡好的咖啡滾燙，白嫩的手背燙得通紅，淺褐色的液體滴滴答答從手背往下淌，順著指尖滴落。

粉襯衫連忙抽了兩張紙巾：「哎喲我的老闆娘啊，您慢著點啊。」

初梔轉過頭來，茫然的看著他。

她突然覺得委屈。

明明她什麼都沒幹，原本就是她的創意，她讓了，她被抄襲反而被污蔑成可恥的抄襲者，她也都不打算重提了。

不想讓自己的精力全部都放在這種毫無意義的事情上，想要開始新的征程。

可是不行。

這個世界怎麼這樣啊。

是不是不去計較就一定會被人當做軟柿子欺負。

粉襯衫將紙巾糊在她桌面不斷往下滴滴答答的咖啡漬上，又抽了兩張遞給她。

初梔垂著頭，咬緊嘴唇，幾乎有點哀求的看著他：「我沒有抄襲……」

粉襯衫看著他，長長嘆了口氣：「妳到底惹誰了啊。」

初梔抿了抿唇，沒說話。

粉襯衫椅子一轉，掰著手指：「之前的照片，這次的抄襲，其實只是單純的哪件事情單獨拉出來還好，如果這郵件就直接這麼一封過來，那甚至可能大家都當垃圾廣告看看就過了，掀不起什麼浪花來，現在，陸總這個事情在前，妳本來這兩天都快成景恒年度風雲人物了，又出來一個什麼抄襲，大家肯定看熱鬧不嫌事大，完全就是把妳往風口浪尖上推啊，」粉襯衫神叨叨地搓了搓下巴，「妳這小女孩看起來軟乎乎的跟隻小白兔似的，沒想到還跟別人結下過這麼大的仇啊？妳惹到誰了？小陸總前女友啊？」

初栀被他這一頓說的一愣一愣的，好半天都沒反應過來。

她原本覺得這件事情是蕭翊做的。

但是粉襯衫的話卻提醒了她，她跟蕭翊其實除了在卓思的那件事情，沒結下過什麼仇。

而且這件事情是他對不起她，帳要算起來，也該是她去找他的，就算蕭翊是為了這次比稿的事情，他針對的對象也應該是躍馬才對。

陸嘉珩有沒有前女友她不知道，但是蕭翊現女友，總歸是有一個的。

甚至她和蕭翊剛去卓思實習時，趙玫還以為他們是男女朋友關係，當時也有公司裡的同事姐姐們開玩笑說初栀和蕭翊很配什麼的，趙玫也會跟著笑笑。

甚至在初栀以為她人好和善又好相處和她很親近的那段時間裡，她曾經調侃過她，蕭翊看她的眼神一看就是看喜歡的人的樣子——什麼的。

初栀當時完全沒在意，她一點都看不出來蕭翊哪裡喜歡她了，在她的印象裡，蕭翊對所有的人，無論男女都是那副溫柔又耐心的樣子。

現在再聯想到她和蕭翊的關係，初栀突然有種毛骨悚然的感覺。

她跟蕭翊是什麼時候開始的，她在跟她說著那些話的時候，是不是已經開始和蕭翊有點什麼了？她跟她說那些話的時候真的只是單純的調侃嗎？

初栀想起上次在景恒再次看見他們的時候，趙玫看她的眼神，她抬了抬眼，腮幫子一鼓，皺起眉。

手上被咖啡燙到的地方有點火辣辣的疼，初梔隨手抓了粉襯衫剛剛遞過來的紙巾擦掉上面的咖啡漬，忽略掉紙巾摩擦上去的痛感，提了包包轉身就要走。

粉襯衫在她背後「哎」了一聲，低聲叫她：「午休快結束了，妳出去幹什麼啊！」

初梔鼓著嘴巴轉過頭來，一口氣噗地吐出來，像隻被踩了尾巴很凶的小花貓，呲牙咧嘴：「咬人去。」

初梔提著個包包，風風火火衝出公司辦公大樓的時候，陸嘉珩剛好來了電話。

他上午人沒在公司裡，大概是忙了一上午，這時剛聽祕書說，劈頭蓋臉就問她在哪。

初梔站在景恒巨大玻璃幕牆旁邊，看著裡面的人。

光亮的玻璃幕牆裡，女生穿著一字領鉤花紐扣上衣，裙子到膝蓋上方，手裡一個墨綠色包包。頭髮披散著，中分，露出光潔的額頭，舉著手機，眼睛亮亮的看著她。

和大學的時候相比，她變了很多了。

初梔眨眨眼，平靜地說：「剛去買了杯飲料，準備回辦公室了。」

電話那頭，陸嘉珩沉默了一下，低聲道：『這件事情，我——』

「不用，」初梔快速打斷他，轉身，重新走進辦公大樓，「你什麼你？你打算幹嘛？你要幹嘛？你什麼都別管啊，我自己來？」

他微訝：『妳知道是誰了？』

初梔站在大廳裡，仰著頭：「大概吧……」

『大概——』陸嘉珩輕笑了聲，『初梔，外人不可能有公司裡所有員工的企業郵箱，這件事是景恒的人做的，而且不會是普通員工。』

「……」初梔就又茫然了。

她站在電梯門口：「景恒的啊？那是誰啊。」

陸嘉珩就在那邊笑：『妳不是說妳大概知道嗎？』

初梔「誒」了一聲：「我本來以為是……」

『卓思那邊吧？』

初梔眨眨眼，沒說話。

『妳之前企劃被抄襲那次，就是在卓思吧。』

「……」

『妳那個抄了妳創意的同學，就是卓思前兩天來的那個男的吧，畢業那天和妳一起走的。』

「……」

陸嘉珩懶洋洋地：『嗯？說說看啊。』

「……」

叮咚一聲，電梯門開，陸嘉珩舉著手機站在裡面，視線掃過她手上，而後挑眉：「不是去買飲料了嗎？」

「……」

初梔沒說話，垂著頭走進電梯，按了開門的按鈕等著。

一秒、兩秒、三秒。

外面一起等電梯的人全都站在電梯門口，沒有一個進來。

「……」

初梔轉過頭去。

陸嘉珩單手插進口袋，懶洋洋地靠站在電梯裡，像一個弓背貓腰站不直的門神一樣盯著外面的人。

那表情彷彿在說：誰進來一個我看看。

初梔：「……」

她放手，按了樓層數，電梯門緩緩關上。

初梔掛了電話，轉過身去。

陸嘉珩看起來完全沒被打斷過的樣子，順著之前在電話裡的話又道：「妳一直不讓我管，那妳想怎麼辦？」

初梔撓撓下巴：「可是如果是景恒的人，我就不知道是誰了呀……」

陸嘉珩挑眉：「小女孩想事情真是跟妳一樣可愛。」

「……」你不就是想說我傻嗎？

初梔翻著白眼，轉過身去：「話都讓你說完了，我說什麼呀？」

他就又笑：「那這樣，妳自己怎麼想就怎麼去做，公司裡面的事情就交給我，我們合作，我給妳當助手，成不成？」

初梔抬眼，摳門兮兮的：「我不發薪水給你的。」

「……」

陸嘉珩側頭，垂眼看著她：「我老婆管得真是嚴。」

「？」

「那零用錢呢，以後有沒有零用錢？」他俯下身來靠近她，趴在她耳邊，煞有其事的問。

「……」

「結婚以後也沒有嗎？」

「……」

「老婆這麼無情。」

初梔忍無可忍，紅著臉在他臉上拍了他一巴掌，一把推開：「你閉嘴啊！」

下午，初梔先傳了個訊息給蕭翊，下班後直奔卓思。

卓思最近在準備景恒專案的比稿，初梔瞭解廣告公司加起班來有多拚，所以在蕭翊準時下來的時候她還覺得挺意外的。

地點選在他公司樓下的咖啡廳，男人襯衫卷著，走到她面前，神情看上去有些疲憊：「沒想到妳會主動找我。」

初梔輕輕吸了口氣，指指對面的位子：「先坐吧。」

蕭翊坐下。

初梔推了杯蔓越莓果汁給他：「不知道你喝什麼，不過你最近肯定天天加班，咖啡大概也喝膩了。」

蕭翊抬起眼來，神色複雜地看著她。

初梔歪了歪頭：「你不喜歡嗎？」

「沒有，」他抿了抿唇，忽然苦笑了一下，「有點受寵若驚。」

初梔愣了愣，「班長，其實我現在已經不討厭你了。」

蕭翊沒說話。

「一開始時，我真的煩死你了，明明是你跟我說輸贏和機會都沒那麼重要，能學到東西才是最重要，明明是你跟我說有什麼問題可以問你，可以跟你交流，可是你最後拿了我的創意，改了我的企劃，我後來就在想，你當時風輕雲淡的否認這件事情的時候，有沒有哪怕一瞬間，是覺得對不起我的呢？我覺得應該有吧。」初梔撐著下巴，手裡捏著小鐵勺，有一下沒一下攪拌著手裡的果汁：「最開始的時候事情那麼突然地發生了，我太生氣了，又生氣又委屈，根本沒反應過來，後來，是因為我的策劃方案確實寫得很爛，我只有想法，和你的對比起來讓我覺得很丟臉，」她的聲音輕輕的，「『口口聲聲說是她自己的創意可是企劃寫的那麼難看啊』『這種東西就算交上去也不會用的吧』『專業水準比起來根本差太多了吧』，雖然說著我要做的更好，聽起來好像很好聽的樣子，但是其實是因為我真的很怕聽到這種話。」

「所以我選擇逃避了，我用每個人都會遇到挫折來說服自己，其實我只是不敢而已，我怕沒人相信我，我怕被別人質疑我的能力，我真的、真的不想，再讓自己回到那種難堪的情形裡，一個人面對那麼多人的指指點點，做一些不知道到底能不能贏的掙扎，那種感覺再來一次我覺得我根本撐不下去。」

蕭翊張了張嘴：「初梔……」

初梔沒理他，從始至終，她的聲音都很平淡，帶著她特有的糯軟，像是在講故事似的：「現在我才覺得不行，有些事情是不應該逃避的，是我的東西果然還是應該找回來，也應該承認自己當時選擇逃避是不應該的，其實今天景恒的企業郵箱裡收到一封群發的郵件，關於上次我的『抄襲』事件，每一個員工都收到了。」

她說到這裡，蕭翊明白了。

他皺著眉，抿了抿唇：「妳以為是我——」

「我知道不是你，」她很平靜的打斷他，「你知道我和陸嘉珩在談戀愛，你需要和景恒的這次合作專案，你這麼做對你一點好處都沒有，蕭班長，你會做對你來說沒有好處的事情嗎？」

她看起來太理智了。

蕭翊突然有點恍惚。

從高中開始，初梔給他的感覺一直沒變過。

這個女孩子心地善良，脾氣極好，好像不會生氣，誰跟她發火她也完全不在意，整個人都像柔軟的棉花糖。

他第一次看見她發火是軍訓的時候，她的前男友找來，好像惹到了她的室友。

蕭翊在還沒弄清楚怎麼回事的時候就跟著她們一起打起來了。

也是那次，他才覺得，初梔這個人其實和他想像中有點不一樣。

她也有自己的脾氣，有自己的底線，有的時候迷糊得很，思考問題的方式很特別，但是涉及到一些問題的時候，她也會生氣發火，被逼急了也會很俐落的反擊。

蕭翊垂著眼，良久，才低低道：「妳想讓我幹什麼？」

初梔平靜道：「我想聽一句道歉。」

他一動也不動坐在那裡，像是沒聽見。

「我什麼都不要，你公開解釋清楚這件事，跟我道個歉，」初梔傾身，手臂撐著桌沿靠近一點看著他，「班長，大三的那個專案核心，是你的東西嗎？」

她眼睛一眨也不眨的盯著他，清澈的大眼像是溫潤的泉，彷彿能夠洗清別人的一切罪惡。

蕭翊張了張嘴，被這樣一雙眼睛看著，他一句話都說不出來。

初梔依然盯著他，明明是柔和的語氣，明亮的眼，卻莫名讓人忍不住想要退縮。

太過美好的東西，似乎總是讓染上污濁的人無法靠近。

蕭翊嘴唇開始發白，翕動兩下，沒吐出聲音。

初梔看著他：「你說那是你的，你說如果不是因為你跟我討論，我根本想不到這些，這些話，你是真的這麼想嗎？」

「還是說，你這麼跟我說的時候，也在不停的說服你自己？說到最後，連你自己也都相信了？」

她等了很久，蕭翊都沒說話。

初梔放棄了。

她垂下肩膀，嘆了口氣，她微微鼓了鼓嘴巴，又「噗」的輕輕一聲吐出來，像是魚吐出的泡泡破掉了：「班長，謝謝你之前大學兩年半的時間裡願意做我的朋友。」

蕭翊肩膀一僵，睫毛顫了顫，抬起眼來。

蕭翊還清晰的記得，那天在會議室裡的情形。

她看著他的眼神是什麼樣的呢。

是委屈和憤怒，還有難以置信的失望。

她的眼睛會說話。

開心的時候看著你，眼底彷彿有光芒跳動著，誇獎你的時候會彎著眼，笑容真誠又可愛。

而那天，少女渾身顫抖著面對會議室裡的人，倔強抹掉了眼淚，看著他的眼神裡是濃濃的失望和厭惡。

蕭翊覺得自己大概永遠都沒辦法忘記她當時看他的眼神。

他閉了閉眼，呢喃開口：「對不起……」

「對不起，我也不想的，我真的太想要那次機會了，我可能瘋了，但是我真的很想贏……」

「對不起……」

蕭翊睜開眼來看著她，眼睛紅了，嗓音開始發顫，重複著差不多的話。

像是教堂的告解室，虔誠的信徒對著神父一遍遍對自己的罪行進行懺悔。

彷彿緊繃了無數個日日月月的束縛終於被解開了，也有什麼深埋在心底的東西開始緩慢復甦。

初梔長長吐出一口氣來。

她笑了，晶瑩鹿眼彎彎的，比夜晚的月牙還要漂亮：「沒事呀，我原諒你了。」

是他記憶中的樣子，柔軟又可愛，帶著一點點狡黠，像隻機靈的小狐狸。

他不記得她有多久沒有對他笑過。

蕭翊嘴唇動了動，還想說些什麼，忽然定住了，視線越過她看向她身後。

初梔也回過頭去。

趙玫依舊是一身白色的職業裝，酒紅色的長髮燙著嫵媚的捲，臉上的妝精緻得一絲不苟。

她看了初梔一眼，視線一轉，重新看向蕭翊，紅唇緊抿，發出一聲短促的，尖利的笑聲：「這就是你說的『一點事情』？什麼事？和你前女友勾勾搭搭舊愛重燃？」

初梔覺得，趙玫大概是瘋了。

她像是個發現丈夫出軌的怨婦，風風火火地來捉姦，幾乎是一看見初梔眼神就變得猙獰了起來，連表面上的太平和從容知性都懶得再粉飾了，冷嘲熱諷說些亂七八糟的話。

蕭翊有好幾次聽不下去，打斷她，站起來拉著她低聲商量：「我們先出去說。」

趙玫猛地甩開他的手，聲音冷：「出去說什麼？有什麼在這裡不能說的？你答應過我什麼？你當初是怎麼跟我說的？現在你跟她偷偷見面？蕭翊，你別犯賤了，人家根本就沒喜歡過你，你做出那麼卑鄙的事情，她恨透你了。」

蕭翊臉色發白。

他沉默了一下，緩慢吐出口氣：「我知道，」他低聲重複，「我知道，妳不用一遍一遍提醒我，我們只是談點事情。」

她步步緊逼：「我不提醒你？我提醒你你都時時刻刻不忘了犯賤找她，我不提醒你你會怎麼樣？農村人就是一身賤骨頭！談點事情？哈，你有什麼事情是我不知道的？」

蕭翊閉了閉眼：「妳非要——」

「蕭翊，」趙玫打斷他，似笑非笑，「你還有什麼事情是我不知道的？」

蕭翊終於露出了一個忍無可忍的表情，有些疲憊的揉了揉眉心：「妳非要這麼說話嗎？」

趙玫冷笑：「我怎麼說話？我哪句話說的不對？你現在這樣是誰的功勞？是因為誰？」

初梔撐著腦袋坐在咖啡店椅子上，眨著眼看戲似的看著他們吵架。

她們選的角落的位置，中間綠植隔斷，視線隱約擋不住爭執的聲音，不時有人往這邊看。

趙玫大概也是注意到了，深吸口氣，冷靜下來，視線再次轉向初梔。

初梔朝她點點頭：「您好。」

趙玫扭出一個笑來：「初小姐客氣，我今天找過來就沒想藏著掖著，妳也別弄這些尊稱了，我這個人一向很直接，我聽了彆扭。」

初梔很認真地看著她：「不行的，您比我大了快一旬了吧，我爸從小就教育我，對待長輩要懂禮貌。」

趙玫臉色頓變。

初梔笑瞇瞇地：「先坐吧，本來還想去找您的，既然您自己來了，那我們直接聊聊呀。」

趙玫站著，不動。

初梔甚至還溫柔地叫了服務生過來，也點了一杯咖啡給她。

趙玫始終睇著眼看著她，像是幸災樂禍的打量，又像是還有什麼不確定的警惕著。服務生將咖啡端來，放在桌邊，趙玫沒動，那表情看起來就像是初梔和服務生串通好給她下了毒。

靜了半分鐘，初梔清了清嗓子：「在這之前，有一個事情還是要澄清一下的——」她指了指旁邊的蕭翊，一臉一本正經道，「我不是他前女友，我們也沒有發展過任何非同學關係。」

趙玫的表情變得很複雜，嘲諷和輕蔑中摻雜著類似於嫉妒或者什麼的情緒，她「哈」了一聲，意味深長：「當然不會有任何非同學關係，蕭翊這樣的，妳也瞧不上不是嗎？」

她盯著她，等著她露出難堪的表情了。

結果等了三秒，初梔皺了皺眉，似乎對她的話有點不贊同和不解：「妳覺得蕭翊很差嗎？那妳為什麼還會跟他在一起？」

趙玫：「……」

她甚至有點懷疑初梔是故意的了。

身子往後一靠，趙玫抱臂冷冷的看著她：「初梔小姐，我們跟妳不太一樣，我們很忙，也沒時間跟妳在這裡喝咖啡聊家常，有什麼問題不妨直說，不過如果想讓卓思退出這次比稿那我勸妳死了這條心，」她頓了頓，有些得意洋洋，「我們老闆和陸副總也是很多年的朋友，即使是陸總，這點面子也不會不給。」

初梔的表情依然挺淡定的，甚至有點神游，看起來完全沒把她上面一番話當回事，小手撐著臉，壓出軟乎乎的印子：「是有個問題想問，」初梔把手機往桌面上一拍，關了機，「郵件那件事，是妳弄的嗎？」

趙玫沒想到，初梔會這麼直截了當的問她。

當年她方案被抄那件事情下來，看她的反應，趙玫覺得這個女孩應該是個性格很軟的人，不像是那種會直接來找她說這種話的。

趙玫的第一個反應是否認。

這件事情初梔完全找不到證據，景恒的內部郵箱，公司人員，這些跟她一點關係都沒有。

她看了蕭翊一眼。

蕭翊也正皺著眉看著她。

那樣子就好像是，他也是站在初梔那邊的。

趙玫心裡的火突然竄了起來。

她脖頸伸長，微揚著下巴，像隻驕傲的白天鵝，居高臨下的眼神看著她：「什麼郵件？」

初梔舔了舔嘴唇，又眨了眨眼，想了想，從包裡翻出中午的時候陸嘉珩給她的東西，推到她面前。

趙玫垂頭。

雪白的信封帶著一定的厚度，金色的蠟封，看起來十分騷包。

趙玫沒動。

初梔好奇地伸著脖子，等著她拆開。

陸嘉珩給她的時候並沒有告訴她這裡面裝的到底是什麼，一臉神祕兮兮的樣子，導致初梔現在也非常好奇。

她等了一陣子，也沒等到趙玫拆，她像是提前有預感到，或者懼怕著什麼似的，好半天，才拆開，抽出裡面的的東西。

是照片。

男女糾結纏繞在一起，做著無比親密無間曖昧至極的事情的照片。

趙玫胡亂掃了兩眼，難以置信的瞪大了眼睛，唰地站起來，瞪著她。

初梔茫然的抬起頭來，她和他們之間隔著桌子，她甚至都沒看到照片上的內容是什麼。

坐在她旁邊的蕭翊顯然也看到了，他像是受到了刺激似的，呆滯了一陣子，才緩慢的回過神來。

他愣愣的抬頭，看著身邊的女人。

趙玫張了張嘴：「蕭翊……」

蕭翊看了她半晌，突然垂頭，然後笑了：「恭喜妳，願望達成了。」

他平靜的看著她：「妳不是一直想找個有錢人嗎？」

趙玫眼睛紅了，抬手去拉他：「蕭翊……你聽我……」

蕭翊猛地站起來，甩開她往外走。

初梔以為趙玫會追上去。

但是她沒有，她就坐在那裡，視線看起來空茫茫的，好半天才聚焦，重新轉回到她的臉上。

她剛剛的盛氣淩人全然不復存在，看起來像是被人踩了尾巴，聲音極低，顫抖又緊繃：「妳今天來找我就是為了給我看這個？」

初梔都不知道那裡面到底是什麼東西。

她搖了搖頭，重複了一遍：「我只是來確定一下，郵件是不是妳發出去的。」

「是。」

她回答得太甘脆了，初梔甚至還沒反應過來：「啊？」

「是我，我找了認識的人要了郵箱，」她嘴唇泛白，「一個是事實，一個是已經過去很久的『事實』，我說謊了嗎？我只不過是讓大家都知道了這兩件事情而已，從第一封郵件發出去到現在過了三天，妳的金主老爺有任何行動沒有？他解釋了嗎？維護妳了？」趙玫雙手死死地按住桌面上那一遝照片，俯身靠近，突然笑了，「小女孩，別再做飛上枝頭變鳳凰的夢了，這個世界上哪有真愛啊，妳真的以為那些有錢人是真心喜歡妳的？他只是想睡妳。」

她看起來像是著魔了，殘忍又幸災樂禍的看著她，等待著她的反應。

初梔和她對視，原本還很平靜的樣子，隨著她的話，表情一點一點，開始出現波動。

趙玫露出了一個得逞的表情。

初梔像是受到了什麼冒犯，圓溜溜的大眼睛瞪著她，發火發的很沒有威懾力：「妳道歉。」

趙玫慢悠悠地挑起眉，灰敗的表情終於變得鮮活了起來：「道歉？妳應該感謝我，我現在是在——」

下一秒，一杯混著冰塊的蔓越莓果汁全數潑在她臉上。

趙玫尖叫一聲。

她身上穿著的白色套裝全部被染上淡淡的紅，精緻的頭髮上掛著薄荷葉和蔓越莓果肉，果汁嘩啦啦地往下淌，順著下巴滑進脖頸領口，有些滴答滴答地滴下桌面。

她反射性地閉著眼，表情空白了好幾秒，完全沒反應過來。

初梔也沒反應過來，她回神的時候，手裡是空的玻璃杯。

趙玫睜開眼來，表情猙獰地：「初——」

她看起來像是要來打她一樣，初梔反應極快，立馬飛速又將她面前的那杯熱咖啡直接抽過來，俯身抬手，輕飄飄再次一潑。

小河流水嘩啦啦。

又是一聲淋漓盡致的女高音尖叫。

面前的女人身上混合著蔓越莓的清香和咖啡的醇濃，精緻的大捲髮濕噠噠的，腦袋上頂著薄荷葉還有一堆蔓越莓覆盆子果果肉混合在一起的東西，胸口領口的位置甚至還卡了兩塊冰塊。

服務生已經趕過來了，初梔像隻靈活的小白兔，提起包包直接閃出座位，躲在桌邊服務員身後，小下巴一揚，趾高氣昂對著趙玫重重地「哼」了一聲，然後以奧運會女子一百公尺賽跑的速度飛速逃離了現場。

會議室裡。

管理層的人走得差不多了，陸嘉珩靠坐在椅子裡，看著面前的男人，有點走神。

背後是巨大的落地窗，雲層很厚，下午的日光被稀釋得稀薄，掙扎著投向室內。

陸泓聲揉了揉太陽穴，聲音聽起來有些疲憊：「什麼事？」

陸嘉珩勾起唇角：「怎麼看起來這麼累，最近沒睡好嗎？」

陸泓聲微微訝異，抬起眼來：「嗯，最近有點忙。」

「忙著給你的小情人郵箱帳號？」

上一秒虛偽的父子情誼的漣漪被打破。

陸泓聲面色一冷：「你在說什麼？」

陸嘉珩涼涼看著他：「你如果不知道，可以去問問你的小情人，」他頓了頓，拖腔拖調地「哦」了一聲，「不過，你知道我說的是哪個小情人吧？」

「我還真不知道，但是你的，我倒是知道了，」陸泓聲面露譏諷，「那個實習生叫什麼？初梔嗎？我第一次看見她的時候就覺得眼熟，後來才想起來在哪見過她，就是我兒子的手機裡。」

陸嘉珩唇角垂了垂，沒情緒地看著他。

陸泓聲像是終於察覺到自己捏了他七寸，笑了一下，三分得意三分嘲弄：「我本來還以為你會喜歡上什麼樣的，結果沒想到是這種？聽說以前在別的公司還犯過事的，人品好像不太行啊，你就準備帶這樣的兒媳婦回家來？」

這樣反而挺好的。

不再像之前那樣玩親情遊戲，不再讓人抱有任何卑微的期望。這樣，反而讓人覺得舒服。

我感謝你讓我降生於世，也感謝你將情感掐死在繈褓之中的手。

陸嘉珩壓著唇角，垂下眼，無聲笑了：「這個月月底，你會得到確切的消息，你高價買來的那塊地廢了，經濟開發重點區域在東南，」

他沒什麼表情地抬眸，看著他的眼神淡，聲音很平，像是在念報告：「你現在應該已經聽到一點風聲了，所以最近也在打聽江南那邊的情況，但是我可以很清楚的告訴你，就算你找城建和住建局那邊的人吃再多次飯也沒用，你手裡沒什麼錢了，而且，那塊地現在已經有名字了，湊巧，這塊地跟你也同姓，可惜不是你的。」

陸泓聲的面色終於變了。

「而你那個影視公司無非也就那幾張牌，第一線的那個叫什麼？喬露？她有什麼臭毛病你不是不知道吧？」

陸嘉珩手裡的文件往桌上一丟，「啪」一聲輕響，他散漫地靠進椅子裡，張著腿，整個人癱成一張餅，「總經理做了四、五年都沒能讓你眼界寬個哪怕一公分，老爺子不放棄你放棄誰？爹不親兒不認，你說說看，活了四、五十年活成你這個樣子，做人還有什麼意思？」

陸泓聲咬緊牙關：「這些事情你是什麼時候做的，算計自己的親生父親，你覺得自己比我好到哪去？」

陸嘉珩虛著眼，懶洋洋歪了歪頭：「我什麼都沒做，有一句話叫自食惡果，所有的事情都沒有僥倖，你造下的孽，就算當時不還，以後的日子裡它們也會一點一點找上門來讓你償還清楚。」

初梔從咖啡店出來，踩著小高跟鞋一路瘋狂逃亡，一直跑出了兩條街才氣喘吁吁地攔了輛車。

在車上初梔接到鄧女士的電話，初父工作剛結束，又給自己放了個假，七、八月份日子正好，夫妻倆去普羅旺斯看薰衣草了，順便問她要不要一起去。

初梔沉默了一下：「你們現在在哪裡呀？」

『在家啊！就等妳呢！』在一片機場航班廣播的聲音中，鄧女士這般快樂地說道。

初梔：「……」

她坐在計程車後排，一路不停地回頭，生怕趙玫跟在她後面企圖報復，搞得計程車司機看起來也很緊張，大概以為她是什麼人不可貌相的正在逃避追捕的犯罪分子。

車子一到地方，初梔給了錢下車，司機就迫不及待地絕塵而去了。

初梔站在原地，揉了揉跑得痠痛的腳，上樓。

想了想，按了陸嘉珩的樓層數。

電梯門開，她走到他家門口，先按了門鈴，等了一陣子沒人，才翻出鑰匙來開門。

結果鑰匙剛入鎖，門被人從裡面開了。

初梔眨巴著眼：「你在家呀？」

「嗯」陸嘉珩垂眼，「事情解決好了？」

初梔含糊道：「算是吧？」

陸嘉珩就笑：「什麼叫算是吧？這個還有算是這種說法的？」

她抽了拖鞋踩上進屋，一邊往客廳走，整個人累垮了，直接癱進柔軟的沙發裡，屁股一扭，抬腳，橫過來躺：「就是，我也不知道我這樣的處理方式到底對不對。」

「有什麼不知道的？」陸嘉珩輕笑了聲，走過來，在她身邊坐下，眉眼低垂，抬起手來，微涼的掌心覆在她胸口。

夏天的衣服薄，掌心和上衣的料子緊密貼合，甚至能夠感受到布料底下內衣輪廓。

初梔僵住了，空氣沉寂三秒。

陸嘉珩長腿舒展著坐在沙發旁邊，手覆在她胸口，捏著那塊，一動也不動，神情慵懶，一開口，聲音也淡淡的，沒什麼不對的地方：「這裡舒服了嗎？」

初梔：「……」

初梔臉漲得通紅，瞪大了眼睛看著他，撲騰著坐起身來，一把將他推開。

陸嘉珩人本來就只坐了個沙發邊，而且沒怎麼用力，虛虛那麼倚靠著，初梔這麼一下力道沒控制住，又猝不及防，陸嘉珩被她猛地推下了沙發，一屁股坐在了地上。

地上長絨地毯柔軟，摔下去沒什麼聲音，只是後面就是茶几，肉體撞到硬物的一聲悶響，「碰」的一下，茶几都跟著晃了晃。

陸嘉珩疼得眉心皺起，「嘶」的一聲。

初梔也嚇了一跳，一溜煙躥下地，跪坐在他面前，慌慌張張道歉：「對不起對不起，我不是故意的，疼嗎？」

陸嘉珩皺著眉抬頭，弓背緩了一下：「妳是想謀殺親夫？」

初梔皺巴著小臉：「誰讓你一上來就要流氓呀……」

陸嘉珩呵出一聲，揚眉：「我是問妳，這樣子處理了以後，心裡舒服了嗎？」

初梔：「……」

他手撐著地面側了個身，慢吞吞地伸直了背，一條腿微曲，手臂搭在膝蓋上，湊近了看她，聲音壓低了，帶著一點沙啞的磁性：「這位小朋友現在怎麼就這麼盼著我耍流氓？」

「……」

一整個晚上，初梔接到三通初父的電話，她頂著陸嘉珩的視線硬著頭皮假裝若無其事接起來。最後還有一個視訊電話，初梔沒轍，再次逃亡跑到樓下回家接視訊。

初父像個刑警隊的老刑警，初梔從來沒見他眼神那麼銳利過，讓初梔拿著手機在家裡逛了一圈，照過每一個角落，拖了半個小時，最後要登機了，才不情不願，一臉不放心的樣子被鄧女士拉走去過安檢。

初梔鬆了口氣，一轉頭，對上你猜的視線。

你猜站在她腳邊，湛藍的大眼睛看著她，「喵」一聲。

那聲音，那表情，那眼神，不知道為什麼，初梔突然有種心虛的感覺。

她想了想，抽了罐罐頭給牠，蹲在旁邊看著牠吧唧吧唧的舔：「猜猜，今天給你加餐，你乖乖的好不好？」

「喵。」

「我上樓去玩一下，等一下就回來哦，到時候不准告狀。」

你猜抬起頭來：「喵喵。」

初梔就當牠准了，笑嘻嘻地抓了抓牠的腦袋，迫不及待跑上樓去。

晚飯初梔叫了紅油抄手。

這家店店面小，初梔之前去吃過一次，湯汁濃香麻辣，抄手比餛飩略小，鮮肉的餡，勺子舀起一顆，帶著湯一起吃，又辣又鮮。

初梔吃得一把鼻涕一把淚的，欲罷不能，盤腿坐在地毯上扒著茶几抽鼻涕。

她吃飯慢，陸嘉珩早就吃完了，捧著筆電坐在沙發上啪啦啪啦的敲，初梔一邊吃一邊看電影，看的是《忠犬小八》，嗚嗚嗚地哭。

陸嘉珩側頭，好笑的看著她：「鼻涕都拉絲了。」

初梔淚眼朦朧紅著眼瞪他，嘴巴裡還塞著抄手，沒說話。

陸嘉珩把電視關了：「哪有哭著吃飯的，吃完再看。」

初梔擦了擦不知道是辣的還是哭出來的鼻涕：「陸嘉珩，我想養狗。」

他重新垂頭：「妳不是有你猜了。」

「貓和狗不一樣，」初梔將最後一個抄手吞下去，碗一推，「我養隻狗吧，讓他和你猜做伴。」

陸嘉珩想起那隻色貓，敲鍵盤的動作頓了頓，「養隻母的吧，不然那狗要被牠欺負死。」

初梔才不信他的，她覺得她家你猜是全天下最乖的貓：「不會的，你猜那麼乖，會保護小弟弟的。」

陸嘉珩哼笑了聲：「色貓。」

初梔護犢子心切：「你才色。」

陸嘉珩終於抬起眼來，瞥她，竟然沒反對。

他靠坐在沙發裡，單手搭在沙發靠墊上，給她上課：「女孩，男人沒有不色的。」

初梔翻了個白眼，指責他：「你是你，你不要以為全世界的男人都跟你一樣流氓行不行？」

「行，」陸嘉珩點點頭，筆電一闔，隨手放在旁邊茶几上，俯身，伸手，提小貓崽子似的把她提起來放在自己腿上。

初梔嚇了一跳，跨坐在他身上，裙擺翻起，膝蓋彎著，半跪在沙發上。

她撐著他的胸膛仰起頭來，眨著眼看著他。

陸嘉珩抬手按在她頸後，往前一按。

初梔腦袋被他按著砸在他胸口，悶悶地撞擊聲。

她「嗷」一聲，撞得鼻尖發酸，懷疑這男人是鐵板做的。

酸疼的勁還沒緩過來，就感受到他覆在她腰間，順著衣擺鑽進去的冰涼手指。

指尖貼上腰際肌膚，初梔像是被他的溫度冰到了，人打了個哆嗦，小金魚一樣在他懷裡撲騰了兩下，腦袋卻被人死死按在胸口，動彈不得。

他的指尖往上。

初梔膝蓋頂著柔軟的沙發，竄了一陣子，發現毫無效果，在男人絕對的桎梏下，她的力量微弱到可以忽略不計。

初梔放棄了，軟著身子癱在他懷裡，腦袋埋在他胸口，聲音顯得悶悶的：「陸嘉珩、陸嘉珩——」

「嗯？」他鼻腔出聲輕聲應道，懶洋洋的。

「你手摸哪啊……」

男人聞言，手下動作頓了頓，而後繼續。

初梔已經開始抖了。

陸嘉珩垂頭看她，聲音發啞：「今天回家嗎？」

「……」

初梔頓了頓，聲音小小的：「回的，我剛剛答應你猜了，做人要言而有信……」

他輕笑：「那換種說法，今天操我嗎？」

初梔渾身發軟，縮在他懷裡蹭了蹭，小腦袋往上竄，額頭靠在他肩膀上，哆哆嗦嗦的：「你怎麼——」

陸嘉珩動作沒停，含糊著嗓子啞聲低道：「妳是什麼做的，怎麼跟布丁似的。」

初梔手軟腳軟，臉上開始發燒，滾燙。

她紅著臉，腦袋死死埋在他頸間，咬住舌尖，發麻。

不知道為什麼，初梔突然想起剛剛，他捧著筆記型電腦窩在沙發裡，專注著螢幕，指尖落在鍵盤上劈哩啪啦敲著的樣子。

此時那雙手正順著衣擺探進去往上竄，為非作歹作惡多端。

初梔感覺自己現在像是他電腦上的那把鍵盤，充分感受著男人修長手指的靈活程度。

她紅著眼，張嘴力度不小咬了他脖頸一口，吸了吸鼻子，不肯出聲。

而他彷彿打定了主意要聽到她的聲音，下手越來越重。

初梔扣著他的手臂，指尖隔著衣料掐進上臂肌肉。

胸口衣服被推上去。

初梔終於忍不住出聲，用地的打他：「你能不能關燈……」

「不關，」他啞聲，另一隻手探進裙擺，「為什麼關燈？」

她快哭了，聲音拔高：「陸嘉珩！」

陸嘉珩埋著頭，低低的笑，胸腔震顫著，柔聲跟她商量：「那進臥室去開個檯燈？我想看著妳。」

初梔氣急敗壞：「你是變態嗎！」

他用了陳述句的語序：「嗯，不就是王八蛋嗎？」

初梔憤怒地抬手，一巴掌拍在他臉上把他深埋下去的腦袋推開：「你現在刀槍不入了是吧！」

陸嘉珩沒理她，依然抓小雞崽子似的將她提起來就往臥室走。

初梔被他提著進了臥室，掛在身上的衣服往下滑，她上下拽著，直蹬腿：「燈！燈燈燈！」

他依舊不理，將人丟在床上就蓋下來，一百八十多公分高的大個子壓下來，骨骼堅硬肌肉結實，壓得初梔幾乎窒息，他手臂撐在她耳側，垂著頭笑：「妳是英特爾廣告？」

而這個時候，初梔甚至還分出一點心思出來認真和他探討這個問題，她吞了吞口水：「英特爾那個廣告有五個燈。」

陸嘉珩失笑，手指探進去一抽，丟在地上：「妳能不能長點心？注意一下場合？」

她縮著肩膀去拽旁邊的被單，整個人像是燒起來了，不知道是氣是羞：「你就不能關了燈嗎！不關我不做了！」

他垂頭，咬住她唇瓣，抬手捂住她的眼睛。

就這麼靜了好幾秒。

初梔視線被遮住，卻彷彿能夠清晰地感受到他視線的掃射，有種莫名的不安和羞恥感蔓延，整個人都縮著，又被他按住。

陸嘉珩才緩慢開口，聲音比剛剛又啞了幾分：「這樣行不行？」

「……」初梔拽著他的手腕一把甩開，「你滾下去行不行啊。」

「不行，」陸嘉珩乾脆地拒絕，捏著她手腕按在頭頂，推了膝彎往上壓。

這顯然已經超過了初梔能夠承受的最高限度。

她低叫了聲，還沒來得及反應，他唇瓣已經落了下來。

從額頭開始，到眉心，唇角，一路向下，細密綿長的糾纏，彷彿延綿到了世界的盡頭。

初梔像是入了鍋裡的蝦，整個人都羞恥的變了顏色，止不住的顫抖過後，力道很弱地撲騰了兩下。

她咬住指節，嗚咽了聲。

陸嘉珩大掌完全無法撼動，穩穩地拿著她，揚起眼，漆黑的狹長眼眸，眸光幽暗而危險：「再大聲點。」

初梔整個人不住地往後縮，被欺負得整個人一點脾氣都沒有了，眼眶通紅，聲音軟糯誘人，帶著顫：「陸嘉珩，你著急嗎……」

陸嘉珩被她氣笑了，重新支起身來，扣著她手腕就往身下拉：「妳自己看看我著急嗎？」

初梔驚恐地縮著手：「不用不用，我錯了我錯了。」

陸嘉珩就單手捏著她兩個腕子重新扣上去，低聲道：「妹妹，陸哥哥等了妳四年了，手都要廢了。」

他偏頭，咬她耳尖，聲音像是混了細沙和浪，低啞性感，「妳別玩我了。」

初梔整個人繃著，視線盯著上方昏暗的天花板。

在這個節骨眼上，她毫無預兆地，突然就想起他們第一次見面時的情形。

大一新生到校，開學當天，男人站在志願者臨時搭建的棚子旁邊，黑衣黑褲，手裡捏著一罐可樂，舉在唇邊，聽著旁邊的人跟他說話。

也不站直，微弓著背倚靠在桌邊，微垂著眼，漫不經心地站在那裡，黑色上衣抄上去，露出肌肉線條漂亮的小臂。

下一秒，他掀起眼簾，四目相對。

那雙漆黑好看的桃花眼微微瞇起來看著她，陽光透過枝葉，他眼底像是含了光。

初梔閉上了眼睛，手腕從他手裡掙開，抬起來，抱住他的脖頸。

她顫抖著勾住他往下拉，溫熱的唇瓣印上男人狹長微揚的眼角，整個人緩慢地舒展開來，無聲邀請。

陸嘉珩動作一頓，呼吸變重。

像綻放在午夜裡的玫瑰，帶著刺的莖葉環著他的脖頸緊緊纏繞，尖刺穿透皮膚，撕裂動脈，溫熱的鮮血無聲湧出，卻依舊讓人不願掙脫。

想要將玫瑰擁入骨血，想讓她離自己近些，再近些。

事實證明，對於衣冠禽獸絕對不能主動迎合或者配合他，因為他會進化成禽獸。

尤其是吃齋吃了四年，日夜與黃金右手作伴的那種。

黑夜無邊漫長，將所有感官擴大到無限，男人喘息的聲音急促滾燙，黑髮被汗水打濕，微挑的眼底濃黑一片，幾乎淹沒了所有情緒。

初梔最後哭得大腦缺氧，整個人混混沌沌，他才翻身，將她抱在懷裡。

小女孩身上一片狼藉，小身子一抽一抽的，好半天，才抬起眼來，啞著嗓子抽抽噎噎地：

「你……是不是……恨我……你想……趁機殺了我……」

陸嘉珩：「……」

他小心地將她抱在懷裡，抽了床頭紙巾幫她擦。

紙巾一碰到，她疼得一顫，哭哭唧唧往後躲。

陸嘉珩捏著她的腳踝拉開，就要垂眼去看。

初梔腿都蹬不動了，軟綿綿地往回抽了抽，掙著併攏。

陸嘉珩抓著她的腳踝，歡愉後聲線低啞，柔聲哄道：「我看看。」

「你看個屁……」

他輕輕拉開，俯身：「好像有點破皮了。」

初梔用盡全身的力氣抬腳踢他，哭得直打嗝，「你自己說你是不是王八蛋……」

陸嘉珩抽手，站起來，豎著將她抱起，走進浴室，浴缸裡放了水跨進去。

浴室裡光線比在臥室時明亮許多，瞬間，清晰度提高了好幾倍，初梔縮在他懷裡，腦袋懶趴趴地靠在他肩頭，抬手拍他背：「燈……」

「就知道燈。」他抽了旁邊的浴球過來，壓了兩泵沐浴乳，幫她搓泡沫。

浴球蹭著腿根，初梔又哭唧唧地往回縮。

折騰了一陣子才把她從頭到腳洗乾淨，重新抱回臥室。

被子之前被鋪在身下，現在上面濕漉漉的什麼都有，陸嘉珩直接掀了被子丟在地上，將人放在床上，從衣櫃裡翻出一床新的幫她蓋上。

初梔累得不想睜眼，手臂都抬不起來，懶趴趴地挺屍在床上，任由他給她塞進被窩，迷迷糊糊地感覺到旁邊的位置一塌，緊接著就是一條熱乎乎的手臂橫過來，把她抱住。

初梔皺著眉哼唧了兩聲，終於抬手揉了揉哭得腫腫的眼睛，睜開眼看他。

男人飽食饜足後看起來慵懶又滿足，微垂著眼看著她。

初梔一看著他那副表情，就覺得氣不打一處來。

他肩頭被她咬了好幾個牙印，還有幾個指甲的印子，初梔手臂在被子裡面動來動去，伸出來，食指往前一探，重重地戳了戳。

陸嘉珩輕輕「嘶」了一聲，抬手去捉她手指：「幹什麼？」

她身上還疼著，委委屈屈地看著他：「陸嘉珩，我再也不跟你——」她憋了半天，才小聲道，「不跟你幹這事了。」

陸嘉珩低笑了一聲，心情很好的樣子：「不再給我兩次機會嗎？」

初梔想了想，又皺眉：「行吧，那結婚的時候一次。」

陸嘉珩輕輕揉她頭髮：「還有一次呢？」

初梔想了想：「你死的時候。」

陸嘉珩：「……」

她哭哭叫叫了一個晚上，聲音還啞著，人也疲，垂著腦袋枕在枕頭上，靠著他小聲說話：「你有沒有聽過那個笑話，扶我起來試試。」

陸嘉珩親了親她額頭，溫溫柔柔地：「妳還有精神皮。」

初梔仰起腦袋來瞪他：「你現在對我的這股溫柔勁剛剛哪裡去了，像是要弄死我一樣。」

陸嘉珩扣著她腦袋按進自己懷裡：「妳別搞事。」

初梔哼唧了兩聲，小屁股微微往後拱了拱，調整了一個舒服的姿勢，腦袋抵著他胸膛，小動物似的習慣性拱了拱，又聞聞，不說話了。

她一向睡得快，平日裡睡著了就開始開疆辟土，試圖霸佔整張床將旁邊的人驅逐出自己的領地，這次卻睡得很熟，好半天不動一下。

這一覺就睡到第二天早上八點半。

她背對著他，整個人被從後面環在男人的懷裡，初梔緩了下，揉揉眼睛，往外竄。

剛挪出去一點，他攔在她腰間的手臂收了收，又重新把人帶回來。

初梔慢吞吞地轉過身去，仰頭看他。

他們不是第一次在同一張床上醒來。

卻總有不一樣的地方。

她翻身一動，他就醒了，微瞇了一下眼，還沒睜開——

「陸嘉珩，」初梔平靜地說，「我感覺你變醜了。」

陸嘉珩一頓，瞇著眼哼笑了一聲，聲音帶著沙啞睡意：「操完我就嫌我醜了。」

即使昨天已經完全領略見識到了他做那事的時候說出來的話有多讓人面紅耳赤，初梔依然很不禁逗的臉紅了：「你能不能，以後說話正經點。」

「不能，」陸嘉珩一副還沒睡夠的樣子，胡亂揉了揉她頭髮，「幾點了？」

「八點半。」

「睡吧。」

「上班。」

陸嘉珩頓了頓，終於睜開眼來，看她：「妳還要去上班？」

初梔眨眨眼：「你不去上班嗎？」

陸嘉珩含含糊糊「唔」了一聲，垂頭咬了咬她唇瓣，被子下面的手又順著衣擺鑽進去，握住細腰：「不想去。」

初梔一巴掌拍著他的臉推開：「刷牙洗臉，上班！」

陸嘉珩野馬脫韁，仗著自己身體素質好，瘋狂折磨身體素質不太行的初梔，趁著初父和鄧女士不在的這段時間天天晚上拖著她行苟且之事，一遍不成還要得寸進尺，然後被初梔一腳踹下床。

隔天一大早，初梔人一到公司，就看見站在辦公室門口的蕭翊。

彼時流言發酵醞釀了幾天，兩個故事人物再次同框出現，整個市場部的人都在偷偷往這邊瞥。

初梔站在門口，手裡拿著個保溫水杯，看起來十分平靜：「早呀。」

蕭翊短短幾天時間看起來瘦了一圈。

他低垂著頭，聲音不大，卻能讓辦公室裡的每一個人都能聽見：「之前答應過妳的事情，我會做到，」他靜了靜，眼窩深陷，看著她，忽然俯下身去，「對不起。」

平地炸起一聲，辦公室裡一片寂靜，一直偷偷看著戲的圍觀群眾們驚了。

初梔沒說話。

蕭翊弓著身，垂頭：「我之前將妳的核心創意盜竊過來占為己有，還反過來誣陷妳抄襲，讓妳被誤會了這麼久，也給妳帶來了很多困擾，對不起。」

初梔咬著嘴唇，開始有點心軟。

辦公室裡寂靜，沒人說話，連走動的聲音都消失了，只剩下手指敲擊鍵盤的聲音。

辦公室大概是祕密傳播最快的地方之一。

良久，蕭翊才直起身來：「我已經從卓思辭職了，也意識到了自己之前的愚蠢，不屬於我的東西我不會再要，做出這種事情不奢望我們還能做朋友，」他深深地看著他，「謝謝妳還願意原諒我。」

好半天，她才輕輕地「嗯」了一聲，垂頭。

向她公開道歉，這是初栀那天對他的要求。

可是她其實沒有想過要讓他辭職。

初栀皺了皺鼻子，輕聲道：「其實你不用辭職的……」

蕭翊苦笑了一下：「我離開卓思，也有別的原因。」

初栀隱隱約約能夠猜到是跟那天的事情有關，卻不知道具體是為什麼。

她抬起眼來，看著面前的男人，他黑眼圈很重，眼裡滿是血絲，神情疲憊。

其實初栀對於高中時期的蕭翊，也不是完全沒有印象。

她偶爾在學校餐廳看見過他幾次。

四目相對，初栀也並沒太注意，一眼掃過去，他和其它擦肩而過的人並沒有什麼區別。

只是視線對上的次數多了，也稍微對這張臉會有一點點印象。

溫和低調卻不掩驕傲自信的少年。

這是初栀對蕭翊最初的印象。

時間和世界總是會不動聲色的改變一個人。

如果說早上蕭翊的道歉是地雷一顆，那麼中午陸嘉珩纏著滿手的白紗布繃帶風風火火地提著個餐盒衝進市場部就是一顆深水炸彈。

最近風頭正盛的小陸總兩隻手纏得像是個殘廢，費力地提著飯盒走到初栀面前，漆黑的桃花眼專注地看著她：「寶貝，對不起，是我沒保護好妳，讓妳這兩天受了這麼多委屈。」

「……」初栀再次被他噁心到打了個哆嗦。

她抬眼，看著他紗布和繃帶包得嚴嚴實實看不到一點皮膚的手，而這雙手就在今天早上在家裡的時候還捏著她的腿，彈鋼琴似的靈活地一路往上摸。

「你的手怎麼了？」初栀艱難地問道。

太子殿下提了提手裡的飯盒，看著她的眼神溫柔的不像話：「我想做個午飯給妳，被油燙傷了一點。」

「……」你這是塞油鍋裡炸了吧。

於是，短短一天時間，抄襲事件的「受害者」登門道歉這件事情水波一樣擴散開來，初栀從「品行不端還勾引高富帥的狐狸精」變成了「受盡誣陷卻依然對這個世界充滿愛最終收穫真愛的灰姑娘」。

熱愛八卦的同事們總是這麼的善變。

初栀就像是媳婦終於熬成了婆，感受到了和之前截然不同的待遇，連上個洗手間都有女生要跟她結伴同行，彷彿回到了高中的時候。

跟「疑似」未來董事長夫人一起尿！尿！

多麼刺激！

初栀一向不太擅長處理這種，她覺得彆扭極了，女同事們的熱情招呼讓人防不勝防，甚至想邀請粉襯衫一起上廁所。

於是幾次三番以後，她不顧身邊幾道友善的注視，扭過頭去，熱切地看著粉襯衫：「前輩，要不要一起去個洗手間？」

「……」

粉襯衫面無表情的看著她：「老闆娘，您再這樣我辭職了。」

第十六章　一眼焚城

蕭翊辭職以後，趙玫也沒再出現過，兩天後，卓思棄權了。

躍馬直接拿到了專案，當天下午，躍馬帶了方案過來開會，初梔才知道躍馬那位高冷先生叫顧從禮。

卓思當時費勁心思爭這個案子，就這麼放棄了，初梔覺得還挺沒意思，晚上跟陸嘉珩吐槽這個事，男人依舊沒什麼熱情的樣子。

初梔盤著腿坐在床頭吃草莓：「今天卓思那邊來消息，說這個專案不要了。」

陸嘉珩抱著筆記本坐在旁邊，手邊被子上放著兩個資料夾：「嗯。」

「他們竟然放棄了，為什麼呀，他們都準備了這麼久了。」

「不放棄怎麼了？難道就這麼拖著等著輸？」

「你覺得卓思會輸嗎？」初梔問。

「躍馬更有創意，敢玩敢想，東西更有趣一點，卓思這幾年不太行了，模式都很固定，」陸嘉珩眼都沒抬，「而且卓思今年總監跳槽，剩下的幾個管理層沒一個像樣的，本來暫時是趙玫負責，現在我想她也沒什麼心思。」

他的話說完，初梔已經湊到他面前去了。

小女孩嘴巴上叼著個草莓，手臂撐著床面靠過去：「什麼心思？」

陸嘉珩抬眼，看了她一眼。

初梔好奇了太久了，草莓嚼吧嚼吧咽下去，忍不住問他：「你那天給我的信封裡，到底裝了什麼呀？」

他重新垂頭，哼哼著笑了兩聲。

初梔爬到他身上，抬手拽他耳朵。

沒反應。

她伸頭咬了咬。

陸嘉珩空出手來，拍了拍她屁股：「妳怎麼什麼都想知道？」

初梔心想誰看見當時那兩個人的表情都會想知道好嗎？

她眨著眼，眼睛亮亮的，回想起蕭翊當時的反應和趙玫的反應：「是那種照片嗎？」初梔看起來莫名還有點小興奮，睜大了眼，「趙玫出軌了嗎？」

他挑眉，筆電丟在旁邊，手順著臀線往上摸，滑進睡衣裙擺去勾她的內褲，面上不動聲色，準備開始幹活：「對，就是那種照片，來，我演示一遍給妳看。」

初梔：「……」

陸嘉珩的好日子沒過幾天，一個禮拜後，初父和鄧女士從普羅旺斯回來了。

鄧女士渾身薰衣草味，帶了四五瓶香水給初栀，也帶了禮物給陸嘉珩。

初栀上樓送去給他，順便把自己這兩天的日用品洗面乳什麼的從他家撈出來，偷偷摸摸帶回家。

出門前，又被男人了撈回來，抵在門上：「這就走了？」

「我爸媽回來了呀。」

陸嘉珩想了想，提議道：「要不要來個分居炮？」

「……」

初栀由衷地希望陸嘉珩腦袋裡能想點別的，她最近這段時間每天都想拄著拐杖出門。

進入八月以後，陸嘉珩比以前還要忙，初栀也開始忙起來，羅馬加起班來就像不要命一樣，初栀從來沒見過比甲方還要拚命的乙方。

粉襯衫每天累得像條狗，連著陪著加班兩天兩夜以後，他躺在桌子上苟延殘喘：「跟他媽羅馬合作，老子感覺自己連性生活都不需要了。」

初栀也癱在桌子上：「前輩您醒醒，您本來就沒有性生活。」

粉襯衫哼哼：「老子本以為葉康寧已經很地獄了，結果沒想到羅馬這個顧從禮更他媽可怕，然後這辦公室裡的女人一看到他還都像瘋了一樣，這個社會還有沒有人性了，顏值就那麼重要嗎？」

初栀說：「前輩，我就是之後考核不過我也不要去這種拚命型廣告公司了，我就是死了，被釘在棺材裡，我也不去躍馬。」

粉襯衫不以為意：「老闆娘，您的考核怎麼可能不過。」

初栀當時沒說話。

粉襯衫只是無意一說，她卻聽進去了。

自從事情鬧得沸沸揚揚公開以後，初栀之前所有排斥的事情都發生了。

直到和躍馬的合作案結束，初栀過了個難得的雙休日，週日在家裡看著電影，門鈴就被人按響了。

初栀蹬蹬蹬跑去扒貓眼，開門。

陸嘉珩站在門口，沒什麼表情地看著她。

初栀一臉驚喜：「陸嘉珩！見到你真高興啊！」

「……」

陸嘉珩皮笑肉不笑：「寶貝，太假了。」

初栀舔舔嘴唇，繼續裝傻：「你今天不去公司了呀？你也雙休日啊？」

陸嘉珩靠站在門邊，斜歪著身子：「聽說妳昨天寫了封信給葉康寧？」

初栀問：「什麼信？」

陸嘉珩：「告白信、情書。」

初栀睜大了眼瞪他：「我寫的不是告白信。」

「哦，那是什麼信？」

初栀不說話。

他抱著臂進屋，居高臨下看著她：「嗯？辭職？」

初栀撓撓下巴：「這個事情一言難盡。」

「行，」陸嘉珩點點頭，「不要我了，妳準備去哪？」

她埋著頭，小聲嘀咕：「我週一去躍馬面試……」

三秒鐘沉默。

陸嘉珩平靜地說：「就是那個，妳喜歡的高冷的？」

初栀連忙解釋：「沒有沒有，高冷的那個不是躍馬的，他只是這段時間幫朋友忙。」

「妳連這個都打聽清楚了？」

初栀覺得有必要和他解釋清楚。

「陸嘉珩，我不是因為這些才要走的，我之所以不想在公司裡公開和你的關係，就是因為這個，因為我不想辭職。」深吸口氣，「如果說景恒是我們自己創業，我和你一起奮鬥打拚下來的，那我一定不走。」

陸嘉珩抿著唇，沒說話。

初栀仰著腦袋看著他，她瞪大了眼睛，朝他比了個手勢，「陸嘉珩，我現在上個廁所都要被三、五個人按在檯子上聊家常。」

陸嘉珩：「……」

陸嘉珩最終妥協了。

初梔誰都沒說，只告訴了粉襯衫，臨走前被粉襯衫一把鼻涕一把淚的挖苦了一番。

「我就是之後考核不過我也不要去這種拚命型廣告公司，我就是死了，被釘在棺材裡，我也不去躍馬。」粉襯衫幽幽道。

初梔：「……」

初梔去躍馬的第三個禮拜，陸泓聲被董事會罷免。

事情鬧得很大，首先是不痛不癢的花邊新聞，陸泓聲被爆出了一連串照片，照片裡的女人五花八門，初梔認出裡面有趙玫，也有最近當紅的小花旦、小明星，男人卻都是同一個。

這種沒營養的出軌緋聞最能夠提得起八卦群眾的興趣。

緊接著就是一連串的爆料。

虛報利潤做假賬，任職期間財報注水，手裡的娛樂公司當紅女星證實吸毒，而被抓前一天，還被人拍到和他一起進出某高級會所。

事情發生當天，公關部門很快回應，陸泓聲被罷免後景恒召開新聞發佈會做出交代以及致歉，陸嘉珩作為新任CEO首次在媒體前露面，介紹了臨市開發區的新專案建設工程。

初梔當時和初父鄧女士一起坐在客廳裡看，男人一身純黑西裝穿得一絲不苟，帥到初梔覺得隔著一層電視都能感受到他四散的荷爾蒙。

鄧女士看得心花怒放：「哦喲，這小夥子這麼一穿還蠻帥的嘛。」

初父冷冷地哼了一聲，表情越來越難看：「這陸泓聲是他爸？妳是要和這樣的人家談戀愛？」

「他是他，他爸是他爸，他也覺得他爸爸做得不對的，」初栀耐心地糾正他：「爸，我不是跟他談戀愛，我要嫁給他。」

初父瞪大了眼睛，直指電視螢幕：「妳還想嫁到這樣的人家去？」

初栀想了想：「那我明天問問他願不願意入贅？」

初父氣憤地看著她。

初栀乖乖巧巧地垂下頭去，抬起手來，捏著他的袖子搖了搖：「爸爸……」

初父不為所動。

「爸爸、爸爸……」

初父神情開始鬆動了。

初栀表面不動聲色，再接再厲道：「爸爸，你就是不想讓我交男朋友，所以什麼樣的你都要反對。」

初父長長的嘆了口氣：「寶貝，妳如果找一個普普通通的男孩子，那也可以，只要他對你好就行，可是妳這男朋友，他家裡這樣，他萬一以後也這樣怎麼辦？嫁過去我怎麼放心？」

鄧女士呀嚓呀嚓嗑瓜子：「兒孫自有兒孫福。」

初父大怒：「妳能不能長點心！這不是妳女兒？」

鄧女士也怒了：「初雲飛你跟我厲害什麼？你就因為他家庭的原因就把人家小孩否認得徹徹底底你還覺得自己挺棒的？父母和家庭是孩子能選擇的？我看小陸那孩子挺好，對我們初栀也是真心的，我看你是誰都看不上！你就是個女兒奴，就希望女兒一輩子在自己身邊不嫁人才好！」

客廳裡戰火飛揚，鄧女士嗓門一聲比一聲高，夫妻倆日常刀光劍影。

初栀默默地站起身來，溜進房間，任由他們從客廳打到廚房，從廚房打到臥室，然後安靜下來了。

初栀回房間換了套衣服，又偷偷溜上樓去，準備等陸嘉珩回來。

人剛上去，看見門口站著個少年。

初栀愣了愣。

那少年剛好抬起頭來。

大概九歲、十歲的樣子，清秀的眉眼，烏髮漆黑，長手長腳的站在門邊，一眼看上去，有點像縮小版的陸嘉珩。

初栀反應了好幾秒，一個小小的小男孩從記憶深處蹦出來。

男孩手裡拿著個黃桃果凍，扯著她的手，大大圓圓的眼睛亮晶晶的看著她，聲音軟糯甜甜的叫她：「姐姐。」

初栀不確定地走過去，微垂著頭：「懿懿？」

她大概四年沒見過他，之前也只見過那麼一次，初栀甚至都有些記不清楚他的長相了，男孩拔高了好大一截，看起來甚至沒比初栀矮上多少，嬰兒肥褪去，眉眼也變化了許多。

陸嘉懿愣愣地看著她，眨了眨眼：「姐姐……」

他和陸嘉珩五官臉型都有點像，唯有一雙眼睛，大大的，眼型圓潤，雙眼皮的褶皺很深，瞳仁漆黑，看著人的時候像是會說話。

初梔有點小驚喜：「真的是你呀？好久不見了，你來找你哥哥嗎？」

陸嘉懿看著她，眨了眨眼，眼眶突然紅了。

小少年跑過來，仰著頭，緊緊抓著她的衣袖，眼淚啪嗒啪嗒往下掉：「姐姐，媽媽說爸爸養不起我們了，我媽媽瘋了，她要帶我走，妳能不能求求哥哥，求求他讓我在這裡藏一藏，我不想讓媽媽帶我走。」

都說十歲小朋友是最不乖不討人喜歡的年紀，陸嘉懿看起來似乎完全不存在這個問題。

陸嘉珩不知道什麼時候會回來，他家沒什麼吃的，初梔也不會煮飯，想了想，把陸嘉懿帶回了家。

廚房裡，初父和鄧女士結束了今天的日常大戰，正相親相愛做著晚飯，鄧女士來幫她開門，剛要說話，就看見她身後漏出個黑漆漆的小腦袋瓜。

陸嘉懿藏在初梔後面，只露出半張臉，黑眼明亮地看著她，眨呀眨。

鄧女士垂著頭看他，也眨呀眨。

初梔看著這兩人對視，也沒來得及說話，就看見鄧女士一臉驚恐地往屋裡掃了一眼，又神祕兮兮拉著初梔出了房門，伸出手指來，抖啊抖啊的指著陸嘉懿：「初初初初梔妳給我解釋清楚了，這這這孩子——」鄧女士臉色煞白，壓低了聲音，「初梔，妳跟我說實話，妳和那小陸到底什麼時候認識的？」

「大學呀，」初梔有點沒反應過來，也垂下頭，看著小少年笑嘻嘻地：「他小時候我見他還是個小包子，長大了和他哥哥還挺像的啊，除了眼睛。」

小少年圓滾滾的大眼睛看著她，似乎是因為說了和陸嘉珩像，他看起來挺高興的，露出了有點羞澀的笑容。

鄧女士看起來還有點驚魂未定：「他的眼睛和妳長得一模一樣。」

初梔想了想，「我不記得他媽媽長什麼樣了，我只見過一次。」

而且黑燈瞎火，又是那種特殊的情況下，初梔也根本沒注意到那個上來就打人的女人到底長什麼樣。

鄧女士長長的，吐出一口氣來。

初梔領著陸嘉懿進屋，初父剛好拎著個勺子轉過身來，勺子裡的紅燒肉裝盤，一抬眼，看見初梔手裡領著的小朋友，手一抖，勺子差點掉了。

下一秒，初父嗷地一聲大吼：「初梔——！」

鄧女士趕緊走過去：「這是小陸他弟弟。」

初父這一嗓門把陸嘉懿嚇得一機靈，腦袋唰地一下又藏回到初梔身後去了，又好奇，偷偷摸摸看，對上初父好凶的視線。

陸嘉懿很茫然地看著他，黑溜溜的眼眨呀眨，乖乖巧巧地朝他點點頭：「叔叔好。」

初父被萌到了。

初父被打了個措手不及。

初父手裡的勺子放下，表情僵硬了一下，抿了抿唇：「妳領他弟弟回來幹什麼？」

初梔也跟著眨眼，一大一小兩個小人瞧著他：「帶回來給您玩玩，我感覺您會喜歡他。」

初父冷哼了一聲，「我喜歡什麼？妳少跟我來這些邪門歪道！妳現在和那小子在一起都學壞了。」

半個小時後，陸嘉懿坐在餐桌前，餐桌上滿滿的菜，初父把紅燒肉和糖醋排骨都放到了小朋友面前，人回到廚房，忙了一陣子，又端著個盤子出來。

初梔一看，拔絲蘋果。

鄧女士樂了：「初雲飛，妳女兒上高中以後就不愛吃這個了。」

初父沒搭腔，盤子放到小朋友面前了。

陸嘉懿捏著筷子，乖巧地吃飯，安安靜靜也不怎麼說話，吃相乾淨又斯文，瞧著那盤拔絲蘋果，小心翼翼地伸了筷子去夾。

淺褐色透明糖漿裹在蘋果上，夾起一塊拉出絲來，越拉越長，越拉越長，陸嘉懿瞪大了眼，手臂舉得老高這個絲也沒拔完。

小朋友吃飯慢，初梔和鄧女士都吃完走人了，初父始終沒走，就坐在餐桌前和他聊天，起初的時候還板著臉，後來不知道小朋友用了什麼辦法，把初父逗得和顏悅色笑靨如花，陰沉了幾天的臉色終於轉晴。

晚飯過後，陸嘉珩上門接人，初父站在門口瞪了他好半天，突然開口問道：「什麼時候再來？」

初梔：「……」

陸嘉珩：「……」

門關了，陸嘉珩垂眼，看著他：「你來幹什麼？」

陸嘉懿看著他，眼眶紅了。

他垂下頭去，乾巴巴地：「哥哥……」

「幹什麼？」

「媽媽要帶我走了，她今天發了好大的脾氣，把家裡的東西全砸了，她是不是瘋了……」陸嘉懿紅著眼，又仰頭，大眼裡含著淚，「哥哥，我不想走，她說她要和爸爸離婚了，我以後會沒有爸爸嗎？爸爸會不要我嗎？」

陸嘉珩沒說話。

他微微俯身，拽著他的手腕拉過來，領著他上樓。

走到門口，他開門，淡淡叫了他一聲：「陸嘉懿。」

少年抬起頭來。

陸嘉珩垂頭看著他，唇角垂著，沒什麼表情看著他：「別怕，」

他視線轉開，推門進去：「別怕，你有哥哥在。」

陸嘉珩帶著陸嘉懿回陸宅的時候，蔣阮正在收拾東西。

她看起來完全配得上她兒子「快瘋了」這個形容，往日的精緻不復存在，長髮淩亂，偌大的房子裡空蕩蕩的，看起來空了不少。

她來回走來走去，門口放著四、五個大箱子，一看見陸嘉懿，瘋了似的衝過來。

「懿懿！」

蔣阮喊了一聲，看見陸嘉懿後面走進來的陸嘉珩。

她猛地停住了腳步。

隔著明亮的大客廳，陸嘉珩安靜地看著她。

蔣阮愣了一下，表情變得歇斯底里，她眼睛裡佈滿了血絲：「陸嘉懿！上樓！」

陸嘉懿站在旁邊縮了縮，沒動。

她尖叫：「上去！你現在馬上給我上樓！」

男孩回過頭來，看向陸嘉珩。

他沒說話，垂眼，拍了拍他的肩膀。

陸嘉懿跑上了樓，房門關上的聲音響起，蔣阮驚恐又憤怒的看著他：「你要幹什麼……」

「你帶他去哪了……」

「你搶走了我的家，我的老公，你現在還要搶走我兒子……」

「我現在什麼都沒有了，我什麼都沒有，你還要搶走我兒子，陸嘉珩，你為什麼對我這麼狠？」

陸嘉珩一直沒說話，就這麼看著她，突然笑了。

「妳在逗我？」他側著頭，眼神彷彿在看什麼神奇的又陌生的生物，「我本來以為妳只是不知道什麼叫廉恥，沒想到妳根本沒有。」

陸嘉珩微微揚了揚下巴，虛著眸看她：「不要說得這麼理直氣壯，妳，才是偷東西的那個。」

蔣阮對上他的視線，又像是被什麼東西燙到了一樣匆匆移開：「你在說什麼……我是真心喜歡他的，我沒偷東西……」

陸嘉珩挑眉：「陸泓聲一出事，妳就這麼急著找下家了，妳這個真心還真是讓人毛骨悚然啊。」

蔣阮唇瓣發白，顫了顫：「那你讓我怎麼辦……我能怎麼辦，陸泓聲現在一無所有了，他連房子都是他爸的，現在出了這種事——」她抬起眼來，自嘲似的笑了笑，「你會給我們母子倆活路嗎？」

陸嘉珩勾起唇角：「我倒是沒想到妳會帶著陸嘉懿走，畢竟妳一個人比較好找下家。」

蔣阮目光空茫茫地看著他：「我今年三十多歲了，我跟了陸泓聲十年，整整十年，哪還有——」

——哪還有那麼好找的下家。

陸嘉珩面露嘲諷。

這女人在家裡靠別人養了十年，現在出了事，首先想到的不是怎麼養她兒子，而是她找不到另一個願意養她的男人。

陸嘉珩呵出了一聲，輕聲道：「妳廢了。」

蔣阮沒聽見，她的表情還有點恍惚

他垂著眼看著她，唇角垂下來，表情無波無瀾：「妳想去哪就去哪，我不管妳，但是陸嘉懿姓陸，老爺子不可能會讓妳帶他走。」

蔣阮恍恍惚惚地看著他，緩慢地消化了一下他的話，微微睜大了眼：「不行——嘉懿是我兒子，我的孩子……沒有他我以後怎麼辦……」她突然反應過來，怨毒地瞪著他，「你恨他，你恨他，因為你沒有媽媽，所以你也想讓他沒有媽媽！」

陸嘉珩淡淡的看著她：「我不恨他，我以前嫉妒他，現在，我甚至有點同情他了。至少我知道我的母親是怎麼樣的人，而他的母親其實是什麼樣——」他笑了，「妳敢讓他知道嗎？」

蔣阮不敢。

她不敢讓自己的兒子知道自己是個私生子，也不敢想像他知道這些以後對她會是什麼樣的反應，她希望自己在兒子的心目中永遠是值得尊敬的人，最溫柔美好的母親。

三天後，陸嘉懿再次出現在陸嘉珩家門口。

他一開門，男孩抱著他哭得泣不成聲。

蔣阮走了。

陸嘉懿站在他家門口，抱著他的腰，眼睛又紅又腫：「哥哥，其實我知道我是怎麼出生的，我也知道你為什麼討厭我，有一次爸爸和媽媽吵架我聽見了。對不起、對不起，哥哥，對不起……」

男孩抽噎著，聲音沙啞，帶著濃重的哭腔：「我希望我從來沒被生出來過。」

十一月初，陸嘉珩關於臨市開發區的ＣＢＤ工程建設召開新聞記者會，月底，景恒集團五十週年慶晚會，初梔被陸嘉珩以家屬的名義拉過去參加。

在被告知陸老爺子也會在場的時候，初栀陷入了前所未有的緊張情緒當中。

上一次見到陸老爺子，還是幾年前。

老人家將她拉到書房裡去，前前後後仔仔細細地瞧了她一陣子，最後一句話都沒說，把人放走了。

初栀也不知道自己當時合格了沒。

現在想想，她當時又呆又不會說話，嘴巴也不甜，就那麼跟老人大眼對小眼的瞅，能被喜歡就怪了。

初栀欲哭無淚，覺得時隔幾年以後的第一次亮相，她怎麼也應該好好表現才是。

當天上午，她很焦灼的打了十好幾個轟炸電話給林瞳，很焦灼地跟著她去做了頭髮和美容，並且由據說從什麼米蘭回來的造型師幫她化了個比畢業典禮的時候不知道精緻多少倍的妝。

雖然初栀自己看鏡子覺得好像也沒有什麼變化。

然後，就跟童話故事和電視劇裡面的一樣，當初栀穿著大紅色花瓣裙擺抹胸長裙出現在陸嘉珩面前的時候，陸嘉珩被她的美貌驚呆了。

他沉默了三秒鐘，忽然垂頭，輕輕笑了一聲。

初栀有點緊張，也有點期待，大眼睛圓滾滾地看著他，像是隻討獎勵和誇獎的小哈巴狗，等著他的評價。

陸嘉珩抬手，指尖輕輕落在她右邊眉尾的地方：「妝化早了吧，下午偷偷睡覺了？眉毛被妳蹭掉了半截。」

初栀：「……」

初栀憤怒地用她的八公分高跟狠狠地踩了他一腳。

會場選在程軼家的酒店，初栀跟著陸嘉珩去，自然也就早到，程軼一看見她，扒著門框爆了一句粗。

他一邊領著他們上樓，一邊目不轉睛地看著初栀，十分不雅的爆了句粗口：「不是，栀妹子，許久未見，妳到底發生了什麼事？」

初栀眨眨眼，貼著長長的假睫毛忽閃忽閃的：「我的變化很大嗎？」

「我也形容不太出來，」程軼頓了頓，眼一瞇，上下掃了她一圈，摸摸下巴神祕道，「五官明明好像沒什麼變化，氣質上完全不一樣了，感覺像是從一隻小白兔，變成了白兔精。」

初栀：「……」

陸嘉珩拉著初栀往自己身後一藏，阻隔了他掃視的視線，順便抬手推著他的腦袋往外按：「行了，你哪來那麼多廢話，滾吧。」

他把人丟出去，關門轉身。

程軼幫他們準備了臨時休息的房間，不小的一個套房，大落地窗，裝潢風格偏向奢華，歐式的家具加上大禮服裙讓初栀有種錯覺，彷彿加個皇冠她就真的能變成公主了。

而陸嘉珩小王子，此時正垂眼看著她。

程軼剛剛看著她的時候初栀沒覺得有什麼不對，被陸嘉珩這麼上上下下的一瞧，她卻突然莫名的生出了一種不太自在的感覺。

她有點害羞地縮了下巴，含了含背，垂下眼去：「我們什麼時候下去呀？」

陸嘉珩沒說話。

半晌，他突然沒頭沒尾道：「程軼說得對。」

初梔愣了下，抬起頭來：「唔？」

他已經走了過來，站在她面前，指尖順著修長的脖頸滑到纖細肩膀，鎖骨的線條流暢好看，往下是大紅色禮裙包裹著的胸和細腰。

而那下面的風景，他已經看過了。

卻好像怎麼都不夠。

他的指尖落在她胸口滑膩的溝壑上方，停在裙子的抹胸邊緣，聲音很低，帶著情動時的沙啞磁性：「我們晚一個小時下去？」

初梔見過他這個樣子很多次了，瞬間秒懂了這個人的意思。

她的肩膀縮了縮，往後躲開他的手指，開始狂搖頭：「裙子會亂，妝也會花。」

陸嘉珩抿了抿唇，微瞇了一下眼看著她：「小梔子，妳自己算算妳又讓我吃了幾個月齋了。」

初梔輕輕拽了拽耳垂，聲音小小的：「你能不能別每天都想著這些事……你工作這麼忙，你還有精力幹這個呀？」

陸嘉珩挑起眉來，湊到她耳邊故意壓低了聲音惡劣道：「有啊，精和力都留著給妳。」

初梔：「……」

下一秒，初梔八公分的高跟鞋再次招呼到他的鞋面上。

離晚會開始還早，初梔在陸嘉珩房間裡睡了半個小時。

等到她起來的時候，陸嘉珩已經下去了，初梔爬起來醒一下神，又跑去洗手間補了個妝，才慢吞吞地穿上鞋子下樓去。

週年慶晚會已經開始了，長官們大概也已經講完話了，宴會廳裡衣香鬢影，能看到有當紅的男女明星們端著香檳聊天。

初梔走進去，看見了不少熟面孔，旁邊侍者立刻端著託盤過來，初梔隨手捏了杯顏色最好看的酒，偷偷找了個靠窗的角落，悄悄喝了一口。

她知道自己酒品爛，不敢多喝，只抿了一小口嚐個味道，有點像水蜜桃混雜著什麼熱帶水果的氣泡酒。

站了沒多久，許久未見的粉襯衫和許策劃看見她，粉襯衫瘦了一圈，五官都英俊了不少，歡快的跑過來和她敘舊，後面還跟著葉康寧。

初梔一邊跟他們說話一邊小口抿著酒，還沒來得及喝幾口，一抬眼，就看見一個人朝自己走過來。

一個男人。

一個穿著一身淺色正裝的男人。

一個看起來四十多歲依然保養得很好，相貌英俊溫和的男人。

初梔一口氣泡酒差點吐出來了。

因為那男人也看見她了，正朝她走過來。

初栀清了清嗓子，站直了身子，將手裡的酒杯悄悄地放在旁邊小桌上，往甜品的盤子後面推了推藏起來。

男人剛好走到她面前。

初栀老實地仰著頭，一臉驚訝：「您怎麼也來了。」

初父看起來受傷極了，一副傷心的很真實的樣子：「妳之前跟我說，要去參加公司的晚會。」

初栀反應快極了，一本正經地看著他，眼睛都沒眨一下：「躍馬和景恒之前有過合作，現在也有長期合作的意向，景恒五十週年當然也會邀請我們。」

初父「哦」了一聲，點點頭，看起來是暫時信了，停了一下，又道：「我剛剛看見妳在喝酒？」

「沒有的，我不會喝，我這麼乖。」

旁邊的粉襯衫他們聽著這越來越詭異的對話有點愣，一時間沒反應過來，也沒插話。

這怎麼回事啊，這兩個人什麼關係啊，著發展方向有點不對勁啊喂！

許策劃彷彿看見了她英明神武的總經理頭上有雨滴落在青青草地。

初父看起來還想說什麼，視線微側，頓了頓，轉過頭去。

初栀也跟著轉過頭去，然後臉白了。

粉襯衫他們也跟著轉過頭去，也白了。

陸老爺子穿著一身淺色唐裝，頭髮花白，看起來卻精神抖擻，背著手逛大街似的走過來。

陸嘉珩跟在他後面，目光和初栀對上，看到她面前的初父，也愣了愣，似乎沒想到會在這裡看見他。

而此時，陸老爺子已經走過來了，初父迎上去，很熟練地跟他打招呼，順便聊了一下家常。

陸老爺子笑稱初父「初總」，初父很自然地叫了聲「陸叔」。

您好，您身體也好嗎，您養得鸚鵡怎麼樣了，花花草草呢？

陸老爺子晚年性格孤傲，成天養花逗鳥，基本上不是以前相熟的人不會交談理睬已經眾所周知，所以見他此時聊得臉上褶子都笑開了，注意到這邊動靜的人都有些意外。

初梔目瞪口呆，她沒想過他爹和陸爺爺是認識的，甚至從來沒聽初父提起過一丁點來。

她站在初父身後，安靜如雞地看著這兩個人像是相識多年一樣寒暄了一陣子，陸老爺子終於側了側頭，看了她一眼：「這女孩你也認識？」

初父聽著那個「也」字微微頓了頓：「認識，您也認識？」

陸老爺子笑呵呵的：「是我孫子的小女朋友，也是我未來孫媳婦。」

初父也笑呵呵的：「那您說巧不巧，這是我女兒。」

陸老爺子：「……」

陸嘉珩：「……」

算起來，初父和陸老爺子也有很多年沒見過面了，他們認識那年初雲飛只是個小少年，景恒集團那時候也還不叫景恒，兩家住得近，初雲飛小時候就笑呵呵的，長得清秀又討人喜歡，大眼睛眨呀眨的幹壞事，最愛去旁邊陸老爺子家蹭飯吃。

後來初雲飛全家搬去南方搞房地產開發，一晃二、三十年沒有過聯繫，再回帝都是他隻身回來，父母留在南方了，於是只私下和陸老爺子吃過兩次飯，兩個人只敘舊，不談其他。

對此，初梔完全不知情。

而陸嘉珩在看到初父的時候，本來以為他是來帶女兒回家去的，即使因為陸嘉懿的原因，初父對他甚至可以稱得上是友善了，他心下還一頓做思想準備工作。結果老爺子一看見他，手一背，面無表情的臉露出了一個高興的表情，走過來。

——開始嘮家常。

陸嘉珩「……」

陸嘉珩覺得這畫面有點驚悚。

他幾次見到初父的場合都不算正式，初父不是穿著睡衣、睡褲就是穿著睡衣、睡褲，配上他溫和的五官，即使是很凶的表情看著陸嘉珩依然有種柔軟的感覺，而此時，男人一身正裝，氣質和以前大不一樣。

初梔像個小雞崽子一樣站在初父身後，微張著嘴巴，表情也有點小呆滯。

她很快緩過神來，看著陸嘉珩，眨眨眼，偷偷摸摸地後退了兩步，小聲往外走。

陸嘉珩意會，跟著她出去。

晚秋風涼，中央空調的溫度不算高，兩個人出了宴會廳一進大廳初梔縮了縮脖子，陸嘉珩隨手脫掉西裝外套讓她穿上。

他們像兩個偷偷摸摸私奔的年輕小情侶，初梔跟著陸嘉珩上了車，他開著車在市中心漫無目的地轉了兩圈，最後停在燈火通明的路邊。

初栀坐在後座，伸過腦袋來，趴在他駕駛座的靠背上，也不說話，就這麼看著他。她穿不習慣這麼高的高跟鞋，此時脫了鞋子，腳丫踩在座位上，腳面藏在裙擺裡，只露出白皙腳尖。

陸嘉珩側頭，輕聲問：「幹嘛這麼看著我？」

街燈斑斕，在她臉上流水一般滑過，時而魅惑入鬼魅，時而昏黃溫柔。

「想看著你。」她輕聲說。

陸嘉珩心下酥軟：「累不累？回家？」

「週年會你提前退席了也可以嗎？」

他重新轉過頭去，打方向盤，側臉看起來有一點漫不經心的漠然：「沒事，該說的都說完了，之後不需要我在場也可以。」

初栀才點點頭：「那回家吧。」

兩人到家，一進門，初栀就踢掉了高跟鞋，赤著腳啪嘰啪嘰踩在地板上進去，你猜躲在窗簾後面探出個小腦袋，一看見她，喵了一聲，踩著優雅的貓步走過來。

初栀隨手把牠抱起來，長長的貓毛黏了一裙子。

陸嘉珩跟在她後面，抬手把她身上西裝外套拽下來，搭在一邊。

初栀抱著貓癱坐在沙發裡，累得長長呼出一口氣來，撩起裙擺，身子一橫，橫躺在沙發上，大大的裙擺垂落在地上開出花來。

陸嘉珩看著她軟趴趴癱著的樣子好笑，走過去坐在她腳邊，捏起腳踝來幫她揉了揉：「就這麼累？」

初梔睜大眼，表情誇張地看著他：「那個鞋跟有那麼高，那麼細。」

陸嘉珩垂著眼，沒說話，修長的手指捏著她的腳踝，一手托住腳跟，看起來專注又認真。

客廳裡安靜，你猜窩在初梔懷裡，舒服的發出咕嚕嚕的輕叫聲。

初梔享受著帥哥的按摩服務舒服得整個人開始發睏，她靠進沙發靠墊裡，蹭了蹭，又打了個哈欠：「我爸和你爺爺原來認識啊……」

陸嘉珩動作一頓，抬眸，看了她一眼。

初梔想揉眼睛，想起自己臉上還有妝，又忍住了，用指尖輕輕戳了戳眼角：「我都不知道欸，他這些事情從來都不跟我說，可是他也不認識你。」

他還是沒說話。

初梔也不知道說什麼好了。

她仰著腦袋，直起身來，抬手，戳戳他的手臂：「你怎麼不說話呀？」

陸嘉珩看著她：「我有點沒反應過來。」

初梔愣愣地：「啊？什麼？」

「女朋友是個公主殿下這件事。」

初梔「啊」了一聲，有點不好意思地：「也沒有呀……」

陸嘉珩微瞇了下眼：「所以妳家到底是幹什麼的？」

初梔抓了抓下巴，慢吞吞道：「賣房子的，不過我爸好像不怎麼管，他都交給我叔叔的。」

賣房子的。

陸嘉珩用這麼多年對初梔的腦迴路和瞭解判斷，她這個賣房子的應該不是開房屋仲介的那種意思。

陸嘉珩一口老血差點嘔出去。

他認識她這麼久，兩個人從來沒對彼此的家庭有過太多過問，他看得出她的家境殷實，從小到大都被父母保護得很好，沒有吃過什麼苦，快快樂樂的長到這麼大了，陸嘉珩覺得這些就夠了。

他垂著眼，指尖輕輕揉了下眉心。

原來人家小女孩一直掛在嘴邊的「我養你啊」就是字面上的那個意思，發自肺腑的準備養他，不是在跟他說情話。

陸嘉珩突然有點憂鬱，不知道該怎麼形容的感覺，就好像他本來只能靠他那麼點臭錢來拴住女朋友的心，結果發現人家根本不稀罕。

陸嘉珩陷入了迷之少年微妙的心情裡，危機意識突然暴增。

他湊過來，雙手撐著沙發撐在初梔上面，一把抓起還黏在初梔懷裡的你猜丟在地上，垂眼看她：「初梔，結婚吧。」

「……」

初梔：？

陸嘉珩簡直太不放心了：「結婚吧。」

初梔懵逼：「現……現在嗎？」

陸嘉珩抿著唇：「我明天去和叔叔阿姨說，妳想要什麼？」

初梔茫然了，不確定地看著他：「我不知道呀，我應該要什麼？」

「……」

陸嘉珩也茫然了：「我沒結過。」

於是兩個人保持著曖昧的姿勢一上一下疊在沙發上，陸嘉珩扶著靠背直起身來，初梔也跟著坐起來，翻出手機，開始上網搜尋。

一邊搜尋，一邊還在跟陸嘉珩分享，興致勃勃地拍他大腿：「你看他們還送了頭牛，牛太大了我就不要了，陸嘉珩，我要雞，還要鴨子，你弄兩隻過來給我。」

陸嘉珩溫柔的摸了摸她的頭髮：「乖，妳不用那些，不健康，妳有我就夠了。」

初梔盯著手機螢幕瞪大了眼睛：「還要準備禮金，可是也沒說要多少錢，」她扭過頭來，笑嘻嘻地看著他，「陸嘉珩，你準備給我多少錢？」

小女孩眼睛都放光了，陸嘉珩輕笑了一聲：「都給妳，我的錢都是妳的。」

初梔被他感動到了。

之前她在寢室群裡面和林瞳她們聊天的時候，還被一頓瘋狂教育，想要把握男人的心就要先把握住他的錢包，看他願意給妳多少錢，那就是有多愛妳。

初梔覺得，愛是相互的，既然對方願意付出，那麼自己也一定要有所表示才行。

初梔抽了抽鼻子，眨著眼，感動得眼眶都快紅了，仰著小腦袋看著他：「陸嘉珩，我沒有那麼多錢給你。」

陸嘉珩挑眉：「妳不是賣房子的嗎？」

初梔點點頭，認真道：「所以我可以給你房子，你自己挑，我還有幾套四合院。」

陸嘉珩：「……」

哦，又多出了四合院。

還沒等他反應，初梔舔舔嘴唇，搖頭晃腦地蹦下沙發站起來，扯著他的手把他也扯起來，拉著他走到書房，推開陽臺的門。

晚上外面冷，她冷得小肩膀直縮，一直領著他走到護欄旁邊。

社區裡一排排樓房，綠化極好，鵝卵石鋪成的小路上地燈光線幽微，蜿蜒著往前是昏黃路燈，小花園中間白色的雕像噴泉在夜色中沉寂。

初梔的大紅色長裙在黑暗裡顯得更為豔麗，像個小女王。

她肩膀一放，指著下面，仰起頭來看著他，聲音軟糯：「你可以在這個社區裡選，愛妃，這是朕為你打下的江山。」

陸嘉珩：「……」

想娶老婆不是那麼容易的事，尤其是當你有一個不太好搞的岳父大人的時候。

陸嘉珩決定還是先緩衝一下，把關係搞好。

一月份，陸嘉懿寒假，男孩二話不說，大包小裹搬過來來敲陸嘉珩家門，用小鹿斑比一樣的眼睛瞅著他，一副求收留的樣子。

三天後，陸嘉珩發現他弟弟開始不著家了，成天往樓下初梔家跑。

於是某次，他把人提回來，和他促膝長談。

陸嘉懿簡直太上道了，他哥都還沒開口說話，少年一臉「我知道我瞭解我明白」的樣子，熟練道：「哥，你放心，我懂。」

陸嘉珩眉一挑，沒說話。

少年笑嘻嘻地：「你是不是想娶初梔姐姐過門，但是初叔叔不喜歡你？」

陸嘉珩不爽地瞇了一下眼，抬手狠狠給他一個爆栗。

他這一下下手不輕，少年嗷地一聲，捂住了白皙的額頭，可憐兮兮地看著他。

陸嘉珩斂了笑，垂眼。

蔣阮剛走的那段時間，陸嘉懿的狀態很不好。

男孩子沉默了很長一段時間，陸泓聲出事情後不知去向，偌大的宅子裡只有他一個人，直到某次夜裡，保姆打電話給陸嘉珩，說陸嘉懿不見了。

他出去找到後半夜，回家看見他蹲在他家門口，抱著膝蓋哭。

那是他第一次把他留下，等他洗澡出來少年已經打好了地鋪，有點不安地怯生生地抱著枕頭和被子看著他，生怕他會臨時改變主意，把他趕出去一樣：「哥哥，我睡地板就好。」

陸嘉珩形容不出來當時他心裡是什麼滋味。

他無聲嘆了口氣，走過去，拽過他枕頭丟到床上：「你跟我睡。」

那孩子露出了一個受寵若驚的表情，又緊張，又開心，又害怕。

陸嘉珩第一次考慮，陸嘉懿這十年來是怎麼過的。

這種小心又謹慎，極其會看人臉色，膽怯自卑又早熟的性格到底是什麼樣的成長環境造就的。

他開始緩慢的意識到，也許在這個家裡，最可憐的孩子不是他，而是陸嘉懿。

他太小了，懂事得又太早，他過早的知道了不應該知道的事情，所以他從小到大，每次看著他的時候都是小心翼翼的、討好的，每分每秒都在因為他覺得不屬於自己的東西而煎熬。

他是個好孩子，卻偏偏因為這份好，而受到了懲罰。

陸嘉珩突然覺得自己這麼多年對他的敵意幼稚而殘忍，像小孩子無處發洩的遷怒。

陸嘉懿沒注意到他的走神，興致勃勃地幫他出謀劃策，他寒假這段時間天天去初梔家吃飯，又是正長身體的時候，飯量驚人，身高也又往上竄了很多，臉上雖然還帶著一點點圓潤的嬰兒肥，五官卻又立體了不少，面部輪廓和陸嘉珩有一點點相似。

也不知道他到底用了什麼辦法，初父對陸嘉珩的態度以肉眼可見的速度發生質變，直到年前，兩個男人甚至能夠飯後心平氣和地坐在沙發上一邊看著電視一邊聊足球和財經新聞。

和往年一樣，初梔的新年還是回南方陪著爺爺奶奶一起過，除夕夜當晚，兩個人通電話，她那邊是家裡大人打麻將的嘈雜聲響，陸嘉珩那邊很安靜，沒什麼聲音。

初梔突然想起他們在一起以後的第一個新年，她也是在爺爺、奶奶家，和他視訊，他人在辦公室裡加班，鏡頭所及之處是高高的文件和泡麵杯。

那個時候，初梔無比地想要飛回去，回去找他，和他一起過年。

想到這裡，她心下一動。

陸嘉珩過年的時候帶著陸嘉懿回了陸老爺子那，爺孫三個沒一個會包餃子，除夕夜當天晚上，一老一少盯著陸嘉珩，一個負責拿著手機查包餃子的步驟負責指導他，一個負責拄著拐杖在旁邊看熱鬧，陸嘉珩圍著個圍裙，很生澀的剁餃子餡，一邊被嫌棄著一邊包餃子，不僅要被陸老爺子嫌棄包的醜，還他媽要給陸嘉懿這個小兔崽子包什麼太陽花，裡面塞紅糖的。

陸少爺哪幹過這活，亂七八糟搞了一通，煮出來以後爺孫三個看著裡面那一鍋肉丸子燉餃子皮，沉默地選擇下館子。

三個人穿戴整齊，一出門，就看見站在門口的陸泓聲。

男人似乎也沒想到會有人出來，原地愣了愣。

還是陸嘉懿先反應過來，喊了他一聲爸爸。

陸泓聲突然垂下眼去。

自從他出了事情以後再沒露過面，畢竟是親生兒子，陸老爺子沒說什麼，房子也還空著給他，他卻像是人間蒸發了一樣，從沒回來過。

陸泓聲穿著黑色的羽絨服，圍了一個圍巾，臉看起來瘦了很多，卻乾淨整潔，像是特地打理過的。

他手裡提著一袋水果，反應過來以後匆匆地往前走了兩步，塞到陸嘉懿懷裡，轉身要走，又頓了頓。

他轉過身，抬眼，看著陸嘉珩，舔了舔嘴唇，輕輕開口：「我——」

陸嘉珩靜靜的看著他，漆黑的眼無波無瀾。

陸泓聲有些恍惚。

陸嘉珩小的時候，陸泓聲抱出去，逢人看見都會說，這孩子長得真是漂亮，尤其那雙眼睛，和他媽媽長得一模一樣。

那時候陸泓聲還有點不服氣，想著這麼小能看出什麼來，長大了肯定像我。

結果隨著他越來越大，五官果然開始和他相似，除了那雙眼睛，像是照著他媽媽的模子刻出來的。

有的時候陸泓聲會不停的想，究竟是從什麼時候開始，他們父子之間的關係變得越來越糟糕，甚至到了最後非要你死我活的程度。

他甚至都想不起來。

陸泓聲垂下眼，狼狽的躲開了視線，轉身逃似的跑了。

不僅是作為父親的資格，他大概連說一句對不起的資格都失去了。

老爺子家保姆回家過年，陸嘉珩帶著家裡一老一少下了一個禮拜館子，大年初六晚上，陸嘉珩接到初梔的電話。

電話裡小女孩的聲音有點空蕩蕩的，吸了吸鼻子：『陸嘉珩……你在哪啊……』

陸嘉珩看了眼旁邊小桌前教陸嘉懿下圍棋的老爺子：「我在家，怎麼了？」

初梔可憐兮兮拖腔拖調，黏糊糊地：『你騙人，我現在在你家，你家根本沒有人。』

陸嘉珩愣住了：「我現在馬上回去。」

一個小時以後，陸嘉珩一開房門，就看見初梔撅著屁股蹲在地上，手裡捏著塊抹布，在擦地。

小短腿蹬蹬蹬來，蹬蹬蹬去，一排一排擦，身邊放著個水盆，加個榻榻米背景，可以去拍日劇了。

陸嘉珩沒動，站在門口倚靠著門框看了她一下子，手一抬，指著旁邊角落：「那塊，擦了嗎？」

初梔：「……」

初梔憤怒地轉過頭來，抹布啪嘰丟在他腳邊：「你自己擦啊！」

陸嘉珩笑著彎腰撿起抹布，走過去丟在水盆裡，扯著她的手拉進懷裡抱著：「今年回來得這麼早。」

往年，初梔都要在那邊待上幾天才會回來，今年她畢業上班，不再有寒暑假了，自然也就回來得早。

初梔笑嘻嘻地回抱住他，順便把自己剛還捏了抹布的手往他衣服上抹，抹完手心抹手背，報復完才爽了，心滿意足道：「想你了呀。」

陸嘉珩沒動，垂頭抱著她，任由她一顆腦袋在他懷裡拱來拱去，小狗一樣的聞。

她似乎特別喜歡他的味道，尤其是每次好久沒見面，一見到以後她都要抱著他蹭一陣子，小地鼠一樣往他懷裡鑽。

他喜歡她所有靠近的舉動，擁抱他時的溫度，親吻的瞬間。

也喜歡她偶爾的，不自覺的，輕飄飄的一句話，卻帶著雷霆萬鈞的力度，又像溫熱的靜流注入心臟，酸澀又柔軟得一塌糊塗。

只要是她，什麼都可以。

只要是她，就心甘情願做任何事情。

初梔好半天沒等到他的反應，終於從他懷裡仰起腦袋來，下巴抵在他的胸膛，笑嘻嘻地看著他：「陸嘉珩，你知不知道明天是什麼日子？」

他抱著她，垂下眼，神情溫柔：「嗯？什麼日子？」

「明天是初七。」初梔提醒他。

陸嘉珩點點頭：「上班的日子。」

初梔：「……」

她無語了一下，抵著他腹部微微扯開了一點點距離，不滿地瞪著他。

陸嘉珩無辜地眨了眨眼。

初梔依然瞪著他，半晌，一副操心的樣子嘆了口氣，朝他勾了勾手：「過來。」

陸嘉珩勾唇，很乖地探身，把耳朵湊過去。

初梔前傾著身，語速很慢：「明天是初七——」

她頓了頓。

陸嘉珩垂眼，目光落在她通紅的小耳朵上。

下一秒，小女孩很小聲地說，

「——是戶政事務所開門的日子。」

正月初七，宜嫁娶，早上八點半，戶政事務所門口。

初栀扯著陸嘉珩的手，歡歡喜喜地等著，面色紅潤有光色，嘰嘰喳喳地跟他說話。

陸嘉珩站在她旁邊，反而異常沉默。

初栀說了一陣子，意識到問題，側過頭去看他：「陸嘉珩。」

他垂眼：「嗯？」

「你在緊張嗎？」

陸嘉珩：「……」

初栀眨著眼，突然露出了一個很知心大姐姐的表情，踮起腳來拍了拍他的肩膀：「沒事，你別怕，等一下進去一切都聽我的。」

陸嘉珩：「……」

她們剛好在門口，門口站著兩個工作人員，一聽就樂了。

初栀沒注意，還在扒著他肩膀說話：「你別緊張，聽說這個很快的，只是排隊的時候慢了點，等一下你就眼睛一閉，咔嚓，咔嚓咔嚓咔嚓，就過去。」

陸嘉珩：「……」

旁邊的工作人員樂不可支，初栀和陸嘉珩進去，就像初栀說的，兩個人填表格拍照交錢，鋼印印上的時候，初栀還在發愣，扒著櫃檯眨著眼，一下子沒反應過來，好奇寶寶一樣看著工作人員：「這就好了嗎？」

工作人員也笑：「對，好了，祝您幸福。」

直到兩個人拿了證書，陸嘉珩領著她往外走，走到門口的時候，初梔突然停住了。

陸嘉珩也停下腳步來，回頭：「怎麼了？」

初梔仰著頭，愣愣的看著他，表情有點呆：「陸嘉珩。」

陸嘉珩很耐心地：「嗯。」

「我們是結婚了嗎？」

他唇角略彎，一笑，好看的桃花眼也跟著勾了勾：「嗯。」

初梔恍惚地看著他，慢吞吞地反應過來，嘴巴一憋，表情突然有點可憐兮兮的，有點委屈：

「我怎麼能結婚了呢……」她看起來簡直快要哭了，「我才二十二歲，我大學剛畢業呢……我怎麼就跟你結婚了呢嗚嗚……」

陸嘉珩：「……」

這小傢伙怪不得這兩天這麼省心，原來都在這等著呢。

旁邊的工作人員大概是從來沒見過這種的，笑到止不住。

陸嘉珩低低呵了一聲，直接把人抗麻袋一樣扛起來就往外走。

初梔尖叫一聲，生怕自己被他摔下去，趕緊抱著他脖頸：「你幹嘛，你幹什麼！」

陸嘉珩沒理她，將人扛出戶政事務所，丟進車裡，自己也上車，回家。

一路上，初梔都在看著手裡的證書，人還有點恍惚。

他開車，她突然側過身去，歪著腦袋看著他：「陸嘉珩，你以後會不會後悔嫁給我。」

陸嘉珩連糾正她的想法都沒有了：「不會。」

「你怎麼知道不會？一輩子那麼長，萬一你以後遇到更喜歡的人了怎麼辦。」

陸嘉珩想了想，覺得她說得有道理：「那就不一定。」

初梔怒了：「你想得美！」

陸嘉珩舌尖舔了下唇珠，笑：「妳這是什麼，結婚恐懼症？」

初梔像只小怪獸，呲牙咧嘴地看著他：「陸嘉珩，我這下子整個人都是你的了，你要是敢對我不好，我就——」

她絞盡腦汁的想了好一陣子，也想不到什麼有力的威脅。

陸嘉珩卻突然安靜下來了。

車子停在社區停車場，他手搭在方向盤上，側過頭來看著她：「不會。」

初梔眨眨眼：「啊？」

他垂眸，聲音平淡溫柔，像是在說著什麼最普通不過的事：「我以後遇不到更喜歡的人了。」

初梔怔住。

「妳還記不記得大一的事情？」

「那個時候我總覺得，妳其實對我有點好感，想讓我注意到妳。」

他想到了往事，突然垂下眼眸，輕輕笑了，「後來才發現，其實妳根本不需要，只要妳看我一眼，我就跟妳走。」

驕陽似火，烈日當空，十七歲的初梔獨自一人形單影隻，拖著個大行李箱走進A大校園，站在原地，茫然地四下張望，像是一隻在森林裡迷路的小動物。

陸嘉珩懶洋洋地靠站在志願者棚子旁邊，手裡捏著可樂漫不經心地喝，神情慵懶漠然，看不進萬物。

她隔著校園的主幹道和人群，毫無預兆地，突然朝他望過來。

視線相撞。

女生的瞳仁漆黑，又清又亮。

對視三秒，她朝他眨了眨眼。

陸嘉珩愣住。

法國梧桐枝繁葉茂，雲層很薄，陽光焦灼明亮，校園裡柏油馬路被烤得幾近融化。

——只要妳看我一眼，我就跟妳走。

——全文完——

高寶書版集團
gobooks · com · tw

YH 081
可愛多少錢一斤（下）
作　　者　棲見
責任編輯　吳培禎
封面設計　Ancy Pi
內頁排版　賴姵均
企　　劃　何嘉雯

發 行 人　朱凱蕾
出　　版　英屬維京群島商高寶國際有限公司台灣分公司
Global Group Holdings, Ltd.
地　　址　台北市內湖區洲子街88號3樓
網　　址　gobooks.com.tw
電　　話　(02) 27992788
電　　郵　readers@gobooks.com.tw（讀者服務部）
傳　　真　出版部(02) 27990909　行銷部 (02) 27993088
郵政劃撥　19394552
戶　　名　英屬維京群島商高寶國際有限公司台灣分公司
發　　行　英屬維京群島商高寶國際有限公司台灣分公司
初　　版　2022年 4 月

本著作物《可愛多少錢一斤》，作者：棲見，由北京晉江原創網絡科技有限公司授權出版。

國家圖書館出版品預行編目(CIP)資料

可愛多少錢一斤/棲見著. -- 初版. -- 臺北市：英屬維京群島商高寶國際有限公司臺灣分公司, 2022.04
冊；　公分. --

ISBN 978-986-506-392-4 (上冊：平裝). --
ISBN 978-986-506-393-1 (下冊：平裝). --
ISBN 978-986-506-394-8 (全套：平裝)

857.7　　111004486

GOBOOKS
& SITAK
GROUP©